HEYNE <
W0279134

Das Buch

Jens Fischer hat keinen Schlag bei den Frauen. Die Hoffnung, jemals eine Familie zu gründen, hat er verloren. Frustriert wird er Samenspender, um sein Erbgut wenigstens anonym weiterzugeben. Als er jedoch vom Frettchen seines Mitbewohners Sven in den Sack gebissen und kastriert wird, setzt er alles daran, die Frau zu finden, die durch seine letzte Spende von ihm geschwängert wurde. Er bricht in die Samenbank ein und gelangt so an die Adresse der bezaubernden, aber verheirateten Maren Heinze. Endlich hat Jens ein Ziel in seinem Leben: Er muss diese Frau für sich gewinnen.

Der Autor

Murmel Clausen, geboren 1973 in München, als Co-Autor für den Kinoerfolg *Der Schuh des Manitu* mitverantwortlich, schrieb bislang vorrangig fürs Fernsehen. Er verfasste u. a. Sketche für *Ladykracher*, *Tramitz & friends* und die Kultcomedy *Die Bullyparade*. *Frettsack* ist sein erster Roman.

Murmel Clausen
Frettsack

Roman

WILHELM HEYNE VERLAG
MÜNCHEN

FSC
www.fsc.org
MIX
Papier aus verantwortungsvollen Quellen
FSC® C014496

Verlagsgruppe Random House FSC-DEU-0100
Das für dieses Buch verwendete
FSC®-zertifizierte Papier *Holmen Book Cream*
liefert Holmen Paper, Hallstavik, Schweden.

2. Auflage
Originalausgabe 06/2012
Copyright © 2012 Murmel Clausen
Copyright © 2012 by Wilhelm Heyne Verlag, München
in der Verlagsgruppe Random House GmbH
Printed in Germany 2012
Redaktion: Tamara Rapp
Umschlaggestaltung: Eisele Grafik-Design, München unter
Verwendung eines Fotos von © Retales Botijero/Flickr/Getty Images
Satz: Buch-Werkstatt GmbH, Bad Aibling
Druck und Bindung: GGP Media GmbH, Pößneck
ISBN: 978-3-453-43613-8

www.heyne.de

Für Frau und Kind

Pfeifhase

»Ihre Pfiffe dienen den Pfeifhasen als Warntöne, um ihre Reviergrenzen abzustecken.«

Ich stehe im Biergarten an der Kasse und könnte mal wieder kotzen. Vorne blockiert ein junger, vollkommen überforderter Vater den Betrieb, zwei Maßkrüge in der einen Hand, einen Teller Spareribs in der anderen, eine große Brezen am Unterarm und an den Unterschenkeln je ein kleines Kind, die typische arme Sau Mitte dreißig. Er meint es sicherlich gut, will nicht die Fehler machen, die sein Vater und so. Dass ihn die Gesamtsituation jetzt schon an den Rand eines Herzkaspers bringt, würde er niemals zugeben. Gerade hat er die Maßkrüge abgestellt, legt sich Daumen und Zeigefinger an die Lippen und macht das widerlichste Geräusch der Welt – er pfeift. Wenn jetzt noch ein Hund kommt, drehe ich durch. Doch da hetzt schon eine Frau in seinem Alter durch die Reihen, wild einen Geldbeutel schwenkend. Ich weiß auch nicht, warum der Pfeifhase und seine Frau sich die Aufgaben nicht so einteilen können, dass sie mit den Kindern am Tisch wartet, während er wie ein vernünftiger Mensch das Essen holt. Heute scheinen Eltern grundsätzlich anders zu funktionieren als in meiner Kindheit. Es geht inzwischen mehr darum, der Welt zu zeigen, wie geduldig und unspießig man seine Kids behandelt, die – und das kann man gar nicht oft genug betonen – im Kindergarten und mit den Spielsachen, die für ihr Alter empfohlen werden, komplett unterfordert sind.

Meine Abrechnung mit den verkorksten Vätern, die unserer Generation entsprungen sind, interessiert das Mädchen vor mir aber sicher nicht. Also, die junge Frau. Ich sage immer Mädchen, auch zu Frauen über dreißig; das ist sicherer, da ich das Alter von Mitmenschen nicht mehr schätzen kann – die Gabe geht verloren, wenn man keinen Bezug mehr zum eigenen Alter herstellen kann, wenn man sich selbst acht Jahre jünger vorkommt, als man ist. Bis einen ein acht Jahre Jüngerer siezt – oder noch schlimmer, eine acht Jahre Jüngere. Trotzdem will ich das Mädchen ansprechen, einfach nur so, den Versuch ist es wert; sie ist nicht zu gut aussehend, könnte vielleicht etwas abnehmen, alles an ihr ist irgendwie so mittel bis geht schon. Genau mein Typ.

»Das ist mal wieder so ein Moment, der einen zweifeln lässt, ob man wirklich Kinder haben sollte.«

»Sprichst du mit mir?«

Positiv vermerke ich sofort, dass sie mich nicht gesiezt hat. Bei Gleichaltrigen kommt das einer Demütigung mit Anlauf gleich. Negativ notiere ich, als sie sich tatsächlich zu mir umdreht, dass sie doch etwas weniger als so mittel ist, ich hatte das Gesicht bis jetzt nur im Profil gesehen. Bei meinem Glück ist sie sogar noch froh, dass ich sie angesprochen habe, ich bereue es jetzt schon.

»Ja, nee, ist egal. Jens.«

»Wie?«

»Mein Name«, antworte ich und lächle.

»Und was hast du davor gesagt?«

Jetzt lächelt sie ebenfalls, runzelt dabei die Stirn und schaut schlagartig wieder einigermaßen okay aus. War ja klar: Ich spreche mal wieder die mit dem unzuverlässigen Aussehen an. Und da ich das Gespräch begonnen habe, bleibe ich dran, man weiß ja nie, ob am Ende das okaye oder doch das nicht so gute Aussehen überwiegt. Natürlich birgt das gewisse Risiken. Man kann schlecht mit seiner Freundin Schluss machen, bloß weil man festgestellt hat, dass sie leider die meiste Zeit nicht ganz so gut aussieht, wie man sich das anfangs eingebildet hatte. Gerade im Frühstadium einer Beziehung sollte man lieber einmal öfter hingucken! Und hier, na ja, ungewiss, aber mit Potential. Vielleicht finde ich sie nach der ersten Maß sogar echt ganz gut.

»Ich meinte, dass der Typ da vorne mit den Kindern, also, dass es schon krass ist, was man heute als Eltern –«

»Schon klar. Für dich ist das ein Grund, keine Kinder zu bekommen.«

»Genau.«

»Für mich ist es mehr die Möglichkeit, dass da ein Typ wie du rauskommen kann.«

Mit einem total unangebrachten Überlegenheitslächeln wendet sie sich ab und geht zu einer anderen Kasse, an der ein paar Menschen weniger stehen. Sie war jetzt ja nicht sonderlich schlagfertig oder geistreich. Nur grundlos böse. Ich habe keine Ahnung, warum mir Frauen so oft derart feindselig begegnen. Gut, die hier wird einen Kinderwunsch hegen und einfach nicht den Partner finden, der ihn ihr erfüllt, was aber auch kein Wunder ist, wenn sie sich gegenüber den Kerlen, die in Frage kommen, sprich Männern wie mir, so abweisend verhält. Wirklich. Dabei liegen wir schon im obersten Bereich von dem, was sie überhaupt erwarten darf. Ich meine, sie sieht aus wie eine durchschnittliche Angestellte bei einer Versicherung, Bank oder einem Energiekonzern. Sie hat auf ihrem Computermonitor Spielzeug aus Überraschungseiern stehen, die sie »Ü-Eier« nennt. Sie sagt, denkt und mag auch sonst ausschließlich langweilige Dinge, die sie mit ihren noch langweiligeren Freunden macht, die man auf keinen Fall kennenlernen will. Mittags isst sie Sandwiches oder Salat, hat eine völlig kaputte Verdauung und wird trotzdem langsam fett, weil sie keinen Sport treibt, nur Cardio, was bei ihrem Tempo gerade mal halb so effektiv ist wie zehn Minuten Sauna. Außerdem gibt's danach zur Belohnung immer irgendwo was Süßes. Dafür raucht sie nicht. Laut ihrem Profil bei friendscout24 ist sie zwei Zentimeter größer und fünf Kilo leichter als in Wirklichkeit, und das nicht, weil sie in den drei Jahren, die sie dort schon erfolglos Mitglied ist, entsprechend geschrumpft und in die Breite gegangen ist. Nein, Gewicht und Größe bearbeitet sie immer wieder mal, je nachdem wie sie sich fühlt. Unter Lebensmotto hat sie »Carpe Diem!« stehen, lacht am liebsten über sich selbst und nie über andere –

»Dreizehnsechzig«, unterbricht die Kassiererin mein Profiling.

»Krass. Ist da Pfand drauf?«

»Bist du blöd?«

Schon wieder diese Feindseligkeit. Wobei das Mädchen an der Kasse eigentlich ganz hübsch ist, so um die zwanzig und perfekt für einen Job im Biergarten qualifiziert, weil der aufgrund seiner Wetterabhängigkeit genauso unverbindlich ist wie sie. Sie stammt aus einer ganz anderen Welt, wo immer was los ist und man sich jederzeit grundlos anfiest.

»Nein«, antworte ich.

»Was?«

»Ich bin nicht blöd.«

»Das war doch nicht so gemeint. Echt, wie blöd bist du eigentlich?«

Sofort legen sich meine Schamdrüsen ins Zeug und produzieren Schweiß auf meiner Stirn, am Hals und im Nacken. Ich spüre deutlich, wie eine Schweißperle vom Haaransatz über meine Stirn in Richtung Nase aufbricht und unterwegs ein paar Freunde einsammelt. Endlich zu einem stolzen Tropfen vereint geben sie Gas und kullern mir über die Nasenspitze, bis der gemeinsame Ausflug auf dem Handrücken der Kassiererin endet, mit der sie gerade meine 15 Euro entgegennimmt. Sie zieht ihre Hand zurück, schaut mich an und verachtet mich für alles, was ich bin, war und sein werde.

»Stimmt so«, murmele ich.

»Ach, nee«, quittiert sie.

Sie zieht die Augenbrauen hoch und denkt sich ihren Teil, was ich, Gott sei Dank, nicht mit anhören muss. Was kann ich denn für meine Schilddrüse? Ja, gut, ich werde langsam alt. In ein paar Tagen siebenunddreißig. Oder ich bin es mit meinen sechsunddreißig schon. Neulich habe ich irgendwo gelesen, dass siebenunddreißig das neue Siebenundzwanzig sei, was vollkommener Unsinn ist. Es ist höchstens ein neues Siebenunddreißig, aber selbst das bringt nur Nachteile mit sich. Das erkläre ich auch Sven, nachdem ich mich durch die Menschen gewühlt und wieder zu ihm an den Tisch gesetzt habe.

Sven ist mein Mitbewohner, seit ich einmal den Fehler gemacht habe und mit einer Frau zusammengezogen bin. Ihr Name war Natascha Kehl, und sie ließ mich nach drei Monaten in und auf einer Drei-Zimmer-Wohnung in der

Isarvorstadt sitzen, die ich alleine nicht bezahlen konnte. Um ehrlich zu sein, fiel es mir schon schwer, überhaupt was zur Miete beizutragen. Aber ich möchte nicht über die furchtbare Zeit mit Natascha sprechen, ich möchte überhaupt kein Wort mehr über sie verlieren, nur sagen, dass durch ihr Verschwinden Sven Wilde in mein Leben getreten ist. Also, als WG-Mitbewohner. Er ist drei Jahre jünger, treibt wie ich keinen Sport und liegt sieben oder acht Kilo unter seinem Idealgewicht. Was wiederum genial ist, denn ich liege immer sieben oder acht Kilo über meinem, womit wir uns im wahrsten Sinne ideal ergänzen. Außerdem war er bei der Besichtigung gleichzeitig betrunken, verkatert und leicht bekifft, mir also auf Anhieb sympathisch.

»Und was war das alte Siebenunddreißig?«, will er jetzt wissen.

»Na ja, das ist genau das Ding: Es gibt kein altes Siebenunddreißig«, erwidere ich.

»Aber ein neues?«

»Na ja, auch nur indirekt. Es gibt neue Siebenunddreißigjährige.«

»Aber du bist doch anders als die, die vor zehn Jahren siebenunddreißig waren.«

»Falsch, ich nicht. Nur weil jeder Vierte in meinem Alter plötzlich beschließt, dass er einen Marathon laufen muss, heißt das nicht, dass auch ich mich anders benehme als die vor mir. Die sogenannten neuen Siebenunddreißigjährigen sind so GQ-Leser und Typen mit sportlichen Hobbys. Fitnessdeppen. Idioten, die ihrem Körper vormachen wollen, dass sie jung geblieben sind. Sind sie aber nicht. Und der Hacky-Sack in ihrer Hosentasche hilft da auch nicht.«

Sven schüttelt nur den Kopf, er findet sich schließlich auch noch knackig jung mit seinen vierunddreißig. Er spricht Mädchen an, die sich als Töchter der Frauen herausstellen könnten, die ich ansprechen würde. Aber nicht, weil er irgendwie auf Teenies steht, sondern weil er sich für nicht wesentlich älter hält.

»Du wirkst aber nicht wie siebenunddreißig«, tröstet er mich dann.

»Danke. Trotzdem habe ich wahnsinnigen Schiss davor, dass ich in ein paar Jahren zu hören bekomme, dass ich zu alt bin. Und zwar für alles, was ich mache oder machen will.«

»Was hast denn du für 'ne Krise?«

Sven lebt laut eigener Aussage krisenfrei, genauer gesagt, seit er Egon Friedell gelesen hat. Jetzt erklärt er mir ständig, dass ein System nur krank sein kann und wir die Krise als Immunschwäche sehen sollen, die uns stärkt und ohne die wir eingehen würden. Ich erwidere dann immer, dass bei mir die Krise der Normalzustand ist, ein Leben ohne Chancen, weshalb ich auch mit ihm in einer WG wohne. Diese Abkürzung steht entgegen der landläufigen Meinung nicht für »Wohngemeinschaft«, sondern bedeutet, dass man »wegen Geldmangels« eine Behausung teilen muss. Sven studiert pharmazeutische Biotechnologie, spricht aber zum Glück nicht darüber, er zahlt pünktlich, kann putzen, wenn es sein muss, und pinkelt im Sitzen. Wie geschaffen für die widrigen Gegebenheiten des Lebens als Männergemeinschaft.

»Es ist doch ganz einfach: Wir werden sicher über hundert Jahre alt. Aber Kinder können wir trotzdem nur bis Anfang vierzig kriegen«, beginne ich meinen Unmut zu erläutern.

»Picasso hat, glaube ich, so mit achtzig oder neunzig Jahren noch –«

»Ja. Der war halt auch Picasso. Ich bin aber nur ich und werde in diesem Leben keine Kinder mehr bekommen. Das ist eine Tatsache.«

»Quatsch.«

»Kein Quatsch. Auf mich stehen … Nee, anders. Auf mich lassen sich höchstens Frauen ein, die gleich alt oder älter sind als ich. Und ich glaube auch nicht, dass die mit mir schlafen, weil sie mich unwiderstehlich finden, sondern, na ja, weil ich eben da bin und sie lasse – so wie sie mich auch lassen. Es ist ein Ranlassen und Rangelassenwerden, mehr nicht. Ich bin nett, aber zu unsportlich, um sexy zu sein. Ich schau auch nur so lala aus. Und ich bin uncool, weil ich nicht verstehe, wie Mode funktioniert.«

»Ja. Und?«

Es spricht für Sven, dass er mein komplett zerrüttetes Selbstbild einfach so stehen lässt. Er toppt diese Leistung sogar noch, indem er seine Maß hebt, um mit mir anzustoßen. Ich rede lieber weiter, als sein Prosit auf meine Uncoolness zu erwidern.

»Aber mal angenommen, es verliebt sich doch eine in mich. Das passiert vielleicht in einem oder zwei Jahren, weil ich zurzeit nicht richtig suche. Da sitze ich dann also verliebt mit einer mindestens Achtunddreißigjährigen – Mann, die schwängere ich doch nicht sofort. Das muss alles erst mal wachsen. Ich hab keinen Bock auf ein Wochenendkind, das dann zu irgendeinem Friedhelm oder Dietmar Papa sagt, für den die Alte mich nach drei Jahren verlassen hat, weil er im Gegensatz zu mir regelmäßig Geld verdient –«

»Du schweifst ab.«

»Auf jeden Fall wäre sie zu dem Zeitpunkt, wo wir endlich ernsthaft Kinder planen könnten, mindestens dreiundvierzig oder so. Und da ist die Wahrscheinlichkeit, dass wir ein Kind mit Down-Syndrom bekommen, eins zu zwanzig.«

»Und?«

»Da hab ich keine Lust drauf, und Abtreiben geht erst recht nicht.«

Das scheint Sven zu verstehen. Wenigstens arbeitet das irgendwie in ihm. Er hockt da, schaut an mir vorbei in die Ferne, nimmt einen großen Schluck Bier und setzt dann an, mir seine Welt zu erklären. Nicht zum ersten Mal. Ich habe noch nie darum gebeten, ich wollte sie niemals so genau kennenlernen und habe schon immer so schnell wie möglich versucht, alles, was er sagt, wieder zu vergessen, da ich befürchte, dass mich allein die Kenntnis einzelner Pfeiler, auf die sich seine Lebensphilosophie stützt, zu einem dümmeren Menschen machen könnte. Die Grundzüge seiner Welt haben sich jedoch in meinem Kopf verankert, und ich kann sie nicht mehr löschen, sie würden jede Gehirnwäsche überleben.

Bei ihm – und seiner Überzeugung nach bei jedem Mann – geht es darum, den Samen möglichst weit zu streuen. Neu für mich ist, dass er schon mindestens zehn Kinder hat, um die er sich jedoch nicht kümmern muss. Was auch richtig so ist, da er mit seinem Erbgut ihm vollkommen fremden Menschen den Wunsch erfüllt, Eltern zu werden. Sven geht seit Jahren jede Woche Sperma spenden, er hat sein Hobby zum Beruf gemacht, gesteht er mit spürbarem Stolz. Mir wird bei der Geschichte übel. Er spricht über seine Ziele in der Biochemie, irgendwelchen Auslösern, Triggern und wahnwitzigen Szenarien, in denen er alle Menschen, die durch sein Sperma gezeugt wurden, steuern oder irgendwie zu sich rufen kann. Eine Armee aus kleinen Sven-Abkömmlingen, die ihm eines Tages zur Verfügung stehen wird. Wer ihm zu lange zuhört, wird dümmer, keine Frage.

»Und selbst, wenn das alles Schwachsinn ist, kann ich immerhin meine Miete von dem Geld zahlen«, beschließt er endlich seinen Vortrag, während dem mein gerade noch so fröhlich schäumendes Bier schal geworden ist.

»Von welchem Geld?«

»Na, von den Rubbel-Rubeln. Das bringt mir im Monat vierhundert Euro.«

»Du hast die ganze Zeit von Samenspenden gesprochen. Und jetzt willst du mir erklären, dass das ein Vierhundert-Euro-Job ist?«

»Ja, so ungefähr. Das hängt davon ab, wie gut das Sperma ist.«

»Und bis wohin geht das?«

»Du spendest einmal pro Woche und bekommst Minimum fünfundzwanzig Euro, maximal hundert, je nach Menge und Qualität. Und ich habe sehr viel vom Besten.«

Ich bin mir nicht sicher, ob ich dieses Gespräch über Masturbation mit Sven noch weiterführen möchte. Immerhin ist das ein Thema, über das ich mich sonst nicht mit anderen bei einer kühlen Maß Bier unterhalte.

»Du wichst doch auch dauernd, oder?«

»Wer? Ich?«

»Klar. Und wenn du wirklich Kinder willst …«

Sven lässt diesen Satz so halbgar stehen. Ich hasse es, wenn ich Sätze vervollständigen soll, vor allem, wenn sie aus einem mir unbekannten Logikuniversum stammen. In meinem System muss man eine Frau finden, die man liebt und die einen ebenfalls liebt, um Kinder in die Welt zu setzen. Alles andere ist doch Betrug an sich, der Natur und den Menschen. Petrischalenbastarde aus Svens Lenden kämen mir nicht ins Haus. Der einzige Sinn und Zweck eigener Kinder besteht doch darin, etwas von sich weiterzugeben, das man dann mit seiner Erziehung, seinen Werten und seiner Weisheit prägt. Gut, ich bin dumm und naiv wie fast alle und habe keine Ahnung, wie ich einem Kind irgendwelche Werte vermitteln soll, da meine eigenen auch bloß schwach ausgeprägt sind. Stark ist nur meine wachsende Verbitterung. Meine Meinungen sind nicht manifestiert, ich wanke durch den Alltag und meine mal dies, mal das, je nach Gefühlslage und Einfluss von außen. Trotzdem, wenn ich so an ein Kind denke –

»Ist da noch frei?«

Zum Beispiel an eines von dem unglaublich hübschen Mädchen, das da mit Freundin vor unserem Tisch steht und mich fragend anschaut. Da sie offensichtlich auf eine Reaktion wartet, sage ich: »Ja.«

»Dachte ich mir.«

Jetzt kichern beide und gehen, ohne sich noch einmal umzusehen. Wenn sie einem schon wehtun müssen, dann doch bitte nicht auch noch proaktiv. Wenn ich sie anspreche und dafür einen Spruch kassiere, ist das in Ordnung, aber mich anzusprechen, nur um mir dann einen reinzuwürgen, das ist Vorsatz. Plötzlich fällt mir auf, dass unser Tisch der letzte ist, an dem nur zwei Personen sitzen. Im gesamten Biergarten drängen sich die Menschen an den Tischen, rücken auf, Schenkel an Schenkel, Rücken an Rücken, nur hier hocken zwei traurige Volksfesthupen, die den Gedanken gut finden, 100 Euro dafür zu bekommen, sich selbst zu befriedigen.

Pinguin

»An der Universität Darmstadt haben Bioniker und Luftfahrttechniker ausgerechnet, dass ein Humboldtpinguin eine Geschwindigkeit von 468 km/h erreichen müsste, um von der Erde abheben und wie ein echter Vogel fliegen zu können.«

Tatsächlich ist es gar nicht so einfach, Samenspender zu werden. Man muss zunächst mal sein Blut untersuchen und sich durch die Beantwortung beschränkter Fragen die geistige Gesundheit bestätigen lassen. Danach geht es an die Wurst. Dreißig Minuten nach Abgabe kann das »Material«, wie man Sperma hier nennt, untersucht werden, weil es sich dann verflüssigt. Ungefähr eine Stunde später hat man dann alle Ergebnisse. Doch wegen potentieller Latenzen, einer frischen HIV-Ansteckung oder so, werden die Spermien erst ein halbes Jahr später verwendet. Zumindest ist das bei Dr. Frank Parisius so, im Münchner Zentrum für Heterologe Insemination, kurz MZHI. Die Praxis ist ein kleiner Feng-Shui-Traum, es gibt keine Ecken und Kanten, alles ist rund und irgendwohin ausgerichtet – ich tippe mal, Richtung Wonne. Diese übertriebene Ausgewogenheit ruft in mir sofort ein gewisses Unwohlsein hervor, die vom teuer bezahlten Feng-Shui-Berater angestrebte Harmonie stellt sich bei mir auf jeden Fall nicht ein. Stattdessen erliege ich der Vision, wie eine moppelige Dame in einem wallenden Fair-Trade-Sack mit ihrem Pendel in der Hand im Raum steht und verkündet, noch einmal mit der Wünschelrute durch die Zimmer wandern zu müssen, weil der dringende Verdacht auf eine Wasserader besteht. Der man allerdings mit einem Zimmerbrunnen entgegenwirken könne, um das Ader-Ying feucht auszuyangen oder so.

Nun plätschert ein Zimmerbrunnen im sonst reichlich tristen Wartezimmer und feuert mit jedem Tropfen meine Blase an, Urin loszuwerden. Ich war allerdings schon zweimal, da man spätestens seit John Irvings Wassertrinker weiß, wie sehr sich der Weg zum Höhepunkt in die Länge ziehen kann, wenn man Druck auf der Blase verspürt. Wahrscheinlich ist der Rest des Wartebereichs auch deswegen so deprimierend schlicht gehalten, damit man ruhig und weich in der Birne wird. Darauf lässt auch der Kandinsky oder Franz Marc schließen, der an der Wand hängt, ich kenne mich damit nicht mehr aus, obwohl ich Leistungskurs Kunst hatte. Könnte auch ein Klee sein, Blauer Reiter, irgend so was, das Zeug hängt im Lenbachhaus beim Königsplatz, ich sollte vielleicht mal hin, Kunst gucken ist eigentlich ganz okay, wenn ich richtig stehe und nicht wieder nach einer Stunde Rückenschmerzen bekomme –

»Herr Jens Fischer?«

»Hier!«, antworte ich. Unsinnigerweise, schließlich sitze ich alleine im Wartezimmer.

»Wenn Sie mir einfach folgen wollen.«

Die hübsche Arzthelferin mustert mich auffordernd, und ich will ihr sofort überallhin folgen. Gleichzeitig sterbe ich ein wenig, denn ich weiß, dass mich diese wunderschöne Frau nun in das Zimmer führen wird, in dem ich masturbieren muss. Die Attraktivität von Arzthelferinnen steigt mit der Peinlichkeit der Untersuchungen oder Behandlungen, die in den Praxen durchgeführt werden. Bei Seh- oder Hörtests sitzen einem in der Regel irgendwelche Krapfen gegenüber, mit denen man im Leben nicht flirten möchte. Sobald man aber sein zerrüttetes Gebiss zeigen muss oder den Darm ausgespült bekommt, damit der Arzt bei der Darmspiegelung freie Sicht hat, treten einem elfengleiche Geschöpfe entgegen. Hier ist es Frau Verena Matisse, wie ihr Namensschild verrät, hinter der ich wie ein Pinguin in eine Onanierkabine watschle. Ich kann das Schild nur flüchtig scannen, da es genau auf ihrer Brust angebracht ist. Überhaupt kann ich sie kaum ansehen. Denn sollte sie mich dabei ertappen, wie ich sie mustere, wird sie denken, dass ich sie in der Kabine als Masturbiervorlage benutzen will. Also schaue ich weg und hoffe, nein bete, dass sie mich an irgendeinen Zivi oder so übergeben wird, einen Typen, der mich dann in die lustige Wichsstube führt, einen Witz macht und sich verpisst. Natürlich weiß ich, dass genau das nicht geschehen wird. Es wird einen merkwürdigen Moment in dem Zimmer geben, wenn sie mir, dem Erstspender, dem Neuling, dem Anfänger, alles erklärt. Sie wird mich auf Hefte hinweisen oder –

»Wenn Sie wollen, kann ich Ihnen auch einen Film anmachen.«

»Was? Nee, das brauch ich nicht«, stottere ich. Gleichzeitig wird mir heiß und kalt. Sie schaut mich mit ihren dunklen Rehaugen an, ich will am liebsten wegrennen.

»Im Ernst – das ist wirklich in Ordnung. Was Sie hier machen und wie, ist mir vollkommen egal, ich finde es toll, dass Sie generell bereit sind, Sperma zu spenden.«

»Echt?«

Sie lächelt nur und öffnet die Tür zu den acht Quadratmetern, in denen ich gleich Hand an mich legen werde.

Ich verdränge den Gedanken daran und konzentriere mich auf ihr Lächeln, das nichtssagende Lächeln einer hübschen Frau, in das man alles hineininterpretieren kann, wenn man jung ist; mit knapp siebenunddreißig spiegelt sich darin nur noch die eigene Vergänglichkeit. Würde sie mich duzen, wäre das schon ein großer Schritt, aber ich werde ja bereits seit Jahren von allen Seiten angesiezt, selbst Punks nutzen mittlerweile die Höflichkeitsform, was aber nicht an mir liegen muss, sie sind einfach nicht mehr Punk.

»Wichtig ist lediglich, dass Sie das Ejakulat in diesen Behälter füllen«, erklärt die Assistentin, während ich mit meinen Gedanken ganz woanders bin. Nämlich dort, wo sie nicht ist, wo ich allein sein kann, ungestört. Es war ein Fehler, hierherzukommen. Für eine Sekunde befürchte ich, dass Frau Verena Matisse nur ein Köder ist, dass gleich Kurt Felix, Paola und der Spaßvogel hereinplatzen und diesen gelungenen Streich mit der versteckten Kamera auflösen werden.

»Alles klar?«

»Wie?«

»Sie schwitzen.«

»Das ist ein Hobby. Wir können übrigens ruhig du sagen …«

»Nein. Haben Sie noch irgendwelche Fragen?«, wiegelt sie das Angebot streng ab. Ich könnte jetzt lustig sein, die Situation mit einem fröhlichen Spruch wieder auflockern, aber das sollte ich nicht. Bestimmt bekommt sie Tag für Tag gefühlte neunhundert blöde Witze zu hören. Da wir uns so oder so schon in einem Umfeld befinden, das nach schlechten Herrenwitzchen schreit, würden die naheliegenden Sprüche sie zusätzlich auch noch als Frau beleidigen. Wobei, eigentlich fällt mir kein einziger, wirklich lustiger Spruch ein, nur totaler Schrott, wie immer, wenn die Situation nach primitiver Komik schreit.

»Gut, dann finden Sie mich vorne, wenn Sie fertig sind, Herr Fischer.«

»Ja, ich komme, wenn ich komm …«, rutscht es mir heraus, das Schlimmste, Peinlichste, Widerwärtigste, was ich in dieser Situation sagen konnte, ein Kommwitz, für den man mich steinigen, ja, für den man Steinigen in Deutschland wieder einführen sollte, nur um mich entsprechend bestrafen zu können. Frau Verena Matisse verlässt den Raum und schließt die Tür hinter sich, und ich stehe mit einem Mal ratlos da, denn ich habe nichts von dem mitbekommen, was sie erklärt hat. Nur dass mein Sperma in den Becher soll. Zu meinem Entsetzen schaltet sie von draußen jetzt doch einen Film ein, plötzlich flimmert pornografisches Material über den Monitor an der Wand. Man sieht schon auf den ersten Blick, dass die Hauptdarstellerin eine von den Pornstars ist, die mittlerweile von einer Erotikmesse zur nächsten tingeln, um dort vor den laufenden Kameras und Handycams ihrer Fans zu strippen. Nichts an ihr ist echt, jeder Funken Lebensfreude wurde ihr aus der Seele gebumst und gefilmt. Ich wende mich vom Monitor ab und schaue mir die Hefte an, die etwas stilvoller sind.

Trotzdem fällt es mir schwer, meine Aufgabe hier zu erfüllen. Ich muss mir die ganze Zeit vorstellen, dass Sven schon in ebendiesem Raum gehockt und sich einen runtergeholt hat. Ich komme mit diesem Thema seit jeher schwer zurecht, weil ich aus einem verklemmten Elternhaus stamme, eine Tatsache, die mir beim Fernsehen vermittelt wurde, als meine Mutter bei jeder anzüglichen

Szene den Sender wechselte. Selbstbefriedigung ist eben nicht das Natürlichste der Welt. Wäre es so verdammt natürlich, dann wäre es ganz normal, sich zum Beispiel in der U-Bahn auf der Fahrt in die Arbeit ganz entspannt einen von der Palme zu wedeln. Man würde sich beim Abendessen mit Freunden darüber unterhalten, was einem neulich Lustiges beim Wichsen passiert ist, wie man wild um sich onanierend eine alte Schulfreundin getroffen hat, die komischerweise auch gerade dabei war, sich selbst zu befriedigen. Und dabei würde man an seinem Pullermann rumfummeln. Weil's halt Spaß macht.

Genau das tut aber niemand. Es ist nämlich das Unnatürlichste, was man machen kann, die offensichtlichste Form des Selbstbetrugs. Es hat seine Gründe, warum man es vor dem Rest der Menschheit verheimlicht. Noch nie in meinem Leben habe ich das getan, was ich nun tun soll, während ein anderer Mensch wusste, dass ich es tue. Vielleicht hat es dann und wann der oder die ein oder andere geahnt, aber ganz sicher hat es niemals jemand so genau gewusst wie in diesem Augenblick Frau Verena Matisse. Für mich sind die folgenden Minuten jedenfalls unangenehm, fast als würde ich beobachtet. Das geht so lange, bis ich mir selbst mantramäßig einrede, dass ich tatsächlich nichts anderes mache, als Samen zu spenden, also im eigentlichen Sinn keine sexuelle Handlung ausführe.

Das würde ich am liebsten auch Frau Verena Matisse erklären, als ich mit meinem Becher in der Hand zu ihr an die Rezeption komme: ihr von der Einsicht berichten, die ich gerade hatte. Mir fehlt nur die erzählerische Einleitung, sprich, die Beschreibung des Moments der Erkenntnis, über den ich die Erkenntnis gewonnen habe. Ein astreiner Catch-22, der erste, den ich selbst als solchen identifiziere. Vielleicht kann ich ja damit anfangen.

»Den Becher sollten Sie doch im Raum lassen.«

»Ach so, ja, äh, ich war mir nicht sicher, wo.«

»Auf dem kleinen Tisch unter dem großen, roten Pfeil, direkt neben dem Schild ›Hier bitte Becher abstellen‹. Aber das erschließt sich nicht gleich jedem.«

»Tut mir leid.«

Ich will gerade meinen kleinen Becher wieder zurück in den Raum tragen, doch die schnippische Frau Matisse hat offenbar ausgeschnippt und möchte nun, dass ich ihn einfach bei ihr deponiere. Auf der Rezeption. Da er nicht durchsichtig ist, mache ich das auch und will gerade irgendwas von wegen neuem Termin und so stottern, als hinter mir jemand mit Svens Stimme sagt: »Hab ich dich erwischt, du alter Wichswichtel!«

»Sven?«

»Und? Hat sie auch das Video für dich angemacht?«

»Er wollte nicht, aber ich hab mir gedacht, dass es nicht schaden kann«, mischt sich Frau Matisse ins Gespräch. »Er war dann auch recht flott.«

»Na ja, ich hab –«

»So geil, oder?«

»Quatsch, ich brauch so was normal nicht –«

»Pass auf, Alter, ich mach ganz schnell, und dann stoßen wir auf dein erstes Mal an!«

Er schnappt sich meinen Becher vom Empfang und will damit in einem der Räume verschwinden, aber ich kann ihn gerade noch aufhalten und meine Spende retten.

»Ey, die Becher lässt man eigentlich im Raum unter

dem großen, roten Pfeil«, erklärt Sven mir, als wäre ich ein dummer Bub.

»Ja, schon klar, aber da war, also, das ging nicht. Deswegen soll ich ihn lieber hier … nicht wahr?«

Die schöne Frau Matisse schaut kurz auf und nickt, dann streckt sie ihre Hand aus. Sven zögert kurz.

»Wenn ich da auch reinspritze, dann habt ihr einen schönen Cocktail. Das ist dann so eine Art Spermaroulette: Entweder wird es ein kleines Genie oder eben ein Mongo wie er.«

Ich mochte es noch nie, wenn schöne Frauen, die sonst gegen Humor immun sind, laut über mich lachen.

Rotrückenspinne

»Das Weibchen trägt zwei Spermatheken in sich,
womit das Töten des ersten Männchens einem zweiten
Männchen die Möglichkeit der Befruchtung bietet,
was wiederum der genetische Vielfalt der Gattung
zugutekommt.«

Ich habe mir von einem Schüler eine Zigarette geschnorrt, bin noch dabei, zu verarbeiten, dass er mich gesiezt hat, als er höflich fragte, ob ich auch Feuer bräuchte, und warte auf Sven. Eigentlich habe ich vor einem Jahr das Rauchen aufgegeben, es fühlte sich eines Morgens plötzlich so sinnentleert an. Die Lust war weg, und ich fragte mich, warum ich überhaupt rauche, es bringt mich nicht weiter, es gibt kein Ziel, das ich mir errauchen kann, höchstens genug geraucht zu haben, um mal 'ne Stunde nicht rauchen zu wollen. Ich habe keine verdammte Ahnung, woher das alles kam, aber es war ein Gedanke gewordener Hausbesetzer: Als er sich bei mir eingenistet hatte, wollte er nicht mehr gehen. Ich hatte brav über zwanzig Jahre geraucht, und dann war es von heute auf morgen vorbei damit, die schlechte Luft war raus. Das geht mir so durch den Kopf, während ich warte. Aber diesmal tut die Zigarette tatsächlich gut, ich bekomme ein sanftes Rauschgefühl, das in wenigen Minuten wieder verfliegen wird, wie damals am Anfang vor zwanzig Jahren. So ist Rauchen perfekt, so soll es sein. Vielleicht ist das ja die einzig richtige

Lösung: Rauchen als Zeitvertreib statt als Vollzeitbeschäftigung.

»Cool, du rauchst wieder! Kann ich auch eine?« Sven kommt auf mich zugelaufen. »Ich wusste, dass du wieder anfängst. Hatten wir irgendwas gewettet?«

»Nein, und selbst wenn, ich hab nicht wieder angefangen. Ich gönn mir nur eine. Das ist ein großer Unterschied.«

»Für mich ist die Situation eindeutig: Jens raucht.«

»Ja, aber nur eine.«

»Also hast du keine?«

»Nee, aber du kannst die hier fertig rauchen, wenn du willst.«

»Klar. Ich nehm sie dir gern aus deinen frischen Wichsfingern.«

»Ich hab mir die Hände gewaschen. Du etwa nicht?«

»Gib her.«

Ich reiche ihm die Kippe und versuche dabei, nicht seine Finger zu berühren. Generell war ich in den vergangenen Tagen irgendwie vorsichtiger im Umgang mit den Dingen, die Sven tagaus, tagein in unserer Wohnung so berührt. Seit ich weiß, wie er seine Miete finanziert, ist mir bewusst, dass er seine Sexualität mit sich selbst auch zu Hause auslebt. Gestern habe ich Sagrotanspray für die Toilette besorgt und finde das gemeinsam genutzte Bad plötzlich sehr eklig. Ich weiß ja weder, wie, wann oder wo Sven an sich herumspielt, noch was er danach mit dem Produkt seiner Eigenliebe anstellt. Wie schon erwähnt – ich finde die ganze Thematik dermaßen abstoßend, dass ich mich kaum noch in der WG bewegen kann, da sich der Gedanke an eine »Wichsgemeinschaft« in mein Gehirn gebrannt hat. Was, wenn es Sven antörnt, in meinem Zimmer –

»In einer Stunde wissen die, ob dein Material was taugt.«

»Richtig. Die wollen mich anrufen.«

Sven hat die Kippe in zwei tiefen Zügen so gut wie vernichtet und hält sie mir noch mal rüber, ich lehne eilig ab.

»Das heißt, dass du noch keine Kohle bekommen hast?«

»Nee. Ist ja nur für den Test.«

»Demnach muss heute ich einen ausgeben?«, hakt Sven besorgt nach. Er schnippt die Kippe weg, beißt sich auf die Unterlippe und saugt geräuschvoll Luft ein.

»Nein«, antworte ich. »Bier und Fleisch liegen im Kühlschrank, wir brauchen nur noch Holzkohle und einen freien Platz am Flaucher.«

»Ey, willst du grillen? Ich hasse Grillen.«

»Ich weiß. Aber einmal im Jahr beschert uns der Sonnengott mit einem unvergesslichen Abend. Heute nicht zu grillen, wäre praktisch Gotteslästerung.«

»Das ist eine ganz banale Omegalage. Und von Grillen steht in meinem Buch nichts.«

»Sicher? Haben wir nicht letztes Jahr auch einen Abend am Flaucher verbracht?«

»Ja, aber da war der Sonnengott gerade beim Samenspenden, und wir haben uns den Arsch abgefroren und mit äußerst schlechter Laune in deinen Geburtstag reinge ... Fuck!«

Ich liebe es, Sven die Grenzen seiner sozialen Fähigkeiten aufzuzeigen, zumal diese sehr eng gesteckt sind. Für normale Menschen ist es nicht schwer, sich den Geburtstag seines Mitbewohners zu merken oder diskret mit seinen Eigenheiten umzugehen, die man in den Jahren des Zusammenlebens zwangsläufig kennenlernt. Für

Sven hingegen sind das kaum zu bewältigende Aufgaben. Weil ich einmal die Polizei gerufen habe, als in der Kneipe gegenüber nachts um zwei noch die besoffenen Münchener Hannover-Fans gegrölt haben – ihre verpupste Kackmannschaft hatte im Spiel um den elften Platz der Bundesliga ein souveränes null zu null erkämpft –, erklärt Sven jedem Menschen, dass ich beim kleinsten Geräusch auf der Straße immer gleich die Bullen rufe. Wenn seine Mutter auf unserem Festnetzanschluss anruft, erkundigt sie sich bei mir nach jedem Detail meines Lebens. Sie fragt, ob sich mein Stuhlgang verbessert hat, sollte ich in der Woche davor mal Bauchschmerzen oder einen verkaterten Magen gehabt haben. Ich verstehe nicht, warum Sven Details aus meinem Leben so gerne mit anderen Menschen teilt und gleichzeitig Jahr für Jahr meinen Geburtstag vergisst. Doch in diesem Augenblick will ich dieses Fass nicht aufmachen, sondern lieber ein paar Bier in der Isar kaltstellen und Fleisch auf den Grillrost werfen.

»Wieso machen wir das eigentlich nicht öfter?«, fragt Sven scheinheilig, als ich tatsächlich drei Stunden später zwei schön in Zitrone, Öl und Zwiebeln marinierte Koteletts über der perfekten Glut auf das genau zehn Zentimeter darüber liegende Gitter lege. Ich weiß auch nicht, warum bei mir derart das Deutschsein durchbricht, sobald ich mit Fleisch und Feuer in Kontakt komme.

Wir haben einen wirklich guten Fleck am Flaucher erwischt, eine Feuerstelle direkt neben einem Baum, den das Hochwasser vor ein paar Wochen hier angespült haben muss und an den wir uns jetzt lehnen können. Es ist erst halb acht, weshalb noch viele junge Eltern hier sind, die ihren Kindern zurufen, dass es nicht sehr nett ist, Steine auf die Enten und Schwäne zu werfen. Nur zu gerne würde ich erzieherisch eingreifen, die Eltern teeren und federn und sie von ihren Kindern mit Steinen beschmeißen lassen. Das wäre zwar sicherlich auch nicht sehr nett, könnte aber im Gegensatz zu den sanften Ermahnungen eine gewisse Wirkung zeigen.

»Wir könnten einmal die Woche so eine Art Stammgrillabend machen«, schlägt Sven vor.

»Ich dachte, du hasst Grillen.«

»Ja, meistens. Aber jetzt zum Beispiel nicht. Hast du Kippen da?«

»Nein, Sven. Ich rauche nicht wieder. Ich hab mir nur eine –«

»Komm schon, rauch wieder. Du bist in letzter Zeit unausstehlich.«

»Was bin ich?«

»Seit wir neulich im Biergarten waren, bist du beschissen drauf. Sagt meine Mama auch.«

»Schön. Wie geht's ihr?«

»Nein, Jens. Wie geht es dir?«

Obwohl er wie ein Sozialpädagogikstudent klingt, hat Sven dieses Mal Recht. Ich bin tatsächlich seit einigen Tagen schlecht gelaunt. Sehr sogar. Und zwar nicht bloß, weil ich neulich im Biergarten gesagt habe, dass mein Leben verdammt nochmal vorbei ist, dass ich keine Kinder kriegen und einfach nur noch älter werden werde – sondern weil ich davon inzwischen vollkommen überzeugt bin.

Behauptung und Überzeugung gehen bei mir nicht immer Hand in Hand. Normalerweise behaupte ich sehr viel, denn was ich sage, kann ich auch gleich in eine Behauptung verpacken, das klingt besser. Das habe ich mir bei den selbstsicheren Menschen abgeschaut, die mir so auf den Sack gehen, die mich so verbittern lassen. Gerade meine persönliche Zukunft betreffend habe ich schon mehr Behauptungen aufgestellt, als gesund sein kann. Aber ich kann sie schließlich jederzeit widerrufen und das Gegenteil behaupten. Nur diesmal nicht, was mich wirklich schockiert, weil es wahrscheinlich das erste Mal in meinem Leben ist, dass ich tatsächlich glaube, was ich behauptet habe.

»Außerdem bist du dauernd irgendwie abwesend.« Sven reißt mich aus meinen Gedanken.

»Bitte?«

»Du brauchst eine Aufgabe, mein Freund.«

»Wie?«

»Eine Aufgabe. Irgendwas fürs Leben. Ein Hobby.«

»Ich hasse Hobbys.«

»Weil du keins hast. Aber wenn du dich erst mal in irgendwas verbeißt …«

»Ich wollte was fürs Leben. Eine Familie. Und jetzt bin ich Samenspender.«

»Mann, sei froh, dass die dein Material überhaupt nehmen«, versucht Sven mich zu trösten. »Stell dir vor, die hätten angerufen und dir gesagt, dass du nicht nur bei Verena am Empfang verschissen hast, sondern auch noch wertlose Gülle in deiner Hose spazieren trägst.«

»Ja, gut, dann freue ich mich jetzt, dass ich vielleicht ein fremdes Paar beglücke. Ich meine, was für traurige Characters müssen das denn sein?«

»Wie meinst du das?«

»Komm, ein Kind, dessen Vater du nicht kennst? Da kann einem der Arzt doch rein theoretisch alles Mögliche unterjubeln.«

»Klar. Es gab zum Beispiel einen Typen in den Staaten, der über siebzig Frauen mit seinen eigenen Chromosomen befruchtet hat.«

»Siehst du? Und es gibt eh zu viele Menschen. Die können doch auch ein Kind adoptieren.«

»Klar. Aber warum den Papierkrieg einer Adoption auf sich nehmen, wenn man einen kleinen Sven bekommen kann?«

In meiner Hosentasche vibriert mein Handy und bricht das Gespräch zum Glück ab. Ich habe den Timer eingeschaltet, damit ich das Fleisch nicht vergesse. Ich drehe sofort die Koteletts um und werfe ein paar Räucherholz-Chips in die Glut. Nicht weil es geschmacklich etwas bringt, sondern lediglich, weil es für ein paar Minuten die Aufmerksamkeit der gesamten Grillgemeinde auf uns zieht.

»Und wer garantiert mir, dass die damit wirklich Babys machen und sie nicht an einen Chemiekonzern zur Forschung schicken?«

»Wohin denn?«, will Sven sofort wissen.

»Na, das haben die doch erklärt. Entweder benutzen die dein Erbgut, um einem Paar, das keine Kinder bekommen kann, seinen Wunsch zu erfüllen – oder sie geben das Zeug in die Forschung, damit Paare, die keine Kinder bekommen wollen, mit funktionstüchtigen Spermakillercremes versorgt werden.«

»Das glaube ich nicht.«

»Ist aber so. Deswegen können die auch so viel Geld zahlen. Steht alles in der Broschüre, die sie einem mitgeben.«

»So was lese ich nicht.«

»Es kann aber sein, dass alles, was du denen bisher gespendet hast, in die Herstellung eines neuen Super-Anti-Baby-Mittelchens gegangen ist.«

»Kann es gar nicht. Weil die Eltern natürlich ein Baby wollen, das ihnen irgendwie ähnlich sieht. Dafür brauchen die also einen Spender, der entweder dem Vater ähnelt – oder so unauffällig ist, dass man da auf jeden Fall immer irgendwen drin erkennen kann. Zur Not die Großeltern.«

»Und?«

»Die haben mir gesagt, dass ich ein Allerweltsgesicht habe!«

Selten hat ein Mensch das mit mehr Stolz von sich behauptet.

»Hey, schau mal, der Spast aus dem Biergarten und sein hässlicher Freund«, widerlegt im gleichen Moment eine weibliche Stimme Svens These. Es ist das junge Mädchen, das uns im Biergarten so blöd angemacht hat. Sie muss dieser neuen Gattung von Mädchen angehören, die sich an den Rotrückenspinnen ein Beispiel nehmen sollten. Da wartet das Weibchen nämlich wenigstens bis zur Kopulation mit seinem tödlichen Angriff. Zum Glück verschwinden die beiden Biester so plötzlich, wie sie aufgetaucht sind, und Sven rettet die Stimmung.

»Weil es dein Geburtstag ist, darfst du der Spast sein.«

»Danke, mein hässlicher, hässlicher Freund.«

Frett

»Im Kampf beißen sich Frettchen in
ihrem Gegner fest und lassen
sich von der Bissstelle nicht mehr lösen.«

Nach meiner Testspende habe ich im Sommer insgesamt dreimal bei Dr. Parisius mein Erbgut in kleinen Bechern hinterlassen, mit der Garantie, dass eine dieser ersten Gaben auch bezahlt würde, sobald die Latenzzeit abgelaufen und keine weiteren Probleme aufgetreten seien. Natürlich hatten mir diese nicht klar definierten weiteren Probleme schlaflose Nächte bereitet. Ich war sicher, dass meine DNA genau überprüft, jedes einzelne Chromosom durchleuchtet und demütigenden Tests unterzogen wurde. Die Sorge, dass meine Abkömmlinge Adenin, Thymin, Guanin und Cytosin Fischer im Labor für sehr viel Vergnügen und Hohn gesorgt haben könnten, war stets präsent. Ich bin aus Träumen erwacht, in denen mich irgendwelche Laborfreaks mit meiner Doppelhelix als Schal um den Hals geschlungen fragen, ob dieser Gen-GAU mein Ernst sei. Ob ich wirklich so dreist wäre, diesen Dreck fremden Menschen unterschieben zu wollen, auf dass sie das aus dieser Kacke erwachsende Kind bekämen. Doch Dr. Parisius hat gute Nachrichten für mich.

»Ja, Herr Fischer, Ihre Spermien sind kerngesund und in einer sehr hohen Konzentration im Ejakulat vorhanden. Gesundheitlich scheint auch alles in bester Ordnung zu sein, Erbkrankheiten gab es in Ihrer Familie ja keine?«

Dr. Parisius schaut mich fragend an. Ich bin gedanklich noch bei Frau Verena Matisse vom Empfang, die mich heute mit ganz anderen Augen angesehen hat. Sie weiß wohl schon von meinem Ergebnis. Ich meine sogar, eine Spur von Interesse an meiner Person in ihren Augen erkannt zu haben.

»Herr Fischer? Kein Diabetes, Krebs, Albinismus in der Verwandtschaft?«, will Dr. Parisius wissen.

»Nein, die sind alle topfit oder tot. Krank ist keiner.«

Da lacht er, der Doc. Seine perlweißen Zähne blitzen auf, und ich lache erleichtert mit, zeige dem Lackaffen meinen Zahnbelag. Ich ahne, dass ich dieses Gebäude mit 100 Euro in der Tasche verlassen werde.

»Wunderbar: Krank ist keiner.«

»Absolut keiner.«

»Sicher?«, bohrt der Doktor nach, mit einem Schlag wieder vollkommen ernst. Ich nicke nur. Da erhebt er sich und streckt mir die Hand entgegen, die sicherlich schwitzig sein wird, ich stehe ebenfalls auf und reiche ihm meine, es kommt zum erwartet feuchten Händedruck.

»Dann darf ich Sie, trotz Ihres relativ hohen Alters, herzlich als Donator Spermatoris bei uns willkommen heißen, wie ich unsere Spender gerne scherzhaft nenne. Eine Ihrer Initialspenden werden wir auf jeden Fall verwerten.«

»Donator Spermatoris. Sehr gut«, heuchle ich und wische seinen Handschweiß unauffällig in meine Hose. Dr. Parisius kommt um seinen Tisch herum und begleitet mich zur Tür.

»Sie sollten sich bewusst darüber sein, dass Sie nicht erfahren werden, wie die von Ihnen gespendeten Spermien genutzt werden.«

»Ja, das ist mir klar.«

»Ich sage das nur, weil es vorkommt, dass Spender denken, sie würden hier zu Vätern. Das mit Fremdsamen gezeugte Kind gilt in Deutschland gemäß Artikel 1592 Nr. 1 BGB als legitimes Kind des Ehemannes oder Partners der Mutter, der die Vaterschaft zuvor anerkannt hatte.«

»Sehr gut, ich will eh –«

»Trotzdem legt uns der Gesetzgeber immer wieder Steine in den Weg. In dieser kleinen Broschüre können Sie alles Wichtige nachlesen.«

Er drückt mir eine Ausgabe seines Flyers mit dem denkbar dämlichen Titel »Dank dem Spender« in die Hand, den ich dankend einstecke, obwohl ich ihn schon nach meinem ersten Besuch hier mitgenommen und gründlich zu Hause studiert habe. Mit einer Hand auf der Türklinke verrät er mir dann noch, dass ich mit meiner Spermienqualität den höchsten Satz ausgezahlt bekommen werde: 110 Euro. Mein strahlendes Lächeln versteht der Doktor jedoch falsch – ich freue mich einfach nur, dass ich mehr bekomme als Sven. Er hingegen interpretiert es als kleine Geldseligkeit, und ich lasse ihn in dem Glauben. Zehn Minuten und einen kleinen Orgasmus später bekomme ich tatsächlich 220 Euro von Frau Verena Matisse ausbezahlt – einmal für jetzt, einmal für das alte Material.

»... hundertfünfzig, zweihundert, zweihundertzwanzig.«

»Die Firma dankt«, entgegne ich freudig. Ich bin einfach scheißgut drauf. Mein Zeug ist besser als Svens, ich befriedige mich für einen guten Zweck, kriege einen Batzen Geld dafür, und die wunderbare Frau Verena Matisse weiß auch noch, dass ich das beste Sperma weit und breit mit mir herumtrage. Warum sie mich dennoch nicht freundlicher ansieht, verstehe ich nicht. Vielleicht sollte ich sie ganz subtil auf meine Potenz aufmerksam machen: »Wenn Sie noch hundertzehn Euro dahaben – ich könnte gleich nochmal.«

»Warum macht jeder Spender diesen Witz mindestens einmal in seinem Leben?«, entgegnet sie.

»Echt? Entschuldige, ich … äh.«

»Und bleiben Sie bitte beim Sie.«

»Ja, klar. Verzeihung.« Mir schwimmen gerade alle Felle davon. Erst der unangebrachte Witz, dann das Du, ich könnte mir in den Arsch beißen.

»Es sei denn, Sie wollen mich zum Abendessen einladen. Obwohl … nein, auch in dem Fall wäre es besser, wenn Sie mich siezen.«

»Wie? Soll ich Sie jetzt …?«

»Ich sagte nur, falls Sie das wollen.«

Natürlich will ich. Und ich muss wirklich mal an meiner Selbsteinschätzung arbeiten. Der Witz war also gar nicht so verkehrt. Ich meine, selbst wenn er inhaltlich fragwürdig sein mag, habe ich ihn bestimmt sehr sympathisch rübergebracht. Ich habe schließlich Humor. Meine Kleidung ist zwar nicht besonders hip, verrät aber ganz klar meinen Stil. Oder Style, wie man jetzt sagt. Mein Aussehen ist auch okay, ich würde zwar jetzt nicht modeln, aber so vom Typ und dem Gesamtpaket her liege ich sicherlich über dem Durchschnitt.

»Ja, klar. Möchten Sie denn mir mit zu Abend essen?«

»Kennen Sie den kleinen Italiener in der Amalienstraße?«

»Ja, klar. Toni oder Mario oder so.«

Es gibt zwei Möglichkeiten: Frau Verena Matisse findet mich irgendwie süß, was sensationell wäre, oder sie will unbedingt ein Kind, gewonnen aus dem besten Material der Stadt, und ich soll es ihr in persona machen.

»Luigi.«

»Wer?«

»Der Italiener. Er heißt Luigi und ist zufällig mein Freund. Und sehr eifersüchtig. Wenn ich ihm sage, dass Sie mich hier duzen, sexuell belästigen, anmachen und zum Abendessen ausführen wollen, könnten Sie Ihre neu gewonnene Einnahmequelle sehr schnell wieder los sein. Haben Sie mich verstanden?«

»Ja, nein, das war … Verzeihung.«

Ich wende mich ab und schleiche aus der Praxis. Natürlich hat so eine Frau einen Freund. Und natürlich schneidet der mir die Eier ab, wenn er mitbekommt, dass ich seine Freundin angrabe. Und dann auch noch mit derart zweideutigen Sprüchen.

Mein Verhältnis zu Frau Verena Matisse verbessert sich auch in den kommenden drei Monaten nicht. Die alte Regel »Einmal verkackt, immer verkackt«, die meiner Erfahrung nach nur Frauen erfolgreich durchhalten können, ist unumstößlich. Woche für Woche laufe ich in die Praxis, spende meinen Samen und hoffe, dass sie mir noch einmal eine Chance gibt. Normalen Männern würde es bestimmt leichtfallen, so eine Fixierung in den Griff zu bekommen, aber ich weiß: Der Tag, an dem die Samenarzthelferin mir für ein Date zusagt, ist der Tag, an dem ich von Kate Moss gestalked werde. Und das ist auch völlig okay so. Solange ich eine unerreichbare Frau in meinem Umfeld habe, auf die ich mein Unglück projizieren kann, muss ich mir nicht den Kopf zerbrechen, warum auch all die anderen nichts mit mir zu tun haben wollen.

Heute habe ich mich zur Abwechslung mal offensiv zum Affen gemacht und ihr Pralinen mitgebracht, die sie mit einem gequälten Lächeln angenommen und, nachdem ich um die Ecke in Richtung Spenderkabine verschwunden war, in den Mülleimer geschmissen hat. Ich habe es genau gehört. Die Aktion war mir derart peinlich, dass ich mich kaum auf meine Aufgabe konzentrieren konnte und erst nach gut zwanzig Minuten schnurstracks am Empfang vorbei aus der Praxis gestürmt bin. Das Geld kann ich mir ja beim nächsten Mal ausbezahlen lassen.

Mein Puls hat sich wieder beruhigt, und ich trete auf die Straße, der April bläst mir seine kühle Luft ins Gesicht und kühlt den Stressschweiß auf der Stirn. Das muss wieder die Schilddrüse sein, mein Onkel hatte das auch, vielleicht sollte ich nochmal nach oben und Dr. Parisius davon in Kenntnis setzen. Wobei – wenn das erblich oder irgendwie schlimm wäre, hätten sie es vor einem halben Jahr bei der Untersuchung meiner ersten Probe feststellen müssen. Ich kann gut damit leben, und wenn ich auf natürlichem Weg ein Kind zeugen würde, wäre es ebenfalls mit meiner Powerschilddrüse ausgestattet. Es ist nicht in meinem Interesse, einen astreinen Genpool zu fördern. Die Menschheit braucht ihre kleinen Fehler wie übereifrige Drüsen oder … Sven.

»Jeden Dienstag geht die kleine Wichsmaus in die Samenbank und hobelt sich so ein richtiges Vermögen zusammen! Klingt komisch, ist aber so«, begrüßt er mich mit seiner schrecklichen Peter-Lustig-Stimme. Sven hat seinen alten Ford Ka direkt vor dem Haus abgestellt und das Heck geöffnet. Im Kofferraum steht irgendwas, das von einem ekligen alten Tuch bedeckt ist. Ich habe keine Ahnung, was er damit vorhat.

»Was machst denn du hier?«, frage ich deswegen sehr vorsichtig.

»Ich dachte, ich mach dir eine Freude«, antwortet er, wobei er das Wort »Freude« heraussträllert wie ein kastrierter Mönch.

»Freude! Freude!«, säusle ich ebenfalls singend, einen verklemmten Ordensbruder in Ekstase imitierend. Wir haben das mal total bekifft in einer Sketchsendung gesehen und neunzehn handgestoppte Minuten gelacht, bis wir nicht mehr konnten. Seitdem mönchen wir uns immer an, wenn wir eine Überraschung für den anderen haben.

»Möchte Bruder Jens nicht erkunden, was ich dort versteckt halte?«

Da ich mich wirklich vor der Decke ekle, breche ich die Mönchseligkeit ab und erwidere nüchtern: »Nee, dann müsste ich ja die Decke berühren.«

»Spießer.«

Er reißt den alten Fetzen von der Kiste und zum Vorschein kommt ein Käfig, in dem sich zwei längliche Pelze fürchten. Man erkennt, dass diese Pelze leben und gerade nichts anderes machen, als sich intensiv zu ängstigen, was mich sofort unglaublich wütend macht. Nicht dass ich ein übertriebener Tierschützer wäre. Es nervt mich nur, wenn sich jemand wie Sven als Herr aller irdischen Geschöpfe aufspielt, bloß weil er an entscheidender Stelle und mit sehr viel Glück als Mensch durchgewunken wurde.

»Was ist denn das?«

»Dein neues Hobby.«

»Was?«

»Ich hab doch gesagt, du brauchst was, mit dem du dich beschäftigen kannst. Und meine Mutter findet das auch.«

Womit ausgerechnet ich eine Empfehlung der Hobbyberatung Wilde verdient habe, verstehe ich ebenso wenig wie die vorgeschlagene Freizeitbeschäftigung selbst.

»Und was genau soll das sein?«

»Frettchen.«

»Das sehe ich. Aber woraus besteht das Hobby? Tieren Angst machen? Frettchen das Fürchten lehren?«

»Jetzt mach hier keinen auf doof. Das Hobby ist Züchten. Wir züchten Frettchen.«

»Nein.«

»Natürlich. Die bringen über zweihunderfünfzig Euro pro Stück und hauen bei jedem Wurf bis zu acht Babys raus. Du wolltest Babys, du brauchst ein Hobby – voilà, da hast du's, garniert mit tausend Öcken pro Zyklus!«

Das mag für Menschen aus Svens Kaste tatsächlich verlockend sein, für mich ist es die reinste Horrorvorstellung. Kleine Pelzwesen großziehen ist nicht mein Ding, und sie zum Beischlaf animieren erst recht nicht. Weder mag ich die Viecher, noch habe ich Interesse an neuen, streng riechenden WG-Mitbewohnern. Ich hatte in meinem Leben ein einziges Haustier, den Hamster Niki. Wegen meines Kindheitshelden Niki Lauda. Der Name war frei gewählt, hat aber dennoch das Schicksal des nachtaktiven Säugetiers beeinflusst: Nachdem sich Niki in seiner eigenen Wolle verfangen und ein Hinterbein gebrochen hatte, verlor er nach und nach sein Fell, wodurch er dem feuergetauften Rennfahrer immer ähnlicher wurde.

Ich kam noch auf die Idee, ihn unter eine rote Kappe zu setzen, warf ihn aber schließlich in den Müll, wofür ich von meinen Eltern mit zwei Wochen Fernsehverbot bestraft wurde, da Niki zwar nackt, aber noch quietschfidel gewesen war. Mir treibt es beim Gedanken daran noch heute den Schamschweiß in den Nacken. Seitdem lasse ich die Finger von Haustieren.

»Für uns sind das Nutztiere«, kontert Sven.

»Das Argument nutzt dir gar nichts. Ich bin nicht dabei. Was du in deinem Zimmer machst, ist deine Sache. Nur halt mich da raus.«

»Alter, ich weiß, was hier gerade passiert. Du hast vor wenigen Monaten das erste Mal Geld für was Selbstgemachtes bekommen und jetzt hast du einen Höhenflug. Ging mir auch so …«

»Nein.«

»Lass mich ausreden. Du denkst, dass das die nächsten Jahre so weitergeht, dass du …«

»Nein.«

»Jens! Dass du mit siebenunddreißig überhaupt noch Samen spenden darfst, ist krass genug. Aber spätestens mit vierzig ist da Schluss. Wir brauchen ein zweites Standbein!«

»Eine Frettchenfarm im Wohnzimmer ist aber kein Standbein, Sven!«

»Fein, Jens. Wenn du nicht mitmachen willst, dann ist das dein Problem. Ich finde die Idee aber leider genial und ziehe das durch. Und glaub nicht, dass ich dich dann irgendwie am Gewinn beteilige.«

»Dass ich auch da wohne, ist dir völlig egal, oder?«

Natürlich ist es ihm das. Und genauso natürlich ist es, dass ich mich innerlich genötigt fühle, den Viechern zur

Seite zu stehen. Vielleicht nur, um die Schuld, die ich mir mit Niki aufgeladen habe, loszuwerden. Ich werde ihnen also Futter geben und ihren Stall machen, wenn Sven mal wieder für drei Tage verschwunden ist. Was aber auch bedeutet, dass ich mich erkundigen muss, woher Frettchen kommen, wie man mit ihnen umgeht, was für einen Stall und wie viel Auslauf sie brauchen. Sprich, Antworten auf all die Fragen zu finden, die sich Sven niemals stellen würde. Ich gebe klein bei.

»Weißt du wenigstens, was die fressen?«

»Na, was wohl? Frettchenfutter.«

Wie kann man so naiv sein und trotzdem so alt werden? Frettchenfutter, mein Arsch! Die elenden kleinen Drecksviecher werden mir noch dankbar sein.

Es gibt tatsächlich Frettchenfutter, sogar von drei verschiedenen Anbietern. Wir haben uns für Ferret Complete entschieden. Die Packung macht einen klinisch korrekten Eindruck, vor allem die Computergrafik, die suggeriert, der Hersteller hätte ein Frettchen in einem US-Labor mit einem Computer vermessen, zerlegt und wieder zusammensteckt und sei deswegen auch in der Lage, das richtige Futter herzustellen. Alles andere sah nach Betrug aus, einfach irgendwelches Kleintier- und Nagerfutter in einer durchsichtigen Tüte, nebenbei auch für Chinchillas geeignet. Man kann genau erkennen, dass sich darin die gleichen Pellets befinden wie in der Meerschweinchen- und Zwergkaninchennahrung. Ärgerlich für den Hersteller. Klar, die vegetarischen Nager werden alle den gleichen Schrott knabbern, aber Frettchen fressen Fleisch. Man kann natürlich versuchen, sie zu Vegetariern zu machen, wenn man nicht hinterfragen will, aus welch fiesen

Tierproduktionsanlagen der Fisch und das Geflügel in Ferret Complete kommen. Auf der anderen Seite habe ich momentan nicht die Muße, mich mit derart komplexen ethisch-moralischen Fragen herumzuschlagen.

Wir sitzen in unserem Wohnzimmer, die Frettchen in ihren Käfigen vor uns. Sven hat aus irgendeiner Umzugskiste einen Teddybären und ein Stoffeichhörnchen gekramt, die er nun – zumindest für uns – sehr eindeutige Bewegungen machen lässt. Der Teddy steht dabei hinter dem Eichhörnchen.

Wir haben einen geraucht und jeweils zwei Bier intus, entsprechend albern freuen wir uns darauf, gleich die beiden Tiere in action zu sehen. Freude! Freude! Ob es tatsächlich komisch ist, die beiden mit bumsenden Stofftieren in Stimmung bringen zu wollen, sei dahingestellt – wir kichern auf jeden Fall. Vielleicht hat Sven Recht, und die Idee ist gar nicht so verkehrt. Wenn die zwei sich verstehen und sich so gerne vermehren, wie es in einschlägigen Internetforen beschrieben wird, kann ich mich vielleicht mit den pelzigen Mitbewohnern anfreunden.

»Wolle mer se reilasse?« mainzt Sven, und ich tusche den Vorschlag ab. Tataa, tataa, tataa. Damit öffnet er den Käfig unseres Männchens und versucht ihn sich zu greifen. Dabei beeindruckt er mich, indem er den vollen Titel des ugandischen Exdiktators runterrasselt: »Seine Exzellenz, Präsident auf Lebenszeit, Feldmarschall Al Hadji Doktor Idi Amin Dada, Herr aller Kreaturen des Landes und aller Fische der Meere und Eroberer des Britischen Empires in Afrika im Allgemeinen und Uganda im Speziellen, das Volk wünscht, dass er sich fortpflanze!«

Doch die Rechnung hat er bekifft und ohne die Instinkte eines geschulten Frettchenfängers gemacht. Mit einem Satz springt Idi Amin Sven aus der Hand und zischt durch den Raum. Da die Tür zu ist, kommt er wieder zu uns geflitzt und verschwindet plötzlich in meinem rechten Hosenbein. Ich hatte mich immer erfolgreich gegen diese viel zu weiten Jeans gewehrt, bis ich dem Drängen meines Körpers nachgegeben und ihn etwas fetter habe werden lassen. Seitdem trage ich Baggies und in denen nun ein panisches Frettchen, eine Scheißkombination sondergleichen. Idi Amin hingegen gefällt es in meiner Hose. Er robbt immer höher mein Bein hinauf und krallt sich dabei in meine Haut. Es fühlt sich an, als würde er kleine Fleischfetzen aus meinem Bein reißen, während er sich weiter und weiter meinem Schritt nähert.

»Tu das Ding da raus!«, brülle ich Sven an, der aussieht, als würde er gerade implodieren.

»Pscht, nicht so laut, was sollen die Nachbarn denken?«, prustet er mir entgegen.

»Mann! Tu was!«

»Wo ist denn mein kleines Frettchen?«

»Das ist kein Frettchen, das ist ein ausgewachsener Frett, und der will mir an den Sack!«

Ich habe noch nie ein Tier in meiner Hose gehabt und bin absolut planlos, wie ich mich verhalten soll. Aufstehen schließe ich aus, da Idi Amins Krallen sich dann noch tiefer in meine Haut bohren müssten. Vielleicht die Hose öffnen, damit ich ihn oben in Empfang nehmen kann? Was mir definitiv am wenigsten hilft, ist der mittlerweile hysterisch lachende Sven. Er ringt nach Luft und japst zwischen seinen Lachphasen wie ein Fisch, nur um sich dann wieder zu krümmen. Dabei rutscht er langsam von der Couch und wiederholt »Frettsack!«. Ich verfluche ihn innerlich. Außerdem beginne ich schon wieder zu schwitzen. Bevor sich die Lage weiter zuspitzt, greife ich nach meinem Gürtel, reiße ihn auf, dann die Knöpfe. In diesem Moment fühle ich, wie Idi Amin am unteren Saum meiner Boxershorts ankommt, und mein ganzer Körper erstarrt auf der Stelle. Wenn sich das verdammte Vieh nun falsch entscheidet und in die Shorts kriecht, werde ich durchdrehen. Bei Frettchen am Sack hat der Spaß ein Loch!

Sogar Sven scheint gesehen zu haben, wie weit Idi Amin inzwischen vorgedrungen ist, und ist plötzlich still.

»Wo ist er?«

»Genau an den Boxershorts.«

»Soll ich reingreifen?«

»Kannst du ihn denn packen?«

»Keine Ahnung. Aber was sollen wir sonst machen?«

Mir fällt nichts ein. Mir fällt nie was ein, wenn es wichtig ist. Gesetzt den Fall, die Welt geht unter, und ich bin der einzige Mensch, der es verhindern könnte, wenn ich nur eine gute Idee hätte … Nein, ich muss mich auf die Situation konzentrieren. Wie bekomme ich Idi Amin aus der Hose und verhindere gleichzeitig, dass er mir in die Shorts schlüpft?

»Scheiß drauf!«

Mit einer gezielten Bewegung schießt Svens Hand auf mich zu und verschwindet in meiner Hose. Dabei kippt er halb auf mich drauf und bleibt prompt mit seinen Fingern im Stoff der Unterhose hängen. Das bekommt das Frettchen in meinem Hosenbein natürlich mit und schiebt Panik. Es entscheidet sich für die Flucht nach vorne, erwischt aber leider nicht den Weg ins Freie, sondern in meinen Schambereich. Wild strampelnd und meine Haut zerfetzend wühlt sich Idi Amin immer näher an mein bestes Stück heran – und da hält es mich nicht länger. Ich schubse Sven beiseite und springe auf, denn jetzt habe ich wirklich Angst. Mit einem Schrei hole ich aus, um mir in den Schoß zu schlagen, um Idi Amin zu töten oder was weiß ich, doch da fährt ein Schmerz durch meinen Unterleib, wie ich ihn im Leben nicht gefühlt habe. Das elendige Drecksvieh hat sich in meinem Sack verbissen. Weil ich nur dastehe und schreie, packt Sven, der sich wieder aufgerappelt hat, meine offene Hose und zieht sie mit einem Ruck herunter. Aus dem rechten Bein meiner Shorts baumelt ein strampelndes Frettchen, das Sven mit entschlossener Tatkraft am Schwanz fasst und nach unten reißt.

Das, was ich gerade noch als schlimmsten Schmerz meines Lebens empfunden hatte, war eine homöopathische Dosis dessen, was die Rezeptoren in meinem Schambereich jetzt durch die Nervenfasern in mein Hirn senden. Ich brülle und sacke in mich zusammen.

Das hier ist schlimm. Richtig schlimm.

Hamster

»Die meisten Hamster führen ein
äußerst ungefährliches Leben.«

Ich habe fast zehn Wochen bei Dr. Parisius ausgesetzt, weil ich Angst hatte, die Wunde an meinen Weichteilen könnte wieder aufplatzen, wenn ich auch nur an das Wort Ejakulat denke. Sven hat mich übrigens nach dem Biss das erste Mal ausnahmslos positiv überrascht und aus seinem Zimmer einen Erste-Hilfe-Koffer herbeigezaubert, wie ich selten einen gesehen habe. Sein Ausstandsmitnehmsel von den Johannitern, wo er als Zivi Krankenwagen gefahren ist, weshalb er auch die Wunde professionell versorgen konnte – jedenfalls professionell genug für mich. Seit ich vor drei Jahren aus der Krankenkasse geflogen bin, fahre ich ganz gut ohne; die ein bis zwei Arztbesuche im Jahr zahle ich lieber selbst, als monatlich 300 Euro in den Sammeltopf für unnötige ärztliche Luxusbehandlungen anderer Menschen zu schütten.

Andererseits hätte ich mir vielleicht selbst eine Behandlung gönnen sollen, denn als die Wunde nach zwei Wochen noch immer nicht richtig heilen wollte, habe ich mir doch Sorgen gemacht. Eine weitere Verarztung aus Svens Wunderkoffer hat dann jedoch endlich das Eitern gestoppt, und keine zehn Tage später hatte ich keine Schmerzen mehr beim Laufen. Ärzte sind definitiv überbewertet. Da ich seit einer Woche wieder mein Sexleben mit mir aufgenommen habe und mein letzter Messemoderationsjob schon zwei Wochen zurückliegt, sitze ich nun endlich wieder in dem beunruhigenden Wartezimmer von Dr. Parisius und male mir aus, was ich mit den 110 Euro anstellen werde, die ich gleich kassiere.

Ich muss mich gedulden, bis die zwei Spender vor mir fertig sind. Da ich weder noch gesehen habe, bin ich entsprechend gespannt, was für Männer außer Sven und mir hier verkehren. Der Erste ist ein südländischer Typ, Mitte zwanzig, mit langen, dunklen Haaren, die er offen trägt. Seine satte Eitelkeit ist offensichtlich, ich tippe auf Türke oder Perser. Leider verlässt er die Praxis, ohne sich seinen Verdienst bar auszahlen zu lassen oder sich zu verabschieden. Vielleicht, weil er im 60-Euro-Bereich liegt. Oder weil Frau Verena Matisse heute nicht am Empfang ist und statt ihrer dort Frau Dr. E. Parisius sitzt, das Original. Eine verbissene Lady mit Botox-Backen, toter Stirn und kalten Händen, die mit Argusaugen das Kommen, Kommen und Gehen beobachtet. Hätte sie hier bei meinem ersten Termin gesessen – ich hätte Reißaus genommen. So kann ich nur hoffen, dass sie Frau Verena Matisse nicht mit ihrem Gatten in flagranti erwischt, mit ihren knochigen Fingern erwürgt und anschließend im Eisbach versenkt hat. Wenn dort Surfer auf Nimmerwiedersehen abtauchen können, wird eine tote Nebenbuhlerin auch –

»Sie können dann in Zimmer zwei gehen, Herr Fischer!«

»Wird da nicht erst, also, ich meine, kommt da nicht noch jemand?«

»Ich verstehe nicht?«

»Na ja, zum Saubermachen«, erkläre ich.

»Nun, ich weiß ja nicht, was Sie in dem Raum veranstalten, Herr Fischer, kann Ihnen aber versichern, dass all unsere anderen Spender sehr reinlich sind«, erwidert Frau Dr. Parisius mit einem Unterton, der mir den Schweiß auf die Stirn treibt.

»Ja, nee, klar, ich auch.«

Ich glaube nicht, dass sie mir das glaubt, und verschwinde möglichst lautlos in den mir zugewiesenen Raum. Es ist nicht derselbe, in dem ich beim letzten Mal war. Dieser ist etwas kleiner, und der Herr vor mir hat ihn in der Tat sehr ordentlich hinterlassen. Da die Frau des Samenarztes keine Anstalten macht, ein Video für mich einzuschalten, und ich mich trotz der zugesicherten Reinlichkeit der anderen vor den feilgebotenen Magazinen ekel, muss ich mich irgendwie selbst in Stimmung bringen.

Letzten Endes haben ein paar schmutzige Fantasien mit Frau Verena Matisse in der Hauptrolle geholfen, wobei ich gemerkt habe, dass es mir immer schwerer fällt, mich länger als dreißig Sekunden auf eine einzige Sache zu konzentrieren. Tatsächlich gelingt es mir seit einiger Zeit kaum noch, die Augen zu schließen und das Gesicht eines Menschen oder ein beliebiges Objekt vor meinem inneren Auge zu projizieren. Zu viel Internet oder so. Aber egal, meine Arbeit hier ist für die Woche getan, und das sogar schmerzfrei, ich bin wieder im Geschäft. Die Konsistenz meiner Spende war zwar etwas ungewöhnlich, doch das erkläre ich mir mit meiner selbstauferlegten Enthaltsamkeit. Ich stelle den Becher, gelernt ist gelernt, auf den kleinen Tisch unter dem roten Pfeil, überprüfe, dass ich den Raum so verlasse, wie ich ihn vorgefunden habe, und lasse mir den Verdienst bar auszahlen.

Mit 110 Euro in der Tasche, aus den toten Fingern am Empfang in Empfang genommen, und der Frage im Kopf, welche Handcreme wohl Samenarztfrauen empfehlen würden, verlasse ich das Haus. Vor mir liegt ein typischer Münchner Apriltag, es nieselt, und listige Windböen pfeifen durch die Straßen, damit man den feinen Regen auch direkt ins Gesicht bekommt. Fast wie der letzte August, denke ich und mache mich auf die Suche nach einem ruhigen Café in der Gegend. Ich habe am Wochenende einen Moderationsjob auf der »Talents Messe« und will mich irgendwo in Ruhe darauf vorbereiten. Ich soll da für eine Online-Jobbörse eine Präsentation halten, frech, mit einem Augenzwinkern, aber um Gottes willen nicht zynisch. Klar, wieso sollte ausgerechnet ich, ein für den Arbeitsmarkt vollkommen uninteressanter Freiberufler, auf einer Jobmesse auch die Moral meiner Auftraggeber in Frage stellen. Ich bekomme ein paar Hunderter schwarz auf die Hand, dafür lasse ich alle hundertzwanzig Minuten die Messebesucher schmunzeln. Ein fairer Deal für die Auftraggeber.

Ich lande schließlich in einem Café an der Tivolibrücke, auf dessen Speisekarte das verwirrende Wort »healthfood« steht. Vor allem, da der gleiche Schrott angeboten wird, den man auch sonst in Cafés mit Restaurantanspruch serviert bekommt. Pute, Kack und Kuchen. Ich bestelle Kack in Form einer »Asiatischen Pfanne aus dem Wok« – da kann man sehr wenig falsch machen, höchstens eine Pfanne in den Wok stellen – und lese mich in die wahnwitzig simpel funktionierende Welt meines Auftraggebers ein. Keine zehn Minuten später ist mir klar, dass ich nur hoffen kann, mein Geld für den Messeauftritt zu kassieren, bevor der Laden pleite ist. Das gesamte Konzept ist Unsinn, die eigentliche Idee besteht darin, dass Arbeitgeber und -suchende über die zwei Anlaufpunkte gotajob4you und gotajob4me auf ein und dieselbe Datenbank zugreifen, die work'n'workers genannt wird. Es ist mir ein Rätsel, wie ein vernünftiger Mensch für so einen Dreck Kapital bereitstellen kann. Die Schöpfer dieser sensationell bescheuerten Idee sind Anzugträger mit gelben Krawatten, Hornbrillen und nach hinten gegelten, langen Haaren, die hoffentlich nach der Messe in ihr Loch zurückkriechen.

»Ist bei dir noch frei?«, reißt mich eine Mädchenstimme aus meiner mich selbst langweilenden Hasstirade. Wenn Hass schon keine originellen Beschimpfungen hervorbringt, ist er sicher reine Zeitverschwendung. Zeit, die ich auch mit der mittelmäßigen Maus verbringen kann, die an meinem Tisch steht. Da um mich herum mehrere Tische unbesetzt sind, muss sie einen bestimmten Grund haben, warum sie unbedingt bei mir sitzen will.

»Sicher«, antworte ich.

»Sorry«, disqualifiziert sich das Mädchen, »aber ich hab ein Blind Date und, na ja, man weiß ja nie. Am Ende kommt da so ein hässlicher Vollspast rein ...«

»O Gott, ich auch!«, scherze ich, doch offenbar nicht scherzhaft genug, denn die Gute erschrickt tatsächlich.

»Du bist aber nicht Holger? Scheiße, ich dachte, du wärst jünger!«

»Nein! Stop! Das war ein Witz!«

»Wie?«

»Ich hab kein Blind Date.«

»Ah, Gott sei Dank!«

»Na ja, so schlimm und alt finde ich mich jetzt nicht.« Erst jetzt realisiert das Mädchen, dass sie mich ziemlich gekränkt haben könnte. Hat sie auch, doch das werde ich nicht zugeben.

»Sorry, ähm. So war das nicht gemeint«, entschuldigt sie sich. »Also, klar, schon ein bisschen. Weil du bist doch bestimmt verheiratet und hast Kinder und so.«

»Nein.«

»Echt nicht? Weil so Typen in deinem Alter, die suchen doch immer nur jemanden für ’nen Seitensprung.«

»Ich nicht. Ich suche eigentlich niemanden.«

»Solltest du aber, solange du noch so gut aussiehst«, flirtet das Mädchen jetzt recht offensiv, was mich völlig aus der Bahn wirft, weil ich das nicht kenne. Sie ist sicher zehn Jahre jünger als ich, was redet man mit so jemandem?

»Danke«, sage ich erst mal. »Ich heiße übrigens Jens.« Während ich überlege, ob ich ihr meine Hand hinhalten soll, gleitet ihr Blick zur Eingangstür und heftet sich an einen jungen Mann, der mich sofort die Waffen strecken lässt. Blond, hager, mit Hosen, in die ich zu keinem Zeitpunkt meines Lebens gepasst hätte, Superdry-Hoodie, coolen Sneakers – ich kann das alles zwar noch benennen, aber nicht mehr tragen. Das Mädchen springt wie vom wilden Wurz gepiekst auf und ruft: »Holger?!?«, er schaut sie drei Sekunden lang an und schüttelt dann den Kopf. Dem Mädchen entgleist das Gesicht, sie stammelt irgendwas von »verwechselt« und sagt einmal mehr »sorry«, dann setzt sie sich. Uns ist beiden klar, dass sie gerade die Hässliche-Vollspast-Karte gezeigt bekommen hat.

»Dann sei wenigstens so nett und verpiss dich«, rufe ich Holger zu, der mich ansieht und Unverständnis mimt, um sich dann umzudrehen und das Café tatsächlich zu verlassen.

»Ich kenne das Gefühl«, versuche ich das Mädchen zu trösten. Sie hat inzwischen ihr Nokia-Handy rausgeholt und tippt hektisch eine SMS. Ich wundere mich, warum gerade so ein Tippwiesel kein Telefon hat, mit dem man seine Nachrichten etwas einfacher verfassen kann, als sie zu schniefen beginnt und leise vor sich hin schimpft.

»Es gibt Schlimmeres«, setze ich erneut an und will ihr die Schulter streicheln, was ich nicht aufdringlich meine, sondern freundlich. Sie versteht das jedoch falsch, wischt meine Hand hastig beiseite und blökt: »Hey, Finger weg!«

»Tschuldige, ich wollte nur …«

»Junge Mädchen angrabschen, geht's noch?«, bellt sie weiter, doch dann lacht sie, streckt ihre Hand aus und streicht wiederum mir über die Wange.

»Sorry, verarscht. Du bist total lieb.«

Und verwirrt. Die Balzrituale meiner Generation funktionierten völlig anders. Da sie aber doch auf ihre Art attraktiv ist, sofern sie beim Lächeln die Lippen nicht öffnet, ist mir das gleichgültig. Ich steige auf ihren Flirt ein, obwohl ich unsicher bin, was ich sagen soll.

»Das hast du sehr gut erkannt.«

Sie blickt kurz zu mir auf und nickt mir zu, versucht wieder zu lächeln. Die Kellnerin unterbricht diesen Moment und stellt mir die Asiapfanne hin, das Mädchen schickt ihre SMS los, und mein Handy beginnt zu läuten. Die Synchronizität dieser Ereignisse sorgt dafür, dass wir beide lachen müssen, dann nehme ich das Gespräch an.

»Fischer?«

Keine Ahnung, warum ich meinen Namen immer wie eine Frage ausspreche, wenn ich ans Telefon gehe.

»Guten Tag, hier spricht Frau Dr. Parisius. Es geht um Ihre Samenspende.«

»Ja?«

»Sind Sie noch in der Nähe?«

»Na ja, schon, ja.«

»Es wäre gut, wenn Sie nochmal vorbeikommen könnten. Und bringen Sie bitte das Geld mit.«

»Wie bitte?«

»In Ihrer Spende befinden sich keine Spermien.«

»Wie, keine Spermien?«

Das Mädchen schaut mich skeptisch an, und meine Stirnheizung läuft sich warm.

»Ich komme sofort«, versichere ich Frau Doktor, beende das Gespräch und schnappe mir meine Jacke. »Bin gleich wieder zurück, ich muss nur schnell zu meinem Samenarzt.«

Das Mädchen blickt mir in die Augen und verkündet dann stolz, dass sie doch gleich gewusst habe, dass ich verheiratet sei. »Und weil deine Frau nicht schwanger wird, hast du dein Sperma untersuchen lassen …«

»Ganz kalt«, unterbreche ich sie. »Mich hat vor ein paar Wochen ein Frettchen in den Sack gebissen und, na ja, da muss irgendwas noch nicht ganz verheilt sein.«

Es war wahrscheinlich naiv zu glauben, dass sie mir die Geschichte abkaufen würde.

Immer wenn mir ein Mann an die Hoden fasst, schießt mir der alte Musterungsarztwitz »Ich mach noch schnell 'n EKG – Eier-Kontroll-Griff!« durch den Kopf, das schallende »Bruhaha!« eingeschlossen. Diesmal hat Dr. Parisius den EKG durchgeführt, danach seine Lesebrille aufgesetzt und sich die ganze Sache noch einmal genauer angeschaut. Natürlich rechne ich schon fest damit, dass er die einzigartige Frau Verena Matisse ins Zimmer holt und ihr die Frettbissspuren zeigt, aber die ist ja zum Glück nicht im Haus, und seiner Ehefrau mit dem Sack eines anderen Mannes in der Hand entgegenzutreten, ist offenbar selbst bei Ärzten nicht angesagt.

Mit der lebhaften, pointierten Schilderung meines Frettchenunfalls habe ich den Arzt zwar kurzzeitig erheitern können, doch sein Blick wurde sehr ernst, als er schließlich meine Weichteile zu inspizieren begann. Jetzt betrachtet er mich eindringlich.

»Und was für ein Tier war das genau?«

»Ein Frettchen.«

»Sie hatten Frett gesagt …«

»Ja, aus Witz, weil Idi ein ausgewachsenes Frettchen ist, und die Verkleinerungsform passt da nicht mehr.«

»Idi?«

»Idi Amin, wie der Diktator.«

»Das finden Sie witzig?«

»Ja. Schon.«

»Und wie genau ist der da hingekommen?«

Dr. Parisius lässt endlich meine Murmeln wieder baumeln und nimmt die Brille ab. Sein Blick ist noch strenger geworden, trägt nun aber auch eine Spur angewiderter Neugier in sich. Ich wiederhole, dass die Begegnung meiner Hoden mit dem Frett ein Unfall war, ein saudummer Zufall, eine superdämliche, unglückliche Verkettung der Umstände, und dass ich niemals auch nur einen Gedanken daran verschwenden würde, also, mit Tieren … echt nicht. Und selbst wenn, würde ich mich sicherlich nicht mit einem domestizierten Iltis einlassen, sondern lieber gleich was in Richtung Menschenaffe oder so holen. Den Witz quittiert der Arzt wenigstens mit einem kurzen Grinsen. Trotzdem fragt er beiläufig mit einem Tick zu viel Interesse im Unterton: »Aber Sie benutzen die Tiere zur Stimulation?«

»Was? Nein!«

»Das heißt, dass ich auch ausschließen kann, dass Sie das Beobachten von kopulierenden –«

»Ja, verdammt. Ich bin ganz normal!«

Das versteht er endlich, der Doktor. Sonst hätte ich ihm als Nächstes erzählt, dass ich sogar den Fernseher umschalte, wenn wieder mal irgendwelche Tiere in freier Wildbahn bei der Fortpflanzung gezeigt werden. Wie grotesk ich es finde, dass Tierfilmer so versessen darauf zu sein scheinen, jede Spezies unseres Planeten vom Alpaka bis zur Zwergziege kopulierend auf Film festzuhalten.

Dr. Parisius setzt sich, bittet mich, ebenfalls Platz zu nehmen, und beginnt dann umständlich mit seiner Schnelldiagnose: Das Frett, oder der Frett, da ist er sprachlich noch unsicher, hat mich an genau der Stelle gebissen, wo die Samenleiter verlaufen. Er kann im Augenblick nur das Schlimmste vermuten und würde in Anbetracht der Verletzungen darauf tippen, dass mich das Tier auf gut Deutsch kastriert hat. Eine klassische Vasektomie, sprich, das Frett hat genau da zugeschnappt, wo sein Biss die fatalsten Folgen hat. Wenn ich einverstanden wäre, könnte das Tier schon morgen bei ihm anfangen.

Ich kann nur ansatzweise die Dimensionen dessen begreifen, was mir gerade erklärt wird. Ich bin von Idi Amin zum Eunuchen gebissen worden, wenn ich das recht verstehe. Und dieser Arzt macht sich indirekt darüber lustig. Sofort steigt mein dämliches Unterbewusstsein auf sein unangebrachtes Geblödel ein: Ich kann ja noch froh sein, dass ich wenigstens ein Eunuch mit Pimmel bin. Normalerweise werden die Jungs nämlich komplett verstümmelt. Außerdem muss ich jetzt nie wieder einen Euro für Verhütung ausgeben.

Doch während ich den Arzt verachten kann und nie wieder sehen muss, wenn ich nicht will, fehlt mir bei meinem Unterbewusstsein diese Entscheidungsfreiheit. Ich kann es lediglich mit Alkohol betäuben, wobei man auch da nie sicher sein kann, ob es nicht gerade im Vollrausch voll aufdreht.

Über mein Gesicht laufen inzwischen Angstschweiß und Tränen, was andere bestimmt als guten Bandnamen durchgehen lassen würden, dazu dringt ein merkwürdiges Wimmern aus meiner Kehle. Mehr kommt nicht. Selbst als ich die 110 Euro, die mir vorhin ausbezahlt wurden, am Empfang wieder zurückzahle, ist da nur dieses Wimmern. Alles andere um mich herum verschwimmt. Irgendwer, ich tippe auf die Eishexe, sagt mir, ich solle mich glücklich schätzen, dass mir der Doktor die Untersuchung nicht in Rechnung stellt, gefolgt von einem verächtlichen »Frettchenbiss, tsss«. Ich schaue auf und glaube zu erkennen, dass auch die Tiefkühltrulla in mir einen ganz besonderen Tierfreund sieht.

Schön, dass der Doktor die Details meines Besuchs seiner unterkühlten Frau brühwarm serviert hat, noch bevor ich die Praxis verlassen konnte; andererseits danke ich Gott, dass Frau Verena Matisse nicht da ist. Ich erkläre in meinem neuen, trotzig wimmrigen Tonfall, dass das am Sack wirklich ein Unfall gewesen sei, aber mir der Hamster in meinem Darm leider einen penetranten Juckreiz verpasst habe. Ob das die Kasse auch übernehme?

Frau Doktor könne sich das gerne überlegen und mich dann auf dem Handy anrufen.

Ich bin planlos in die Straßenbahn vor der Tür gestiegen, bis zum Reichenbachplatz gefahren und von dort zu Karnoll's am Viktualienmarkt gelaufen, wo ich ein Nussschleiferl esse und eine Tasse dünnen Kaffee trinke. Wenn in München etwas für 1,65 Euro Trost spendet, dann dies. Leider blickt man von den Stehtischen bei Karnoll's direkt auf den Zoo- und Kleintierhandel Dehner, was mich sofort an den elendigen Frett erinnert. Vielleicht sollte ich mir ein Bier beim Kleinen Ochsenbrater genehmigen, der verkauft ein goldglänzendes Helles, dessen Brauerei ich mir nicht merken kann. Bio ist es, das weiß ich sicher. Aber auch hier muss ich meine Pläne schlagartig ändern. Man sitzt dort neben einem kleinen Brunnen, gewidmet dem Roider Jackl, »Förster, Gstanzlsänger, Levitenleser«, und schaut, das hatte ich komplett vergessen, auf ein großes, gelbes Gebäude, eine architektonische Alliteration also, an dessen Fassade, ebenfalls alliterativ, Samen Schmitz geschrieben steht. Ich werde von meiner Heimatstadt verhöhnt, das ist mehr als offensichtlich, doch ich werde jetzt nicht durchdrehen. Ich werde nicht ins nächste Messergeschäft marschieren und mir eine Waffe für einen Kleintieramoklauf besorgen, wobei mich der Gedanke an einen geschlachteten Idi Amin für einen Augenblick mit der Welt versöhnt. Dann wiederum kann das arme Mistvieh nichts dafür, dass Sven und ich es bekifft mit Mutter Teresa vergesellschaften wollten. Letztlich tröste ich mich mit der Vorstellung, Sven im Schlaf zu kastrieren, und gehe in die einzig vernünftige Bar am Platz, das Heilig Geist Stüberl.

Dort schaut einen niemand komisch an, wenn man sich um 12.23 Uhr ein Bier und einen Obstler bestellt. Es ist laut und dunkel, Après-Ballermann-Hits wummern dumpf durch die teer- und nikotinbeschichteten Boxen, keiner schert sich einen Dreck um dich, es sei denn, du bist Stammgast. Seit hier nicht mehr geraucht werden darf, riecht es nach Bier, Furz und Vergänglichkeit, nach Vergessen und Vergessenwerden. Man bekommt für die Zeit seines Aufenthalts nur eine einzige Frage gestellt, die nach weiteren Getränken. Ich hänge mich an den Tresen und belausche die erfahrenen Trinker neben mir, sie reden über sentimentalen Kack aus vergangenen Tagen, von geschiedenen Ehen, kostenfreiem Parken in der Innenstadt; und irgendeiner referiert bierselig-schnapslaunig über den Wucher mit Münchner Lebkuchenspezialitäten, dabei haben wir gerade mal Juni.

»Zum Beispiel, jetzt gehe ich zu dem Türken vor, kauf mir Lebkuchen von dem. Fünf Stück für zwei Euro fünfzig. Du, bei der Elly Seidl zahl ich für die, da zahl ich für fünf Stück fünfzehn Euro.«

»Du meinst aber nicht die Weihnachtssterne, oder?«, will sein interessierter Zuhörer wissen.

»Nein, Depp. Lebkuchen. Ich red von Lebkuchen! Das ist doch die Sache nicht wert. Ich sag dir: Bei der Elly Seidl zahl ich für einen Lebkuchen einen Euro fünfzig.«

Da lacht sein Gegenüber, das offensichtlich nicht rechnen kann, ein schwitziger Kerl mit Weißbierwampe und einem Münchnerisch, das Walter Sedlmayr ganz wuschig gemacht hätte. Er weiß selbstverständlich auch ein paar knallharte Fakten zum Thema beizutragen: »Früher, da sind die Leute nach Pasing rausgefahren und haben bei der Elly Seidl den Teig gekauft. Für Spekulatius. Da hat's zwei Gute gegeben. Die Elly Seidl und die Micksch. Die Micksch war in Haidhausen und die Elly Seidl in Dings.«

»War die nicht in der Paul-Heyse?«

»Nein, weiter. In Pasing, sag ich«, sagt er, und der andere beginnt wieder von vorne: »Ein Elisenlebkuchen bei der Elly Seidl, zwei Euro fünfzig. Beim Türken hab ich fünf Stück, wirklich gut, hab ich für drei Euro gekriegt. Zwei glasiert, drei schokoladig. Und jetzt sag ich dir eins: der Unterschied, das ist es nicht. Das ist bloß der Name, für den du zahlst.«

Ich sage Ja zum nächsten Bier und höre weg, höre gar nichts mehr, lasse mich einfach volllaufen. Früher war alles besser, da hat der Türke keine Billiglebkuchen verramscht, die Elly Seidl und die Micksch waren noch ganz heiße Feger, Weib gewordene Spekulatien, und ich hatte zumindest biologisch die Option, Vater zu werden. Möglich, dass mir die passende Frau nie über den Weg gelaufen wäre. Auch möglich, dass ich mich mit einer Unpassenden zufriedengegeben hätte. Trotzdem.

»Das ist alles ein Drahtseilakt, man weiß ja nie, wann und ob man die Richtige vor sich hat. Wie in dem Film da. Also, im zweiten Teil von 2001. Da ist der doch auch auf so 'nem Seil, der eine. Das hat jetzt nichts mit der Passenden oder Unpassenden zu tun. Ich mein nur, bildlich. Die eine Szene, in der der Pilot, Quatsch, der Astronaut vom Raumschiff rüber in das Teil, in dem der Computer ist, glaube ich, oder die alte Raumkapsel, das habe ich nur mal total bekifft gesehen und direkt vorm Fernseher Höhenangst bekommen, zweihundert Kilometer über einem fremden Planeten muss er sich da langhangeln, an einem Seil ...«

Der Mann, den ich zululle, steht auf und geht. Ich

rede einfach weiter, das darf man hier, hier ist schließlich Endstation. Ich gehöre jetzt zu den Tresenständern und Weinstandschlürfern, die es jeden Tag an den Viktualienmarkt spült. Die einzige Verantwortung, die ich für den Rest meines Lebens haben werde, ist die für mich, und ich bin mir bekanntlich egal. Ich kann mich sorglos die nächsten fünfzig Jahre abschießen, ich werde nie in eine Wohnung kommen, in der meine Familie auf mich wartet. Noch ein Herrengedeck, bitte!

Pudel

»Pudel haaren nicht, was sie bei Allergikern sehr beliebt macht. Allerdings sollte man langhaarige Pudel mehrmals in der Woche ordentlich durchbürsten.«

Das entscheidende Mietkriterium wird in allen künftigen Wohnungen auf jeden Fall eine Toilette sein, auf der man sitzen und gleichzeitig in ein Waschbecken kotzen kann. Sei es Magen-Darm-Infekt oder ein langer Nachmittag im Heilig Geist Stüberl, wo irgendwann Astra, Tannenzäpfle und Pilsner Urquell für eins sechzig das Glas in die Blase wandern – die Spuck'n'Stuhlgang-Kombination in unserem Bad hat sich schon oft bewährt. Ebenso die Entscheidung, mit einem Mann zusammenzuwohnen, der diesen Vorteil auch schon für sich entdeckt hat und einen kommentarlos auf dem Weg vom Topf ins Bett stützt. Ich habe, das erzählt Sven zumindest am nächsten Morgen, noch versucht, Idi Amin zu finden. Angeblich, um Frieden zu schließen, wahrscheinlicher aber, um die kleine Drecksau mit wüsten Beschimpfungen und Morddrohungen zu überhäufen.

Obwohl ich schon gegen neun am Vorabend ins Bett gefallen bin, habe ich bis kurz vor zehn geschlafen. Sven stellt mir eine Tasse Milchkaffee neben die Matratze, dazu ein Glas mit Aspirin Plus C, Breakfast of Champions. Zumindest das der kleinen. Durch die vollständige Reinigung meines Verdauungstrakts am Vorabend bin ich relativ fit. Nur der Schädel droht mir jeden Moment zu platzen, was sich mit dem Aspirin und etwas Zeit aber legen dürfte. Nikotinverzicht bei Vollabstürzen sorgt zweifellos wirklich für einen Gewinn an Lebensqualität in der postalkoholisierten Regenerationsphase.

Nachdem ich Sven noch einmal in Ruhe erklärt habe, warum ich mich dermaßen abschießen musste, weshalb ich gezwungen war, meine Fähigkeit, Informationen und Gedanken zu verarbeiten, für ein paar Stunden abzuschalten, ist er für einen Moment sprachlos. Er hatte mich in meinem Suff nicht verstanden und kann mir auch jetzt nicht richtig folgen. Er begreift zwar, dass ich nun gute Chancen hätte, als Haremswächter Karriere zu machen, spricht sich jedoch im gleichen Atemzug von jeglicher Schuld in dieser Angelegenheit frei.

»Natürlich bist du schuld, du Vollspast. Du hast die Frettchen hier angeschleppt.«

»Ich sehe da schon einen Unterschied zwischen anschleppen und in den Sack beißen. Das war ein ganz normaler Unfall.«

»Du hast auch gleich einen ganz normalen Unfall«, drohe ich.

»Okay, vielleicht nicht ganz normal. Aber jetzt einen Schuldigen zu suchen, also, das bringt doch nichts.«

»Hab ich ja gar nicht«, rechtfertige ich mich. »Du hast damit angefangen, indem du gesagt hast, dass du dir keiner Schuld bewusst bist.«

»Stimmt ja auch. Du hast schließlich keinerlei Sicherheitsvorkehrungen getroffen. Du hättest zum Beispiel deine Jeans in die Socken stecken können.«

Ich blicke an Svens Beinen hinunter.

»Das trägst du aber erst so, seit mich dein verficktes Frett gebissen hat.«

»Trotzdem. Wenn du willst, kannst du mich ja verklagen.«

»Wädä wä, kädäwä jäwä däden!«, äffe ich ihn nach, um mich seinem offensichtlichen Gesprächsniveau anzupassen. Verklagen. Erstens weiß ich gar nicht, wie das geht – muss man da erst zur Polizei oder nur zu einem Anwalt? –, und zweitens, na ja, Kinderkacke. Bei meinem Glück würde der Richter am Ende auch noch entscheiden, dass Sven für mich Spermien spendet, die dann eingefroren werden, so dass ich –

»Verdammte Scheiße! Vielleicht haben die noch mein Sperma!«, denke ich bewusst sehr laut. Zumindest könnte Dr. Parisius es noch haben. Ich bin da drei Monate mein Material abliefern gegangen, das letzte Mal kurz vor dem Frettbiss. Und das war ganz bestimmt eine Topspende. Die könnte doch noch bei ihm oder in seinem Labor auf Eis liegen. Ich habe ja keine Ahnung, wo das Zeug untersucht und weitergegeben wird.

»Wir müssen sofort bei Dr. Parisius anrufen. Der muss mein Sperma für mich aufheben!«

»Häh?«, häht Sven, der mir gerade nicht folgen kann.

»Ja, falls ich doch noch die Richtige treffe. Kann man ja nicht ausschließen.«

»Na ja …«

»Fick dich, Sven! Und deine Frettchen gleich mit!«

Echt wahr. Schon kann ich wieder über mich selbst lachen, wenn auch ungern. Ich lache lieber über andere, was meiner Meinung nach auf neunundneunzig Prozent der Deutschen zutrifft, wobei genau diese neunundneunzig Prozent in Umfragen immer das Gegenteil behaupten. Nur im Moment kann ich gar nicht lachen, nicht mal lächeln, ich habe verdammte Sorgen um den Erhalt meiner Art, meiner ganz persönlichen Art, der Gattung Jens Fischer. Ich kenne mich mit dem gesamten Wiedergeburtszeug nicht aus und glaube deswegen nicht daran; vielleicht bin ja ich die Reinkarnation eines ganz verwegenen Hindus oder eines tibetischen Kampfmönchs, die Faust Buddhas, vielleicht aber auch nur ein zufällig zusammenhängender Atombatzen, der sich für was Besonderes hält. Mir ist das in diesem Moment wurst, in diesem Augenblick bin ich das Zentrum einer Welt, die ohne meine DNA nicht weiterexistieren kann. Und wenn es nur die Haarfarbe und meine Verbitterung sind – ich gehe nicht, ohne alles dafür gegeben zu haben, der Nachwelt zumindest einen einzigen verbitterten, dunkelblonden Spross zu hinterlassen.

Eine Dreiviertelstunde später stehe ich vor Dr. Parisius' Praxis. Dass hier donnerstags erst ab 11 Uhr offen ist, habe ich nicht gewusst, kann die Stunde Wartezeit aber gut nutzen, indem ich mir genau überlege, wie ich mich mit der unterkühlten Samenarztfrau versöhne. Ich einige mich mit mir selbst auf Humor, damit konnte ich in meinem Leben bislang am häufigsten nur leicht beschädigt aus unglücklichen Situationen entkommen. Stellt sich nur die Frage, was eine dermaßen unterkühlte Existenz zum Lachen bringen könnte. Vielleicht also doch besser ein Strauß Blumen und die versöhnliche Anfrage, ob ich wenigstens noch Blut spenden könne. Nee, da würde mich Miss Bofrost sicher zur Tür hinauskomplimentieren.

Erst nach geschlagenen zwanzig Minuten, in denen ich ebenso verzweifelt wie erfolglos nach humoresken Einfällen für die Frau aus Eis gesucht habe, fällt mir ein, dass heute ebenso gut die wundervolle Frau Verena Matisse wieder Dienst haben könnte. Es ist nicht auszuschließen, dass sie gestern nur krank gemacht oder sich bei ihrem dämlichen Luigi den Magen verdorben hat.

In letzterem Fall benötige ich eine ganz andere Herangehensweise, einen Plan B, was lächerlich klingt, wenn Plan A nur unausgegoren im Brainstormingmodus vorliegt. Die Wahrscheinlichkeit, dass Frau Verena Matisse noch nicht über meinen Unfall und den damit einhergegangenen Ausfall in der Spenderkartei informiert wurde, ist nicht sehr hoch. Der Frettbiss, meine sodomitische Neigung, all das muss sich in so einer Praxis schnell herumsprechen. Die einzig in Frage kommende Vorgehensweise ist also Ehrlichkeit. Ich will mich also nur interessehalber informieren, wie das denn so mit der Selbstversorgung ist. Ob man sein gespendetes Material denn wie bei einem Kaufvertrag zurückrufen kann, um es irgendwo für eigene Zwecke konservieren zu lassen.

»Quasi, weil man vielleicht das Gefühl hatte, dass man in der Woche irgendwie vielleicht dermaßen sensationelles Material in sich getragen hat, dass man damit irgendwann vielleicht …«, ende ich meine Anfrage. Frau Verena Matisse schaut mich an wie ein Reh.

»Quasi irgendwie, irgendwo, irgendwann vielleicht?«, schnippt sie zurück.

»Genau.«

»Nein.«

»Wie?«

»Geht nicht.«

»Ja, aber, also, das ist jetzt ja nicht Ihre Entscheidung.«

»Stimmt. Das haben Sie entschieden, als Sie die Spende abgegeben haben.«

»Kann ich dann vielleicht den Doktor sprechen?«

»Da müsste ich mal nachsehen«, sagt sie, streicht sich eine Haarsträhne aus dem Gesicht, öffnet den Kalender und blättert. Und blättert. Bis sie nach einer Minute feststellt, dass in den kommenden vierzehn Tagen nichts frei ist und der Herr Doktor dann in Urlaub geht. In fünf Wochen wäre wieder ein Termin zu haben. Da mir damit nicht geholfen ist, reagiere ich fehl.

»Wo ist der Doktor jetzt?«

»Im Untersuchungsraum zwei. Aber da können Sie nicht rein!«

Ich habe dutzende Filme gesehen, in denen es der Protagonist mit einem Gegenspieler zu tun hat, der im Penthouse eines Wolkenkratzers sitzt, über die Stadt schaut, um die er seine Klauen gelegt hat, und zu dem man nur vordringen kann, indem man diverse Wachen zur Strecke bringt oder eine widerspenstige Sekretärin ignoriert und ins Büro des Bösewichts stürmt. Die Sekretärinnen rufen dann auch, dass der Held da jetzt nicht reinkann, und werden genauso ignoriert wie in diesem Moment die schöne Frau Verena Matisse.

Allerdings poltern die Protagonisten in diesen Filmen nie zu einem Befruchtungsspezialisten herein, der gerade zwischen den weit gespreizten Beinen einer Frau sitzt, die kurz vor den Wechseljahren noch von einem dringenden Kinderwunsch gezwickt wurde. Ist ja auch okay, ihr sei's vergönnt. Jedenfalls guckt mein persönlicher Antagonist gerade angestrengt in den unrasierten Teil der Dame, der in dieser naturbelassenen Form stark an einen Pudel erinnert, dessen Maul mit Metallwerkzeug offen gehalten wird – einen Pudel beim Zahnarzt. Mir ist durchaus bewusst, dass das kein Hund ist, was Dr. Parisius da untersucht, und dass er mich allein für diesen Gedanken schon wieder in die Sodomie-Ecke stellen würde. Seine Reaktion ist ein »Was zum Teufel?!« in meine Richtung, während die Pudeldame die Situation besser im Griff hat und eine klare Anweisung in meine Richtung schreit: »Raus hier!«

»Verzeihung!« Mehr bringe ich nicht heraus, bleibe aber noch eine Schrecksekunde erstarrt stehen, schaue im Raum herum und blicke gleichzeitig in das Pudelmaul – keine Ahnung, wie man in mehrere Richtungen gleichzeitig blicken kann. Zum Glück habe ich wenigstens nicht »Sitz!« gesagt. Vielleicht ist es eine außerkörperliche Erfahrung, die ich in diesen Sekunden durchlebe, das Ganze erinnert mich an eine dieser Splitscreen-Sequenzen in der Serie 24. Alles im Raum brennt sich in mein Gedächtnis ein, und erst nach diesem Brennvorgang kann ich mich umdrehen und aus dem Behandlungsraum laufen. Im Gegensatz zu der unglaublich detaillierten Wahrnehmung, die ich soeben noch hatte, verläuft nun alles wie hinter einem milchigen Schleier. Das Knallen der Tür, die ich reflexartig hinter mir zugeworfen haben muss, hallt dumpf nach, meine Schritte sind gedämpft und der Weg zum Empfang endlos. Frau Verena Matisse starrt mich mit weit aufgerissenen Augen an, ich sage mit dreiunddreißig Umdrehungen von fünfundvierzig nötigen: »Wir sehen uns dann in fünf Wochen!«

Sie schüttelt ihren Kopf in Zeitlupe, doch ich bin schon an der Tür und im Treppenhaus. Man nennt diesen filmischen Effekt auch Time-Lapse, mein Hirn macht nur noch alle 0,5 Sekunden eine Bestandsaufnahme des aktuellen Aufenthaltsorts. Die Welt stottert an mir vorbei, erst im Bavarese komme ich bei einem Bier wieder zu mir. Ich muss mit dem Fahrrad aus Bogenhausen die Isar entlang bis ins Schlachthofviertel gefahren sein, anders kommt man nicht in diese Ecke von München. Nach und nach begreife ich, was ich im Zeitraffer durchgemacht habe, zwischendurch knallt der zahnkranke Pudel wie ein Online-Poker-Pop-up in den Vordergrund. Ich werde Gras über diese Geschichte wachsen lassen müssen, über mein Dasein als Samenspender und die Praxis Dr. Frank Parisius. Viel Gras.

Da Gras nur wächst, wenn es mit ausreichend Flüssigkeit versorgt wird, versandet mein Abend im Valentin Stüberl und ich stelle auf dem Weg nach Hause die kühne Behauptung auf, dass alles, was in Kneipen geschieht, deren Name auf »Stüberl« endet, verheerend ist. Diesmal war ich zum Glück schlau genug, Sven gegen fünf anzurufen, damit er mich abholt. Anstatt mich jedoch vor dem Totalabsturz zu schützen, hielt Sven es für angebracht, sich auf dem Weg ins Stüberl meinem Promillegehalt anzunähern, um anschließend mit mir grob in Richtung Nirvana aufzubrechen. Immerhin hatte er hundert Euro in der Tasche, woher, wollte er nicht sagen, sondern sie nur mit mir verflüssigen.

Ich kenne die Jungs, die den Laden besitzen, einer von ihnen steht auch hinter der Bar, Filip, ein gut gelaunter Tscheche, der einem bei seinem Vorhaben, die Welt für ein paar Stunden zu ertränken, sehr fachmännisch zur Seite steht. Jan, seinem Geschäftspartner, ist entweder mal wieder die Bude abgebrannt, oder er hütet die Gäste drüben im Bavarese. Die beiden sind die entspanntesten Gastronomen der Stadt. Filip lacht sogar dann noch, wenn man in seiner Bar völlig verstrahlt und zugesoffen Frauen anmacht. So wie ich die am Tresen, die einen Namen mit N hat, Nina, Nana, Nunu, ich kriege es nicht hin und wanke sinnlose Banalitäten stammelnd vor ihr herum, bis sie zum Rauchen rausgeht. Ich möchte auch eine, aber sie raucht gar nicht und will nur, dass ich mich verpisse. Filip und Sven finden das ungeheuer amüsant, bis ich eine aus meiner alten Schule entdecke, deren Namen ich auch nicht mehr weiß, und die sich freut, dass ich sie erkannt habe. Sie erzählt von ihren drei Kindern, was mich einen Scheiß interessiert, und ich bin Arschloch genug, ihr das auch zu sagen. Sie lacht darüber, meine Herren, so cool hatte ich sie gar nicht in Erinnerung. Ist sie auch nicht, denn schon verabschiedet sie sich, hakt sich bei ihrem Mann ein, einem Koloss, der mich mit einem einzigen Schlag töten könnte, wenn er wollte, und geht.

Meine weiteren Versuche, Frauen aufzureißen, indem ich ihnen von meiner Unfruchtbarkeit erzähle und die Vorteile des Geschlechtsverkehrs ohne Verhütungsmittel klarzumachen versuche, tragen ebenfalls keine Früchte. Nach ein paar Stunden ernte ich selbst von Filip genervte Blicke, es müssen sich Gäste beschwert haben. Natürlich ist mir klar, dass es generell alles andere als vielversprechend ist, rotzbesoffen Frauen anzuseiern und nach den ersten drei Sätzen das Thema Sex auf die Bar zu klatschen. Hätte ich ihnen meinen Pimmel gezeigt, hätte ich die gleichen Reaktionen ernten können. Ich sehe, wie Sven mit Filip quatscht, der immer wieder einen Kontrollblick zu mir rüberwirft, und weiß, dass es Zeit ist, den Ort zu wechseln.

Gegen Mitternacht wanke ich neben Sven den kleinen Weg am Glockenbach entlang und will unbedingt von der kleinen Brücke pinkeln, die man dort überqueren muss.

»Lass mal stecken«, versucht Sven mich davon abzuhalten, »hier kommen um die Zeit gerne Väter mit ihren nachtaktiven Kindern vorbei.«

Das Glockenbachviertel ist seit ein paar Jahren der Prenzlauer Berg Münchens. Hier siedeln mittlerweile nur noch junge Eltern, die zwischen Baby und Bio-Brei ihre astreine Kohlendioxidbilanz im Bugaboo vor sich herschieben. Sie tragen Fairtrade-Treter, bezahlen ohne mit der Wimper zu zucken 6 Euro für eine Tafel Schokolade, haben ständig Pappbecher in der Hand und freuen sich, wenn wieder ein unverschämt teurer Laden aufmacht, der irgendwas verkauft, das sie an die eigene Kindheit erinnert. Tri Top, Brio, Ahoj-Brause, Creme 21. Sie flippen aus, wenn Twix wieder für ein paar Wochen Raider heißt, denn damals war alles noch gut, selbst wenn ihnen Afri-Cola früher auch schon nicht geschmeckt hat. Dass ihr Lebensstil gesteuert und ihre Begehrlichkeiten so durchschaubar sind wie die Interessen der Industrie dahinter, steht auf ihrer persönlichen Ignorier-Liste ganz oben. Hauptsache, sie erleben durch ihre Kinder die eigene Kindheit nochmal und bieten den Gören identische Erfahrungen mit reanimierten Produkten. Wüsste ich, wie man es anstellt – ich würde sofort die Saftpyramiden wieder auf den Markt bringen, in die wir früher unsere Strohhalme gerammt haben.

»Ichd wilol ein Kind vobn mir!!«, bricht es plötzlich aus mir heraus. »Ich will auch dso sacheiße sein wie alle sanderen! Ddas iost näümnlich gar nicht so schaloemm, wejnjn man erst malo drinbnen steckt.«

»Ja, ja. Aber jetzt gehen wir nach Hause.«

»Nein! Du bist nämdlich tschild, dass ich niemaos im Leghen Vater werde!«

»Was?«

»Fju ....«, setze ich noch an, schaffe den Satz aber nicht, denn meine Konzentration wird wieder vom Gleichgewichtssinn beschlagnahmt. Ich bin an dem Punkt der Nacht, wo mein Körper versucht, meinen Geist wie ein Spenderorgan abzustoßen. Dabei wollte ich Sven nur mitteilen, dass ich vor zwanzig Jahren als Zwergerlskilehrer überzeugt war, spätestens mit dreißig ein oder zwei eigene Kinder im Kurs zu haben. Vorgestern noch hätte ich mich auf jeden Fall für eine funktionierende Beziehung und nur ein Kind entschieden, heute würde ich das auch, wenn meine Samenleiter noch intakt wären. Zwei Kinder bedeuten heute automatisch das Aus für jede romantische Beziehung, es wird ein praktisches Miteinander, eine Partnerschaft, wie sie in der Hölle erfunden wurde. Das lässt sich an vielen Beispielen in meinem Bekanntenkreis beobachten, die auch nur noch von der Erinnerung an die Beziehung zusammengehalten werden, die sie mal hatten. Deswegen auch diese Vernarrtheit in Artikel aus ihrer Vergangenheit, aus Shops, deren Interieur mit künstlicher Patina beschmiert wurde. Ich gebe zu, dass ich, hätte ich denn einen Beruf gefunden, sicher einer von ihnen wäre. Und dafür verachte ich sie aus vollkommen verbitterter Seele. Leider fühle ich mich selbst zu minderwertig und überflüssig, um ein wahrer Misanthrop zu werden. Natascha wohnt hier sicher auch schon, mit einem oder zwei Kindern, das geht ja so schnell. Wir müssen hier weg, versuche ich Sven zu sagen, aber nur ein Rülpsen kommt aus meinem Mund, dieses Selbstelendsviertel ist der Nährboden für meinen Bitterstoffwechsel.

Beim Kiosk in der Müllerstraße besorgt Sven mir zwei Dosen Red Bull, und ich bin dank der frischen Luft schon klar genug, um gar nicht erst nach Wodka zu fragen. Ich habe begriffen, dass mein Sprachzentrum noch nicht resettet und neu kalibriert wurde und ich mich mit meiner Konversation noch zurückhalten muss. Erst auf der Couch werde ich mich wieder einigermaßen verständlich ausdrücken können.

Nach und nach bin ich in der Lage, Buchstaben und Worte wieder so aneinanderzureihen, dass die Ketten Sinn ergeben. Der Mann, den ich für mein Leid verantwortlich mache, sitzt bei mir und hat es geschafft, die Frettchendame Mutter Teresa aus ihrem Käfig zu holen und auf seinen Schoß zu nehmen, ohne dass ich protestiere. Was soll auch noch passieren? Gut, das Sauvieh könnte mir die Augen auskratzen, aber das Risiko nehme ich in Kauf.

»Du willst also Vater werden«, beginnt Sven.

»Ich wollte.«

»Oder bist schon.«

»Wie?«

»Dr. Parisius?«

»Quatsch. Die testen doch erst«, antworte ich und atme tief durch.

»Ja, aber nur noch Schnelltests. Die wissen ja, dass du fit bist.«

»Quatsch.«

»Türlich.«

»Nee, Quatsch.«

»Hör mal auf und hör zu: Die müssen dir deine Samen wiedergeben, wenn sie die noch haben. Das wäre ja noch krasser, wenn die –«

»Aber genauso krass isses halt.«

»Mann, Jens. Die müssen doch Buch führen. Das kann

ja nicht sein, dass die einfach die Samen durch die Welt schicken und dann niemand mehr weiß, wo die sind.«

»Ja, und?«

»Da müssen die dir auch sagen, ob die gebraucht worden sind oder noch auf Trockeneis liegen.«

»Vielleicht will ich das gar nicht wissen. Vielleicht reicht mir ja der Gedanke, dass ich Vater geworden sein könnte.«

»Jetzt redest du aber Quatsch.«

Wir schweigen. Er hat ein bisschen Recht, und das wissen wir beide. Uns ist außerdem klar, dass uns niemand jemals verraten wird, was aus meinen Samen geworden ist.

»Es sei denn, wir gehen da maskiert mit Waffen rein oder so«, beendet Sven meinen Gedankengang, und ich bin baff. Wie hat er das gemacht? Kann der Arsch jetzt meine Gedanken lesen?

»Nein. Du denkst gerade laut. Und ich bin kein Arsch«, beantwortet er meine Frage.

»Ach so. Scheißalkohol.«

»Und? Ich meine, drastische ... Dings, äh ... der Zweck heiligt die Mittel.«

»Ja, aber ich überfall keine Samenbank. Ich hab doch keinen Bock, als Deutschlands Dümmster Vollidiot im RTL-Jahresrückblick gezeigt zu werden. Komplette Scheißidee von vorne bis hinten. Echt.«

Ich weiß nicht genau, ob ich schon wieder leise denken kann, muss es jedoch dringend versuchen. Weil der Ansatz gar nicht mal so verkehrt ist. Reingehen, Info holen, rausgehen.

»Ja, können wir auch anders machen.«

Mist. Er hört mich noch immer.

»Ja.«

»Und wie soll das funktionieren?«

»Einbruch.«

»Ach ... nein«, höre ich mich sagen. »Das heißt, ja, vielleicht. Aber da ist es dasselbe. Wenn die uns erwischen – das geht einfach nicht. Auf der anderen Seite werden die keine Alarmanlage oder so was haben. Obwohl ... die haben immer Kohle für die Samenspender im Haus. Das heißt also ...«

»Jens?«

»Ja?«

»Was sagst du dazu?«

Ich hab doch gerade geredet; dachte ich zumindest. Anscheinend kann ich aber Gedanken und Sprache nicht mehr trennen, ich muss mich erst mal hinlegen und ausschlafen. Mann, das nervt.

»Finde ich auch. Nacht.«

Pit Bull

»Da es bei der Pit-Bull-Zucht
vorrangig um Leistung und Kampfwillen geht,
wurde auf das Aussehen der Rasse
niemals Wert gelegt.«

»Einbruch« zu googeln war eine applauswürdig dämliche Idee, nicht mal die Seiten zum Thema Einbruchprävention bringen mich weiter, halten nur auf. Fünf Minuten kostet mich das Lesen der »Einbruch Tipps Für Neue Welpen«, eine Werbeseite aus dem Babelfishuniversum, an deren Ende auf einen Artikel zum Thema »Verständnis Für Die Bedeutung Der Suche Nach Der Besten Heimtierbedarf« verlinkt wird. Natürlich klicke ich das an, obgleich ich ahne, dass diese Babelfisherei System hat und ich nicht der Erste bin, der durch diese Übersetzungshölle zu navigieren versucht. Nach einer Stunde Webrecherche bin ich so klug als wie zuvor.

Svens Vorschlag, einen Privatdetektiv anzuheuern, habe ich nach einem kurzen Anruf bei einer Detektei verworfen. Ich hatte absichtlich die Firma mit der unseriösesten Internetpräsenz ausgewählt. Eine, deren digitale Visitenkarte schon andeutet, dass man dort auch lästigen Mitmenschen diverse Knochen zu fairen Preisen brechen lassen kann. Bei beiden Armen ein Bein gratis!

»Eine Garantie kann ich Ihnen natürlich keine geben«, wurde mir in schönstem Münchner Kaiserdeutsch mitgeteilt. Ich müsse auf jeden Fall die Tagessätze zahlen, und wenn die Ermittler etwas fänden, bekäme ich das Ergebnis mitgeteilt. Wenn nicht, ebenso. Ein perfektes Geschäftsmodell, und dazu cool und verwegen. Ich habe für eine Sekunde überlegt, selbst Detektiv zu werden und nach meiner Ausbildung auf eigene Faust herauszufinden, was aus meinem Erbmaterial geworden ist, habe aber auch das gleich wieder fallenlassen, als mir der unseriöse Detektiv sagte: »Nein, wir bilden nicht aus. Und jetzt entschuldigens' mich, ich hab Arbeit zu tun.«

Am Abend sitze ich mit Sven in der Küche, esse Spaghetti mit Tomatensoße, trinke billigen Wein und gehe mit ihm meinen endgültigen Plan durch. Der sieht vor, dass er am nächsten Morgen spenden geht und sich dabei ganz unverfänglich informiert, wie oft er eigentlich schon da war.

»Und warum würde ich das wissen wollen?«, würde Sven gerne wissen.

»Keine Ahnung. Sag, dass dein Steuerberater die Info braucht«, ist das Erste, was mir durch den Kopf schießt, und Sven ist sofort verunsichert.

»Hey, das muss man aber nicht in echt versteuern, oder?«

»Keine Ahnung. Ist ja auch egal.«

»Überhaupt nicht.«

»Gut, dann würde ich sagen, man muss. Ist schließlich ein Gewinn, den du machst.«

Sven legt seine Stirn in Falten, seine Atmung beschleunigt sich, er ist alarmiert.

»Nee! Ich spende da was und bekomme dafür, na ja, so eine Art Gegenspende.«

»Okay, lass ich gelten. Du sollst auch nur rausfinden, wo die ihre Unterlagen haben. Ob das alles im Computer steht oder ob die irgendwo Patientenakten haben«, versuche ich ihn zu beruhigen und gleichzeitig zurück zu meinem eigentlichen Anliegen zu kommen. Nur, wenn Svens Aufmerksamkeit sich mal in etwas verbissen hat, ist es ein Ding der Unmöglichkeit, ihn davon loszureißen, seine Konzentration ist der reinste Pit Bull.

»Ja, aber wenn die in der Praxis jetzt 'ne Steuerprüfung hätten, dann würden die vom Finanzamt doch an meine Adresse kommen, oder?«

»Ich weiß es nicht, Sven. Aber genau das sollst du ja morgen fragen. Wichtig ist nur, dass –«

»Wie viel ist 400 mal 12 mal 4?«

»1600 mal 12.«

»Aha. Und das ist ...?«

»16000 ... 19600 oder so.«

»Und wie viel muss man auf 19600 Euro Steuern zahlen?«

»Keine Ahnung. Aber wenn du das als 400-Euro-Job angibst, gar nichts.«

»Sicher?«

»Mann! Sven! Frag deinen Steuerberater!«

»Hab ich doch keinen!«

Es ist kompliziert mit Sven, doch er ist ein guter Mensch, der lediglich etwas anders funktioniert. Man darf nie zu viele Informationen oben einfüllen; am besten fährt man mit einfachen, klaren Handlungsanweisungen nach dem Prinzip der Ereigniskarten bei Monopoly. Nach einer Stunde habe ich ihn schließlich so weit: Gehe zu Dr. Parisius. Gehe direkt dorthin. Spende kein Sperma. Ziehe keine hundert Euro ein.

Und er verspricht herauszufinden, wo die Patientendaten gespeichert werden, und die Praxis auf mögliche

Alarmanlagen oder andere Sicherheitsfeatures zu überprüfen. Weil ich aber ein Idiot bin, versetze ich ihn mit einem unbedachten Kommentar in Panik: »Da können wir dann auch gleich schauen, ob deine Spenden an kinderlose Paare oder die Industrie gegeben wurden.«

»Bitte?«

»Kleiner Witz.«

Nicht für Sven. Er erklärt mir, dass er ein Allerweltsgesicht hat. Dass er Topmaterial hat, das beste weit und breit, seit die kleine Königsquelle meiner Lenden versiegt ist. Dass ich mehr Geld als er bekommen habe, hat Sven doch gewurmt, und nun spekuliert er darüber, ob ich eventuell nach einem neuen Tarif bezahlt wurde, während er noch nach einem alten Spendetarif abgerechnet wird. Wieder und wieder preist er die Qualität seiner Spermien, wird jedoch gleichzeitig immer nervöser, da ich ihm erkläre, dass die Qualität des Materials nicht damit zusammenhängen kann, wofür es benutzt wird. Die Verhütungsmittelindustrie wird ganz bestimmt nicht explizit schlechtes oder mittelmäßiges Sperma anfordern. Ganz im Gegenteil – gerade die werden doch auf Topware bestehen. Damit treffe ich einen Nerv, kann allerdings noch nicht genau sagen, ob das gut oder schlecht ist und wie genau diese Aufregung seine Beteiligung an meinem Vorhaben beeinflussen wird. Vorsichtshalber rechne ich mit dem Schlimmsten.

»Sven, entspann dich. Ich will nicht, dass du jetzt irgendwas in Richtung Überfall machst«, sage ich, um ihn von Kurzschlusshandlungen abzuhalten.

»Was?«

»Na ja, dass du da jetzt womöglich mit Gewalt versuchst ...«

»Natürlich nicht, ich bin doch nicht doof. Schließlich geht's inzwischen ja um mich.«

Ach, Sven.

Eine Woche später stellt Sven mir Hondo vor, einen breit gebauten, grobschlächtigen Kerl in grauen Trainingshosen und einem »Vorsicht Balkan«-T-Shirt. Seine Haare sind kurz, seine Arme tätowiert, ich spüre sofort den Drang, ihn klischeehaft in diese Schublade zu packen, in der ein 3er BMW geparkt steht, kein geregeltes Einkommen zu verdienen ist und sehr viel Hass haust.

»Der hat bei Parisius geputzt«, widerlegt Sven meine zweite Vermutung. »Er hasst den«, bestätigt er dafür meine dritte. Hondo verzieht keine Miene, wahrscheinlich um seiner Animosität die angemessene Seriosität zu verleihen. Ich habe auf der Stelle nur noch den einen Wunsch, niemals von Hondo gehasst zu werden.

Dieser schlecht gelaunte Haufen Muskelmasse ist das Ergebnis von Svens rastlosem Treiben. Tagelang war er am Machen und Tun, am Recherchieren und Telefonieren, und ich war wahrhaft beeindruckt von der Energie, die mein Mitbewohner freisetzen kann, wenn ihn etwas interessiert. Er kann alles andere in seinem Leben völlig ausblenden und sich einer Aufgabe auf eine Art widmen, wie ich es niemals fertigbringen würde. Meine Aufmerksamkeitsspanne hat eine Aufmerksamkeitspanne; nach lustlosem Googeln und einer schlaflosen Nacht gebe ich normalerweise meine Vorhaben auf, ganz egal, wie wichtig mir die Sache vorher gewesen ist.

Ich war zu blöd für die Universität, weil ich mich dort mit dem System Studieren hätte beschäftigen müssen: Die Idee des Grundstudiums, der Scheine und Prüfungen hat mich jedoch nicht interessiert, weshalb ich nach drei Vorlesungsbesuchen entmutigt die Uni verlassen habe.

Sven hingegen hat Phasen, in denen er sich in seine biotechnische Welt zurückzieht. Dann assistiert er im Labor der Uni, forscht und schweigt. Da ich nicht verstehe, was er da macht und wohin ihn das bringen soll, frage ich ihn auch nicht darüber aus. Er würde in diesen Perioden des konzentrierten Arbeitens sicherlich nicht antworten. Doch nun macht sich seine Besessenheit für mich bezahlt. Hoffe ich.

Irgendwie hat er, garantiert unter Einsatz seines Lebens, Hondo Tosic aufgetrieben, der von Juli 2008 bis Mai 2009 bei der Firma Spring Clean Gebäudereinigung GmbH gearbeitet hat, einem Reinigungsservice mit Zeitarbeitern. Die haben ihn in Parisius' Praxis geschickt, wo er statt zu putzen eine Affäre mit einer Angestellten hatte.

»Mit Frau Verena Matisse?«, will ich sofort wissen.

»Nee. Mit einer echten Frau.«

»Und das war ...?«

»Die Frau von Arzt«, erwidert er sichtlich gelangweilt. Coldfinger, notiere ich beruhigt. Er hat die Frau mit den toten Händen verführt. Kein Problem.

»Und?«

»Ja, hat ihn halt gelangweilt, wie er uns erwischt hat. Aber ist wohl seine Alte schuld, nicht ich, oder? Weil ich war halt weniger mit ihm verheiratet, verstehst du? Tut mir echt leid.«

»Ja, klar«, antworte ich, runzle jedoch die Stirn, weil mich seine Erklärung im Stil der neuen Deutschen Höflichkeit an all die unschuldigen jungen Menschen erinnert, die in Castingshows vor der Jury stehen und erklären, warum sie ihren Text nicht lernen konnten.

»Alter, wenn seine Frau fremdgehen tut, kann ich nichts dafür! Leider! Checkst du das nicht?«

Dass diese Dumpfbacke nun auch noch an meinen kognitiven Fähigkeiten zweifelt, lässt mich grinsen. Ich habe große Zweifel, dass er mir jemals etwas erzählen könnte, das ich nicht augenblicklich begreife. Dennoch lasse ich ihn in seinem Glauben, dass ich der Unterbeleuchtete von uns beiden bin. Alles andere könnte schmerzhafte Folgen haben.

»Aber er muss mich natürlich bei mein Chef voll auffliegen lassen und so. Seitdem bin ich halt wieder Poolboy.«

Ich kann mir zwar nicht vorstellen, wer diesen Kerl seinen Pool reinigen lassen würde, komme dann aber darauf, dass das ja ebenfalls über eine größere Reinigungsfirma laufen könnte. Und wer weiß, ob sich die Grünwalder Damen an ihren Pools im Garten nicht gerne mal unter einen Balkankörper legen, statt immer nur in der Sonne zu garen und auf ihre Gatten zu warten, die in Vorstandssitzungen schmoren oder auf Geschäftsreisen ihre Assistentinnen bumsen. Da sich eine etwas zu lange Pause im Gespräch einstellt, in der er sicher eine Reaktion auf sein gebeuteltes Schicksal erwartet, sage ich: »Schöne Scheiße.«

»Ja, oder? Und der Arzt hat halt voll alles und ich voll nichts.«

»Na ja, du hattest seine Frau. Und die bedeutet ihm vielleicht mehr als …«

»Scheiße bedeutet die«, fährt Hondo mich an. »Was weißt denn du schon, du Pisser?«

»Nichts, sorry, ich … 'tschuldige.«

Sven beschließt zu diesem Zeitpunkt wieder an unserer Dreisamkeit teilzunehmen.

»Hey, Hondo, relax«, stöhnt er genervt, und Hondo relaxt. Dann wendet er sich mir zu: »Okay, der Plan geht so: Hondo hat die Schlüssel für die Praxis …«

»Er hat was?«, unterbreche ich.

»Die Schlüssel. Ich hab alle Schlüssel von wo ich mal gearbeitet habe«, antwortet Hondo.

»Genau. Mit denen gehen wir Samstagnacht in die Praxis, als wären wir die Putztruppe.«

»Klingt gut«, gebe ich zu.

»Du und ich checken den Raum mit den ganzen Akten, und Hondo holt sich, was er braucht.«

»Und das wäre?«, frage ich. Mir ist neu, dass Hondo dort auch irgendwas braucht.

»Dem Wichsarzt seine Computer und so«, antwortet er. »Ich kenn einen, der wo das alles zu fairen Preis an den Mann bringt.«

»Nee, komm. Wir wollen echt nur –«

»Hey, halt's Maul, okay?! Ich bring dich da rein und du bist still, oder ich häng dich, ey.«

Diese spezielle Drohung ist mir noch nie untergekommen und meine Angst vor ihr entsprechend groß. Egal, ob das metaphorisch oder wörtlich gemeint ist, ich habe nicht vor, mich von Hondo hängen zu lassen. Also versichere ich ihm, dass alles cool ist und er machen kann, was er will, solange ich ebenfalls bekomme, was ich brauche.

»Kriegst du. Das und zwanzig Prozent«, merkt Sven an.

»Zwanzig Prozent?«

»Von Verkauf. Sven wollte erst dreiunddreißig, aber ihr Spastis kennt halt keinen, der wo das Zeug verchecken kann.«

»Ja, nee, ich will gar nichts von dem Verkauf. Ich will nichts stehlen, nur Informationen«, mache ich klar.

»Gut, dann nehm ich achtzig Prozent«, akzeptiert Hondo.

»Nee, Moment. Jens entscheidet, wer seine zwanzig Prozent bekommt,« höre ich von Sven, der sich sofort eine fängt.

»Schnauze. Dann machen wir mit seine zwanzig Prozent fifty-fifty. Also jeder zehn. Insgesamt ich siebzig, du dreißig.«

»Da musst du mir doch keine reinhauen«, mault Sven und hält sich die komplette rechte Gesichtshälfte. Hondo lacht, nimmt ihn in den Schwitzkasten, stößt und knufft ihn, ich fürchte schon um Svens Leben. Meine Angst vor diesem Typen wächst, denn dass er mich nicht leiden kann, ist offensichtlich. Ebenso dass er jetzt der Chef unserer Bande ist, das vermutlich analphabetische Alphatierchen. Mit der Ansage, dass wir zwei Pisser übermorgen um 22 Uhr im Drugstore sitzen sollen, aber auf keinen Fall Alk, weil sonst aufs Maul, nimmt er seine Sporttasche und geht. Kaum ist er aus der Tür, renne ich in mein Zimmer. Mein Laptop ist noch da, Handy auch. Dennoch befürchte ich, dass uns Hondo erschießen wird, sobald wir den Einbruch beim Doktor hinter uns gebracht haben. Sven, weil er dreißig Prozent vom Gewinn haben will, und mich, weil ich ein Spasti oder Pisser bin. Sven kommt hinter mir ins Zimmer.

»Und?«, fragt er und macht keinen Hehl aus seinem Stolz.

»Was, und?«

»Wie findest du ihn?«

»Ist das dein Ernst? Ich hab Angst vor dem Typen.«

»Musst du nicht, der ist total nett.«

»Sprach der Idiot mit der roten Gesichtshälfte. Wo hast du den bloß her?«

Er lässt sich auf mein Bett fallen, greift nach dem Buch, das aufgeschlagen danebenliegt, blättert darin herum, lacht kurz, schließt es und legt es wieder beiseite.

»Den kenn ich von früher. Hat mir mal mein Handy abnehmen wollen.«

»Das ist aber nett.«

»Nein, natürlich nicht, aber dann hat er sich mein Handy genauer angeschaut und sich über das ›Scheißeteil‹ kaputtgelacht. Und dann hat er in seine Tasche gegriffen und mir ein anderes geschenkt.«

»Das Nokia mit der Kamera?«

»Genau. Seitdem haben wir uns ein paarmal getroffen. Ist nur dann ein bisschen gefährlich mit ihm, wenn er Alkohol trinkt. Dann prügelt er sich immer.«

Gut, Sven ist mein Mitbewohner, nicht meine Ehefrau. Er ist mir keine Rechenschaft über seine Freunde oder Bekannten schuldig. Aber dass er jetzt Typen in unsere Wohnung schleppt, die in den kommenden Jahren hundertpro in Sicherheitsverwahrung genommen werden, passt mir nicht.

»Er hat übrigens etliche 50- oder 60-Zoll-Flachbildfernseher, Sony oder so, LED irgendwie, da bringt er morgen noch einen für dich und einen für mich vorbei. Er will nur zweihundertfünfzig Euro pro Stück.«

»Nee, lass mal. Brauch ich nicht. Und kann ich auch gar nicht zahlen.«

»Kann ich dir leihen. Aber wenn du deinen nicht willst, verkaufen wir ihn einfach.«

»Ey, Sven, ich hab keinen Bock, dass hier die Bullen aufkreuzen und uns wegen Hehlerei oder Besitz von gestohlenem Kack Ärger machen.«

»Ja, okay. Dann sag ihm das genau so.«

»Damit er mir auf's Maul haut? Oder steht auf Verrat Vierteilen? Ich bin mit seinem Strafkatalog noch nicht ganz vertraut.«

Sven steht wortlos auf und verlässt mein Zimmer. Ich wollte nur in eine Samenbank einbrechen und meine Unterlagen lesen. Nichts stehlen, nichts kaputt machen, sondern mir einfach die Informationen beschaffen, die mir zustehen. Und mein verstrahlter Mitbewohner macht einen verdammten Kriminalfall daraus. Ich hoffe nur, dass Parisius keinen Wachmann hat, den wir umlegen müssen.

Das Restaurant Drugstore hat sich seit zwanzig Jahren nicht verändert. Es scheint, als würde der Besitzer auf ein 80er-Comeback warten. Ein richtiges. Alles im Lokal schreit nach toupierten Haaren, Schulterpolstern und Männern in Pastellfarben. Selbst die Musik ist stehengeblieben, Hair-Metal-Balladen mit Pfeifsoli und klirrenden Gitarren schmiegen sich weich zwischen die Sitzpolster designed by Stefanie Tücking. Sven versteht die Referenz auf die Achtzigerjahre-Moderatorin nicht, ich hingegen hatte einen Amiga 500, die von ihr gestaltete Sonderedition mit pinken Balken, gelben Dreiecken und dicken Streifen in Leopardenmuster.

»Und warum hattest du den und nicht einen ganz normalen?«, fragt Sven berechtigterweise.

»Die hat damals die Top Ten moderiert, und meine Eltern dachten, sie würden mir eine Freude machen«, erkläre ich.

»Ach, die von Formel Eins?«

»Genau. Und in den Achtzigern gab es dann eben den Amiga 500 und einen Opel Corsa oder VW Polo oder so, der war genauso verunstaltet und hinten stand ›designed by Stefanie Tücking‹ drauf.«

»Ach so. Ja. Das ist äußerst witzig«, beendet Sven meinen begeisterten Ausflug in die Vergangenheit. Er sieht sich um und erspäht dann Hondo im Kiosk unter der Treppe in die erste Etage. Ich verberge meine Überraschung, dass dieser Shop noch existiert – immerhin habe ich hier schon vor zweiundzwanzig Jahren meine Zigaretten gekauft. Das ganze Café ist eine verdammte Zeitmaschine.

Hondo hat uns nun auch entdeckt, er kommt auf uns zu, und fünf Minuten später sitzen wir in einer Ecke und trinken Cappuccino. Hondo hat sich dazu Lammkoteletts »Hirten-Art« bestellt. Meine überschwängliche Freude über den Retro-Faktor des Cafés kann auch er nicht teilen. Dafür legt er nach ein paar Minuten des Schweigens zwei Schlüssel auf den Tisch und macht einen Vorschlag: »Entweder ihr gebt mir tausend Euro und nehmt die Schlüssel und verpisst euch, oder ich komme mit und hole mir mein Teil.«

Der Eduard Zimmermann in mir schreit sofort auf. Hondo will uns mit einem uralten Nepper-Schlepper-Bauernfängertrick aufs Kreuz legen. Das sind garantiert zwei Schlüssel, die er irgendwo gefunden oder gestohlen hat, aber sicher nicht die zur Praxis. Allerdings riskiere ich ein paar auf die Fresse, wenn ich die Funktionalität der Schlüssel anzweifle. Vor ein paar Jahren habe ich im Urlaub am Strand mal einem fliegenden Händler erklärt, dass ich kein Interesse an Fake-Shirts hätte, worauf er ein Messer zückte und ich dankend sein Angebot »Kein Shirt für den Preis von fünf« annahm. Durch diese Erfahrung geschult, wiederhole ich zögerlich Hondos Angebot: »Tausend Euro?«

»Okay. Fünfhundert. Letztes Angebot.«

Sein Preis halbiert sich schneller als der Kern einer befruchteten Eizelle.

»Hab ich nicht da«, antworte ich.

»Zweihundertfünfzig, weil ihr Freunde seid. Aber weniger geht echt nicht.«

Schweigen.

»Allerletzte Möglichkeit: hundert.«

»Versteh mich nicht falsch, Hondo. Aber du bist gerade innerhalb von fünfzehn Sekunden mit dem Preis um neunzig Prozent runtergegangen«, setze ich halbgar an.

»Ja, und? Bist du Pisser jetzt mein Manager?«

»Nee. Ich meine nur, dass das mein Vertrauen –«

Da wischt mir Hondo auch schon eine, und Sven springt ein: »Lass mal, Alter. Er ist ein Pisser. Komm einfach mit. Und wenn es beim Doktor nichts gibt, was sich zu Geld machen lässt, einigen wir uns schon.«

Der dämliche Exjugoslawe hat mich am Ohr erwischt und einen wirklich harten Treffer gelandet, einfach so aus dem Handgelenk. Mein Trommelfell pfeift, der Wangenknochen tut weh, aber ich bin tapfer und lege nicht mal die Hand auf die schmerzende Stelle. Hondo rollt genervt die Augen und steckt die Schlüssel wieder ein.

»Hey, aber die LCD-Fernseher, die wo ich besorgt habe, die zahlt ihr!«

»Klar. Das ist ja was anderes«, antwortet Sven und nimmt damit die Anspannung aus der Situation.

»Mann, ich hab echt nicht Bock, da jetzt hinzufahren.«

Ich zahle die Cappuccinos, Hondos Essen und das von einem seiner Freunde, der vorhin da gewesen sein soll und vergessen hat, seine Rechnung zu begleichen. Damit bin ich zwar blank, aber einen Schritt weiter. Hauptsache, wir kommen heute noch in die dämliche Praxis und an unsere Akten. Jetzt täte eine Zigarette gut, und zu meiner Überraschung bietet mir Hondo vor der Tür von sich aus eine an.

»Hier, Pisser, rauch. Alle wo putzen, rauchen«, erklärt er mir.

»Danke. Meinst du wirklich, dass wir schon hier so tun müssten, als wären wir ein Putztrupp?«, frage ich beiläufig.

»Hey, du weißt nie, ob sie dich gerade beobachten oder nicht.«

Wer sie sind, erfahre ich nicht. Es ist eine angenehme Sommernacht, kein Regen, nur buntes Treiben im Parklizenzgebiet Altschwabing. Normalerweise meide ich diese Gegend aus mir bei dieser Stimmung nicht nachvollziehbaren Gründen. Die Prolldichte zwischen Münchner Freiheit und dem McDonald's in der Feilitzschstraße ist zwar extrem hoch, und die Schwabinger 7 trotz ihres Kultfaktors noch immer ein stinkendes Drecksloch, in dem ich nicht mal tot über der holzgeschnitzten Stuhllehne hängen möchte, aber hier hinten auf Höhe Occamstraße geht es eigentlich. Liegt vermutlich an den Kabarettbühnen hier. Das Vereinsheim, das Lustspielhaus und die Lach- und Schießgesellschaft ziehen ein anderes Publikum an und sorgen so für eine Passantenmischung, die der Ecke eine Zeit lang gefehlt hatte.

Wir sind mit dem Fahrrad da, was Hondo schon wieder wütend werden lässt. Er verlangt, dass wir ihm ein Taxi in die Oettingenstraße zahlen, aber ich habe kein Geld mehr, und meine Karte ist gesperrt, weil das Honorar für die Zigarillopromotion von neulich noch nicht drauf ist. Echt, da läuft man fünf Nächte durch die Biergärten, verteilt ekelhaft stinkende Billigzigarillos an Raucher, bietet ihnen eine Schachtel zum Vorzugspreis an und sollte sich währenddessen bitte nicht von Zivilbullen aufgreifen lassen, da die ganze Aktion rechtlich in einer Grauzone stattfindet. Und dann bezahlen sie einen erst nach Minimum sechs Wochen. Der verdammte Chef der Firma hatte sogar die Chuzpe, mir zu schreiben, dass er sich die Arroganz erlaubt, sein Zahlungsziel von dreißig bis neunzig Tagen, je nach Wetter und Laune, bei all seinen Geschäftspartnern anzusetzen; da ist es ihm scheißegal, wie viele Mahnungen ich ihm schicke.

»Da sei es ihm scheißegal«, werde ich von Hondo korrigiert. »Bei indirekter Rede nimmst du Konjugativ.«

Fast hätte er mich beeindruckt. Wir laufen am Kleinhesseloher See entlang, der direkteste Weg zu Parisius. In diesem Teil des Englischen Gartens ist noch einiges los. Radfahrer, die vom Seehaus oder dem Chinesischen Turm nach Schwabing unterwegs sind, Gassigänger und besoffene Jugendliche kommen uns in Scharen entgegen. Erst hinter der kleinen Brücke beim Kiosk wird es auf einen Schlag ganz ruhig.

Weiter geht's, direkt am linken Ufer des kleinen Bachs entlang, über die Busstraße auf den Weg, der parallel zum Eisbach verläuft, und bei der ersten Brücke links in Richtung Oettingenstraße. Hier folgen wir Hondo hinter ein Gebüsch, wo er die Sporttasche öffnet, die er schon die ganze Zeit mit sich herumschleppt. Ich hatte gedacht, dass er darin sein Diebesgut transportieren will. Dass er darin drei graue Stoffoveralls für uns hat, auf deren Rückenseite »Putzi-Butz – Ihre Gebäudereinigung« steht, nun, damit habe ich einfach nicht gerechnet.

»Rein da!«, ordnet Hondo an.

Fünf Minuten später stehen wir vor dem Wohnhaus, in dem Parisius seine Donatores Spermatoris und befruchtungsbereiten Weibchen empfängt. Hondo schaut an der Fassade hoch, nur im dritten Stock brennt in einer Wohnung Licht.

»Und jetzt?«, will ich wissen.

»Klingel mal dritter Stock«, antwortet er. »Wir tun so, als wären wir Zeitung.«

»Und der Schlüssel?«, fragt Sven sofort, und ich empfinde stillen Triumph, weil ich nicht auf den Aktenzeichen-XY-Trick »Falscher Schlüssel« von vorhin reingefallen bin.

»Stimmt! Boah, bin ich prall!«, entgegnet Hondo und sperrt die Haustür auf. Die Schlüssel funktionieren also doch, seine schlechte Verhandlungstaktik ist demnach nur auf seinen offensichtlich geringen IQ zurückzuführen. Ich habe mal so einen Test online gemacht und kam auf 124, was bedeutet, dass ich intelligent genug war, zwei weitere entsprechende Tests zu machen, die das nur zum Teil bestätigen konnten. Jetzt verrät mir meine Intelligenz jedoch, dass es ziemlich super wäre, die Schlüssel selbst in der Hand zu halten und Hondo loszuwerden.

Wenn der die Praxis ausräumt, wird natürlich die Polizei nach Spuren suchen. Und es reicht bekanntlich ein Haar, um einen Täter zu identifizieren. Besonders wenn der seinen genetischen Fingerabdruck dem Opfer in einem kleinen Becher unter einem roten Pfeil hinterlassen hat. Ich wette, dass meine Spermien untersucht und meine DNA auch dem BND übermittelt wurde. Während wir in die zweite Etage hochlaufen, bemühe ich mich, mit unserem vierschrötigen Begleiter neu zu verhandeln.

»Was wolltest du nochmal für den Schlüssel? 'nen Hunni, oder?«

»Nee, tausend.«

»Ja, aber später …«

»Ja, aber jetzt wieder tausend. Angebot ist abgelaufen.«

»Und wann müsste ich das zahlen?«

»Jetzt.«

»Ach, komm. Wenn die merken, dass da eingebrochen wurde, rufen die doch die Polizei. Und gerade wenn keine Einbruchspuren an der Tür sind, kommen die sofort darauf, dass das ein ehemaliger Angestellter oder so gewesen sein muss«, flüstere ich Hondo zu. Der wendet sich an Sven.

»Hey, du hast nicht gesagt, dass der Spast hier angestellt war!«

»Nicht er, du«, erklärt Sven.

»Ach so. Richtig. Scheißendreck.«

Hondo gerät ins Grübeln, macht aber keine Anstalten umzukehren. Ich versichere ihm, dass er sich auf mich verlassen kann, dass ich noch nie Schulden nicht bezahlt hätte, aber Hondo reagiert nicht, sondern bleibt einfach vor der Praxistür stehen. Es wirkt fast, als würde er nachdenken. Dann steckt er den Schlüssel in seine Tasche, macht einen Schritt zurück und wirft sich mit aller Kraft gegen die Tür.

Der Aufprall ist erschreckend leise und gedämpft, die

Tür steckt ihn weg wie ein sanftes Anklopfen. Hondo flucht und hält sich die rechte Schulter, nestelt dann den Schlüssel aus der Hosentasche.

»Fuck, ey! Zweitausend Euro! Tausend Schmerzensgeld!«

»Komm, so viel hab ich nicht. Das ist jetzt echt Scheiße.«

»Tausend? Nächste Woche?«

Er lässt wieder mit sich handeln. Vorhin waren wir bei hundert, mal sehen, wie weit ich ihn jetzt treiben kann.

»Fünfhundert?«

»Aber nur, weil du Freund von Sven bist.«

»Na ja«, höre ich Sven ansetzen, »Freund ist übertrieben, er ist mehr so nur mein …«

Mein Ellenbogen bohrt sich mit Schwung in seine Seite, Sven versteht und verstummt. Schon halte ich den Schlüssel zur wichtigsten Antwort meines bisherigen Lebens in der Hand. Er wiegt wie ein Schwangerschaftstest in den Händen einer Frau, die nach einem One-Night-Stand mit irgendwem seit einer Woche auf ihre Periode wartet. Zitternd sperre ich zunächst das Sicherheitsschloss auf, dann das normale und will gerade mein Mini Maglite zücken, doch da drängt sich Sven an mir vorbei und schaltet die normale Beleuchtung an. Klar, es gibt nichts Auffälligeres, als mit Taschenlampen eine dunkle Wohnung oder Praxis zu durchsuchen. Mein Fehler. Hondo schließt die Tür hinter uns.

»Ich dachte, du gehst, wenn ich dir den Schlüssel abkaufe.«

»Brennst du? Für das Geld gehe ich mit und lasse nichts mitgehen. Und du kannst froh sein, dass ich da bin, Pisser, weil ich checken tu, wie man putzt«, antwortet Hondo gereizt und öffnet eine Tür zur Putzkammer, um sich den dort abgestellten Putzwagen zu schnappen. Ich packe das nicht.

»Wieso willst du denn jetzt putzen?«

»Lass ihn doch«, mischt sich nun Sven ein, sicherlich um die aufkommende Spannung zwischen seinem idiotischen Bekannten und mir abzubauen.

»Weil ihr Scheißer bestimmt überall Spuren hinterlassen tut und sie dann mich ficken«, erklärt Hondo, während er den Wischeimer mit einem Handgriff aus dem Wagen löst und damit zur Toilette verschwindet.

»Okay. Und wo sind jetzt die Akten?«

Sven packt mich am Arm und zieht mich hinter sich her. Kurz darauf stehen wir in einem kleinen Raum mit diversen Aktenschränken. Hängeregistraturschränke, wie mein mit unnützem Wissen gefülltes Unterbewusstsein mir verrät. Mein Herz schlägt wie verrückt, als ich die Schublade mit den Buchstaben Es-Fo öffne und die Baumelakten bis zu »Fischer« nach und nach wegschiebe. Irgendwie geht das alles viel zu einfach. Andreas, Beate Johanna, Jens Malte. Beinahe hätte ich »Bingo!« gesagt, da höre ich es von Sven. Idiot.

Ratte

»Es gelang den Forschern,
die männlichen Ratten mit ihrem Präparat
unfruchtbar zu machen.
Nach dem Absetzen des Mittels erlangten
die Tiere auch ihre Fruchtbarkeit zurück.«

Es ist nicht besonders schwer, die Einträge in der Mappe zu verstehen. Meine Spenden wurden nicht auf Eis gelegt, sondern direkt verwendet. Das glaube ich wenigstens aus den kryptischen Kürzeln lesen zu können. Mein Herz legt noch einen Zahn zu. Mein Einsatz ist nicht umsonst gewesen, sondern hat dazu beigetragen, das Wunder des Lebens zu zeugen. Ich werde ganz pathetisch und kann mich kaum noch auf die Papiere vor mir konzentrieren. Da muss doch irgendwo der Name der Frau stehen, die im übertragenen Sinn von mir geschwängert worden ist. Ich blättere hin und her, bis ich endlich nach sehr vielen Abkürzungen, Daten und Häkchen auf etwas stoße: »DI 24.01.«, was laut meiner Logik »Donogene Insemination« bedeuten muss. Vor allem mit dem Verweis auf die Empfängerin auf dem angehefteten Formular: Frau Maren Heinze. Das gefällt mir. Hätte auch eine Tabea Görschl oder Beate Kropp sein können, wo man schon am Namen erkennt, dass man nicht füreinander geschaffen ist.

Auf dem Flur hat Hondo zu wischen begonnen, ich kann hören, wie er den Mob auswringt, um ihn kurz darauf auf den Boden klatschen zu lassen. Dazu pfeift er irgendwas von Rihanna, Katy Perry oder so.

Ich versuche mir ein Bild von Maren Heinze zu machen. Der Name klingt gut, da schwingt eine schöne Kindheit mit, intelligente, stilsichere Eltern, die ihre Tochter nicht mit einem ausgefallenen Namen von all den Bescheuerten um sie herum abheben mussten. Ich tippe auf die typische Münchner Kombi aus Rechtsanwalt und Schmidt-Schülerin, die in den Sechzigern und Siebzigern so oft zustande kam, weil das Dolmetscher- und Sprachinstitut, benannt nach Hitlers Chefdolmetscher Paul-Otto Schmidt, neben der Jurafakultät lag. Man teilte die Kantine und gerne auch die Schlafstätte. Ich gehe zur Schublade Is-Hg und suche die Unterlagen der Patientin Heinze, werde dabei aber von Sven unterbrochen.

»Was machst du denn da?«

»Wie?«

»Na, bei Is-Hg.«

»Ich suche die Daten von Maren Heinze.«

»Von wem?«

»Das ist – Freude! Freude! – die Frau, die mein Kind bekommt. Also, wenn alles gutgeht. Und gutgegangen ist.«

»Wie? Die schreiben bei dir rein, dass da jemand mit befruchtet wurde?«

Er kommt mit seiner Registratur zu mir und deutet auf die Einträge, die alle gleich sind: Datum, Ergebnis des Schnelltests und jeweils der Zusatz »LS DFCPHARM«, was auch bei mir einige Male vorkommt. Einen Vermerk, der mit »DI« beginnt, kann auch ich nicht entdecken. Offensichtlich wurden die Spermien mit dem Verweis »LS«

für etwas anderes als die Befruchtung fremder Frauen verwendet.

»DFCPHARM? Schon mal gehört?«

»Nee.«

»Kann man hier online gehen?«, wendet sich Sven fragend an Hondo, der gerade an unserer Tür vorbeiwischt.

»Logomatić«, meint der, stellt den Wischmob in den Eimer und signalisiert Sven, ihm zu folgen. Dass es eine Schrottidee ist, jetzt und hier nach irgendwelchen Kürzeln im Internet zu suchen, ist den beiden egal. Sven ist vollkommen von der Rolle und wiederholt immer wieder, dass er das nicht glauben kann, er hat doch ein Allerweltsgesicht, verdammte Scheiße nochmal.

Ich finde die Daten von Maren Heinze und hole sie aus dem Schrank. Ihre Mappe ist um einiges dicker als die meisten anderen. Wahrscheinlich muss man bedeutend mehr an Untersuchungen und Tests als ein schlichter Samenspender durchmachen, bis man eine künstlich befruchtete Eizelle eingesetzt bekommt. Zum Glück steht ihre Adresse vorne auf der Mappe. Jahnstraße. Verdammt! Das ist sozusagen das Rückgrat des Glockenbachviertels. Entweder ist Maren Heinze eine der von mir so verachteten Latte-Muttis oder sie ist lesbisch, was mir momentan sehr viel lieber wäre. Vielleicht hat sie den Richtigen nur nie getroffen, wurde dann von einer echt netten und hübschen Lesbe verführt und ist bei ihr geblieben. Doch eigentlich wünscht sie sich nichts sehnlicher als einen Mann in ihrem Leben, einen Vater für das Kind in ihrem Schoß.

Mit diesen homophoben Gedanken im Hinterkopf stecke ich die Akte zurück in die Schublade. Ich möchte keine Details wissen, sondern dieser Frau einfach nur begegnen. Und diese Begegnung muss wie ein Zufall aussehen. Diesen Satz habe ich so das letzte Mal im Film »Hitch, der Date-Doktor« gehört. Mit sehr viel Glück hat sich mein Leben gerade in eine niedliche romantische SAT1-Komödie verwandelt.

Die Zuschauer würden mit mir und der bezaubernden Maren Heinze mitfiebern, und wenn sie kurz vor unserem Happy End erfährt, dass ich unsere schicksalhafte erste zufällige Begegnung ganz bewusst eingefädelt habe, sie also belogen habe, weil sie mein Baby in sich trägt, dass ich in diese Praxis eingebrochen bin, um an ihre Adresse zu gelangen, wird sie sich in Tränen von mir abwenden. Und ich erkläre ihr dann, dass ich das tun musste und nicht wissen konnte, dass ich mich in sie verlieben würde. Das muss natürlich äußerst emotional inszeniert sein, Hollywood eben, nicht so dick wie in »Ich habe dir vertraut, Jens Fischer!«, aber auch nicht zu cool, à la »Lass mich einfach in Ruhe, ich will dich nie wiedersehen!«. Ihre Wut und Enttäuschung über meine Unehrlichkeit muss die Tränendrüsen der Zuschauer stimulieren, aber ohne sie zum Weinen zu bringen. Das passiert erst, wenn ich irgendwas mache, womit ich ihr beweise, dass ich sie wirklich liebe. Keine Ahnung, was das wäre, vielleicht überwinde ich meine Höhenangst oder weine selbst – wenn der Zuschauer vorher erfahren hat, dass ich das Weinen verlernt habe, dass ich einen Verlust zu verschmerzen hatte, der mich all meine Tränen gekostet hat –

»Hey, Dings! Komm mal! Schnell!«, höre ich plötzlich Hondo durch die Praxis schreien. Ist mir gar nicht so unrecht, denn mein Film ist soeben ein bisschen abgeschmiert.

»Lass mich los, du Arschloch!«

Das ist Sven und das Klatschen danach eine Ohrfeige, Maulschelle, Backfotzen oder Watschen. Auf jeden Fall hat es Sven getroffen. Irgendwas gerät da draußen gerade gewaltig aus den Fugen, und Svens Geschrei ist das Letzte, was wir gebrauchen können. Ich schließe alle offenen Aktenschränke und mache mich dann auf die Suche nach ihm. Irgendwas kracht total laut, gefolgt von einem weiteren, diesmal rhythmischen Klatschen, das ein Watschenhagel sein muss. Gut so, denn die Geräusche helfen mir, mich zu orientieren. Ich kann mir ein Grinsen nicht verkneifen, weil Sven so eine Packung Schellen sicher nicht schaden wird. Möglicherweise verzerrt sich mein Gesicht aber auch nur wegen der nachhaltigen Freude über die Gewissheit, dass meine Samen nicht in den Wind gestreut worden sind.

Sven liegt in Parisius' Büro auf dem Boden hinter dem Schreibtisch, Hondo kniet auf ihm und schmiert ihm in regelmäßigen Abständen eine: alle fünf Sekunden – patsch! Als ich reinkomme, dreht sich der jugoslawische Backpfeifenbomber zu mir um und schaut mich mit äußerst ernster Miene an.

»Die haben seine Wichse getötet.«

»Wie bitte?«

Hondo lässt von seinem Opfer ab, steht auf und hilft ihm dann auf die Beine.

»Das ist ein Pharmaunternehmen. Die haben meine ganzen Spenden an ein Scheiß-Pharmaunternehmen geschickt«, erklärt Sven mit schwacher Stimme.

»Hör auf«, lautet meine etwas ratlose Antwort.

»Die machen Zäpfchen, wo sich die Tussis in die Mumu stecken, die schäumen und dein Sperma fressen«, verrät mir Hondo, der sich wohl in seinem bisherigen Leben noch nicht zu intensiv mit dem Thema Verhütung auseinandergesetzt hat.

Sven atmet tief durch; anscheinend fängt er sich allmählich wieder. Ich scanne in der Zeit das Büro auf mögliche Schäden. Irgendwas muss kaputtgegangen sein, das Geräusch vorhin ist ganz eindeutig nicht dem Aufprall von Mensch auf Mensch entsprungen. Vermutlich befindet sich der Schaden auf der anderen Seite des Schreibtischs. Ich nähere mich den beiden Idioten, breite dabei meine Arme aus, um zu signalisieren, dass ich Sven trösten möchte. Hondo tritt tatsächlich einen Schritt zur Seite, ich nutze die Gelegenheit, blicke nach rechts und sehe, dass jemand die Aluminiumtastatur von Parisius' Computer in dessen Monitor gerammt hat. Der Bildschirm ist kaputt, die Tastatur hängt heraus. Sven vor mir schnaubt.

»Was soll denn der Scheiß?«, fahre ich Sven an und will ihm jetzt auch eine scheuern. Allerdings bin ich ein sehr unerfahrener Schläger, habe eigentlich seit der Grundschule keine körperlichen Auseinandersetzungen mehr erlebt. Deswegen trifft meine Handfläche Sven auch nicht wie geplant im Gesicht, sondern mein Handballen seinen Schädel etwas oberhalb des Ohrs. Sofort packt mich Hondo von hinten und rammt mir sein Knie in den Rücken. Keine Ahnung, was er da getroffen hat, aber es ist ein Schmerz, wie ich ihn nur aus meiner Vorstellung kenne, in etwa auf einem Level mit dem, was der Torero im Sommer 2010 gefühlt haben muss, den Spiegel Online versucht hat, möglichst lange auf der Startseite zu halten. Mindestens vier Tage konnte ich keine Nachrichten lesen, weil ich den Anblick nicht ertragen habe: Ein Torero, dem der Stier eins seiner Hörner genauso durch den

Unterkiefer gebohrt hat, dass es durch den Mund wieder ausgetreten ist. Der Unterkiefer als Abschlepphaken, mir dreht sich heute noch der Magen beim Gedanken daran um. Ich erinnere mich noch, wie froh ich war, als dieses Bild von Thilo Sarrazins verbissener Mäusefratze abgelöst wurde.

Da ich meine Beine noch spüre, hat Hondo mir offenbar nicht die Wirbelsäule gebrochen. Ich beschwichtige ihn, indem ich so was wie »Cool, alles cool« sage, und löse dabei vorsichtig meine Arme aus seinem Griff. Sven steht etwas ratlos im Raum und starrt ins Leere.

»Hey, Svenniboy, das heißt doch nichts«, ist alles, was mir einfällt. »Es ist doch irgendwie klar, dass die nicht mit jeder Spende ein Baby machen.«

»Aber bei dir schon, oder?«

»Komm, das war Zufall. Ich war halt zur richtigen Zeit am richtigen Ort.«

»Ich war vier Jahre lang fast jede Woche da, falls du das vergessen haben solltest.«

»Stimmt. Aber, Mann … Jetzt hier alles kaputt zu machen ist auch keine Lösung.«

»Ja, Entschuldigung. Aber man kann so was doch nicht einfach tatenlos hinnehmen.«

Sven kommt ganz langsam wieder zu sich, und ich beschließe, den Schreibtisch genau so zu belassen, aufräumen wäre sinnlos. Den Computer fahre ich runter, indem ich das Stromkabel einmal aus- und wieder einstecke, danach bringe ich Svens Akte zurück an ihren Platz. Wenn wir alles so hinterlassen, wie wir es vorgefunden haben, wird der zerstörte Bildschirm ein Mysterium für den Doktor bleiben. Hondo versichert, dass die Putzkräfte zwei ältere Damen sind, denen man so etwas nicht zutrauen würde. Und vielleicht hat Parisius so oder so Feinde. Muss er ja eigentlich, bei der Frau.

Als ich aus dem Raum mit den Patientenakten wieder zur Tür gehen will, hält mich Hondo zurück.

»Hey, warte, Pisser!«

»Was denn?«

»Da hab ich gerade nass gewischt. Musst du warten, bis es trocken ist, sonst macht das Abdrücke.«

In der Roosevelt Bar folgt dann die nächste Eskalation: Sven hat einen Bacardi-Soda bestellt, ein Versprecher, er hat nämlich Campari gemeint. Nun nippt er wütend an dem Drink und verflucht den miesen Barkeeper, der ihn auf den Irrtum hätte hinweisen müssen. Ich gebe ihm Recht, sein Getränk ist mit das Ekelhafteste, was jemals mein Gaumenzäpfchen in Richtung Leber passiert hat. Leider ist Sven aber zu stolz, seinen Fehler zuzugeben, und wir steckten in dem Dilemma, nicht sagen zu können, ob der Arsch hinter dem Tresen das ahnt.

Den gesamten Weg von Parisius bis zur Bar haben wir drei geschwiegen. Nur Sven hat ein paarmal geschnaubt und ein Fahrrad umgeworfen, das etwas unglücklich an einer Hauswand lehnte.

»Ich bin doch keine verschissene Laborratte«, bricht Sven jetzt das Schweigen.

»Sowieso nicht«, pflichte ich ihm sofort bei.

»Aber denen werd ich's zeigen.«

»Wem jetzt?«

»Den Pharmafickern.«

»Aha. Und wie?«

»Abwarten und Tee trinken.«

»Darf's auch ein Long Island Ice Tea sein?«

Meinen blöden Witz quittiert Sven mit einem so gequälten Grinsen, wie ich es seit der Grundschule nicht mehr gesehen habe. Und da eigentlich auch nur von Mädchen. Es soll ausdrücken, dass man ein Vollidiot ist und der Grinsende einem Mitleid spendet. Glaube ich zumindest.

»Ey, kannst du die nicht verklagen?«, mischt sich Hondo ins Gespräch ein. »Ich kenn ein Anwalt.«

»Nein«, erwidere ich. »Die sind zu gar nichts verpflichtet. Die können mit dem Zeug machen, was sie wollen.«

»Okay, aber was will man mit Wichse machen?«

»Kinder oder Mittel zum Schutz vor Kindern«, antwortet Sven.

»Boah, Scheiße, Mann.« Er scheint einen Moment in sich zu gehen. Dann ändert sich seine Miene. Ich werde Zeuge, wie er nach und nach fünf der sieben universellen Gesichtsausdrücke durchgeht: Wut, Verachtung, Ekel, Angst und schließlich Freude. Danach scheint er gesucht zu haben, denn schon haut er Sven auf die Schulter und prustet: »Aber, in Ernst, wenn ich dich so anschaue, hey, da können die Tussis doch froh sein, dass sie nicht von dir ein Baby haben!«

Das muss dieser slawische Mutterwitz sein, von dem man so wenig hört. Eine ganz subtile Form des Humors, einfühlsam und doch pointiert, stets mit lautem Gebrüll und Schenkelklopfen des Komikers einhergehend, verbunden mit dem etwas zu festen Schlag auf den Rücken des Opfers ihres Spotts.

»Hondo, ich glaub nicht, dass Sven das gerade sehr lustig findet«, versuche ich meinen gekränkten, gedemütigten Freund zu verteidigen.

»Wer hat dich denn gefragt, Pisser?«, beendet Hondo

mein Aufbegehren. Sven scheint währenddessen eine Erleuchtung zu haben.

»Hey, Jungs. Wenn ich hier einen Bacardi Soda statt einem Campari Soda bestelle und bekomme, kann das doch nur zwei Dinge bedeuten: Entweder ist der Barmann ein Riesenarschloch, oder er ist die widerlichsten Bestellungen gewohnt, weil sich seine Gäste vom Genuss eines, sagen wir, Wodka-Weißbiers was versprechen, oder?«

»Kann sein«, antworte ich. »Und mein Tipp wäre das Riesenarschloch.«

Hondo würde auch gerne etwas dazu sagen, hängt aber intellektuell noch bei der Verwechslung von Campari und Bacardi fest.

»Okay, dann vergiss das mit dem Arschloch«, korrigiert sich Sven. »Die Leute saufen doch Sachen wie Wodka Red Bull, weil es einen besseren Kick bringt als Wodka Lemon, oder?«

»Kann sein«, bestätige ich vage. »Aber was hat das mit Wodka-Weißbier zu tun?«

»Nichts! Vergiss doch bitte das beschissene Weißbier!«

»Du hast es gerade erst als Beispiel genannt. Und das Riesenarschloch an der Bar sollte ich auch schon vergessen. Was willst du eigentlich?«

»Nichts. Ich hab nur gerade eine Erleuchtung!«

»Schön. Und die wäre?«

Sven wendet sich Hondo zu und grinst ihn an: »Hey, Hondo, hast du gewusst, dass Barcadi Soda einem Halluzinationen bringt?«

»Nee«, antwortet der, und ich verstehe die Welt nicht mehr. Zum Glück lässt mich Sven aber an seiner Erleuchtung teilhaben.

»Wenn du einen Drink hast, der den Leuten irgendwas verspricht, das sie sonst nicht bekommen, saufen sie ihn hundertpro.«

Er wendet sich dem Barkeeper zu.

»Hey, du Arschloch! Noch drei Bacardi Soda für mich und meine Freunde!«

»Wie bitte?« Der Wirt wird wohl nicht gerne in seiner eigenen Bar beleidigt, egal, wie popelig die ist.

»Noch drei, und zwar zack, zack.«

»Ich glaube, du gehst besser«, entgegnet der Barmann.

»Und ich glaube, wir bleiben«, mischt sich nun Hondo wieder ein. Dabei erhebt er sich und baut sich vor dem Flaschenkasper auf, der nur einen kurzen Blick auf den Hünen vor sich wirft und sofort umschwenkt.

»Drei Bacardi Soda?«

»Also, ich brauch keinen«, falle ich Sven in den Rücken.

»Doch!«, plärrt der mich an. »Das Zeug macht einen total genial in der Birne!«

Und obwohl er uns im Dunkeln lässt, welch geniale Idee in seiner Birne gereift ist, stelle ich fest, dass das Zeug nach dem dritten Glas gar nicht mehr so widerlich schmeckt, wie man bei den ersten Schlucken vermutet. Irgendwann schmeckt es einem einfach scheißegal.

Katze

»Ein Internet-Phänomen sind die Lolcats,
niedliche Katzenbilder mit drolligen,
kindlich-naiven Sprüchen.«

»Alles, was du über Maren Heinze wissen musst, E-Mail Adressen, Telefonnummern, Biographie, Manfred, Cozumel, Indiaca, Robert, Dieter, Locker, Minis, Tanks ...«, verspricht der erste Treffer bei Google, und darunter wird's auch nicht besser. Vielleicht sollte ich mir einen neuen Startpunkt für meine Online-Recherchen suchen.

Ich klicke auf die Bildersuche und bekomme »ungefähr 88 Ergebnisse in 0,05 Sekunden«, darunter die Fotos von einem Orchester und etwa vierzig Männern. Ich hätte nichts dagegen, ein paar Sekunden länger zu warten und weniger, dafür aber exaktere Ergebnisse zu bekommen. Die einzige Frau aus der Ergebnisliste, die ich kennenlernen wollen würde, hat als Bildunterschrift einen vollkommen falschen Namen stehen. Ich muss anders vorgehen. Immerhin weiß ich aus Marens Akte, wo sie wohnt, leider ist ihr Haus aber auf Google Earth gepixelt. Ich bin auch nochmal auf der Seite von Dr. Parisius vorbeigesurft und auf einen Punkt gestoßen, an den ich überhaupt nicht gedacht hatte: Er schreibt ständig über Paare mit unerfülltem Kinderwusch. Das könnte, ja muss fast bedeuten, dass Maren nicht auf mich wartet, sondern in einer Beziehung steckt. Donogene Insemination ist vermutlich nicht als Katzenersatz für allergische Singlefrauen gedacht. Allerdings ist sie dann mit einem Kerl zusammen, der impotent, zeugungsunfähig oder eine Frau ist.

Auf der anderen Seite beruhigt mich das Wissen, dass es da jemanden gibt, der diese Frau liebt. Das bedeutet nämlich, dass sie liebenswert ist. Ich stelle mir Maren Heinze ausgesprochen hübsch vor. Ich habe die Zeit in der Bar damit verbracht, mir vorzustellen, wie sie aussehen müsste. Oder sollte. Könnte. Sie ist blond, hat blaugrüne Augen und ein Lachen, das die Welt um sie herum glücklich macht. Außerdem ist sie schlank und genau so groß, dass ich meinen Arm ganz selbstverständlich um ihre Schultern legen kann, wenn wir zusammen spazieren gehen. Bei vielen Paaren sieht das sehr unbequem und forciert aus. Wenig Schminke. Busen und Po von einem Format, dass sie genau in meine Hände passen. Muss aber nicht sein, wäre ja nur der Idealfall.

Meine nächste Station auf der Suche nach ihr ist Facebook. Sollte Maren Heinze meiner Vorstellung entsprechen, hat sie dort allerdings kein Profil, weil sie sich mit der Online-Darstellung ihrer Bekannten nicht anfreunden kann. Mit den penetranten Feelgood-Status-Updates, dem seichten Smiley-Geposte, den YouTube-Videos von Kuschelrock-Vol.32-Käufern – eine Welt ohne Wahrheit, schlechte Laune und offen ausgetragene Konflikte, weil jeder Satz von hundertvierzig Freunden und den hundertvierzig Freunden der hundertvierzig Freunde gelesen und kommentiert werden kann, was wiederum die hundertvierzig Freunde der hundertvierzig Freunde ihrer hundertvierzig ... Ein Bekannter von mir hat mal gesagt: »Facebook ist das Internet-Äquivalent zu einer Darmspülung; es bringt das Schlimmste im Menschen ans Tageslicht.« Na ja, gesagt hat er es nicht direkt. Ich kenne ihn nur aus einem der wenigen guten Foren im Internet. Da hat er diesen Satz geschrieben.

Leider bekomme ich auf der Internet-Profilhalde Facebook doch fünf Ergebnisse: Zwei Maren Heinzes ohne Profilfoto, eine viel zu junge, die anderen erschreckend alt. Vom Aussehen her. Wobei, man weiß nie, was die Leute als Profilbilder wählen. Ich will mich schon anmelden und einfach mal eine Freundschaftsanfrage rüberschicken, da fällt mir ein, dass ich in diesem Fall auch erklären müsste, wer ich bin und warum ich denn ihr Freund werden möchte. Also gehe ich rüber zu Sven.

»Bist du bei Facebook?«

»Ja.«

»Kann ich über dein Account Maren kontaktieren?«

»Wen?«

»Die Mutter meines Kindes. Wegen Fotos und so.«

»Klar. Anmeldename ist meine E-Mail, Kennwort ist jensfischer in einem Wort, alles klein.«

»Originell.«

»Haustiername eben«, grinst er.

Als ich mich kurz darauf einlogge, sehe ich als Erstes seinen Newsfeed, in dem ausschließlich Nachrichten und Status-Uupdates von Sandra Müller stehen. Ich klicke auf sein Profil, dann auf seine Freundesliste und sehe: neunzehnmal Sandra Müller. Sonst niemand. Dafür –

»Sorry!« Sven kommt in mein Zimmer gestürzt. »Ich hatte kein gutes Foto von mir in digital, da hab ich eins von dir genommen. Und ich weiß nicht, wie man das löscht.«

Da erst fällt mir auf, dass aus der linken oberen Ecke ein Foto von mir herausgrinst, mit dem ich mich als »lebender Geist« auf dem Oktoberfest bewerben könnte.

Sven wirft sich auf mein Bett und erklärt mir seine Facebook-Geschichte: Er hat sich da nur angemeldet, weil er seine ehemalige Mitschülerin Sandra Müller gesucht und schließlich auch gefunden hat. Genauer gesagt wurden ihm über fünfhundert Sandra Müllers präsentiert, die er daraufhin auf siebenunddreißig potentiell richtige reduzieren konnte. Denen hat er dann Freundschaftsanfragen gesendet. Sein Logikzentrum ist dabei über die naive Annahme gestolpert, dass ihm nur die Sandra Müller ihre Freundschaft schenken würde, die sich noch an den guten alten Sven Wilde aus der Klasse 10b erinnert, der ihr auf der Klassenfahrt nach Berlin an einem Abend im Big Apple unter dem T-Shirt rumfummeln durfte. Tatsächlich haben jedoch ganze neunzehn Sandras die Anfrage kommentarlos bestätigt, worauf er damit seine Suche einstellte. Da er nicht wusste, wie man das Profil löscht oder den Namen ändert, gleichzeitig aber auch nicht von anderen gefunden werden wollte, hat er dann mein Bild hochgeladen, das so schlecht ist, dass man mich darauf nicht erkennen kann.

»Wegen dieses Bildes haben dann zwei Sandras gleich wieder die Freundschaft gekündigt«, schließt Sven seinen Bericht.

»Oder weil sie gesehen haben, dass sie nur eine Sandra Müller unter vielen sind«, sage ich und beschließe, ein eigenes Fake-Account anzulegen. Darin nenne ich mich Boris Ellmau und schicke eine Freundschaftsanfrage an die erste geheimnisvolle Maren Heinze ohne Profilfoto. Erst danach fällt mir ein, dass es komisch wirken könnte, wenn sie das Profil anschaut, von dem aus die Anfrage kam, und erkennt, dass der Typ keinen einzigen Kontakt hat. Das stinkt doch förmlich nach Stalker oder Volldepp.

Sofort biete ich ungefähr zweihundert Wildfremden die Freundschaft meiner falschen Identität an.

Sieben Stunden später hat mein Boris Ellmau sein Profil vollständig eingerichtet, vierzehn bestätigte Freunde und sogar ein paar Freundschaftsvorschläge von seinen neuen Freunden, die ihn nicht kennen, weil es ihn gar nicht gibt. Nur von Maren Heinze hat er noch nichts gehört. Obwohl sie doch schwanger ist und eigentlich zu Hause sein sollte. Mir bleiben viel zu viele Schlussfolgerungen: Entweder nutzt diese Maren Heinze ihr Profil nicht, ist verreist, verstorben, zu blöd, sich ihr Passwort zu merken, verarmt und von der Telekom ins Offline der Gesellschaft gestellt worden, hockt verzweifelt vor einem kaputten Computer oder hat sich zu Recht entschieden, einen Fremden namens Boris nicht einfach auf ihr Profil zugreifen zu lassen. Letzteres scheint mir am wahrscheinlichsten. Sie könnte demnach intelligent und mit einem guten mütterlichen Schutzinstinkt ausgestattet sein, ganz wie ich es mir gewünscht habe. Meine Ideal-Maren-Heinze gefällt mir immer besser. Eigentlich sollte ich einfach bei ihr in der Jahnstraße vorbeilaufen und schauen, ob man bei ihr durchs Fenster gucken kann. Scheiß auf Facebook.

Unterwegs denke ich intensiv darüber nach, was ich machen soll, wenn sie ganz und gar das Gegenteil von dem ist, was ich mir ausgemalt habe. In meiner ganzen Begeisterung für sie habe ich nämlich den Grund vergessen, warum ich Maren überhaupt kennenlernen muss: mein ungeborenes Kind.

Name und Anschrift lassen mich immerhin ausschließen, dass ich eine Familie vorfinden werde, die Real-

Life-Doku-Potential hat. Sprich, sich für Sendungen wie »Frauentausch«, »Die Auswanderer«, »Die Rückkehrer« oder »Die Zurückgebliebenen« eignen würde. Gut, die Teilnahme an »Das perfekte Dinner« kann man jedem in der Jahnstraße zutrauen, wäre aber auch entschuldbar. Immerhin muss man für die Gegenleistung von vier Gratisabendessen und der Möglichkeit, 1000 Euro oder so zu gewinnen, nur eine Woche lang vier mögliche Vollspacken ertragen und einmal für sie kochen. Anstrengend wäre nur das Aufräumen und die Auseinandersetzung mit dem Begriff Tischdeko. Dafür verurteile ich jedoch niemanden, vor allem nicht die Frau, die mich zum Vater macht.

Ich stelle mein Fahrrad in der Fraunhoferstraße ab und versuche einfach ganz leger die Jahnstraße hochzuschlendern. Hier vorne ist das gar nicht so einfach, da die Häuser langweilig und die Schaufenster nicht sonderlich einladend sind. Erst nach einhundert Metern kommt auf der rechten Seite ein Bau aus den Fünfziger- oder Sechzigerjahren, wie ich als Architekturlaie schätze. Zeitlich sicher kann ich eigentlich nur gotische Kirchen einordnen. Wobei ich da auch alles in einen Topf werfe, was ein paar Spitzbögen hat.

Ich schlurfe also an dem Sechzigerjahre-Bau vorbei. Eine Reinigung, ein Zeitschriftenladen, Antiquitäten, vorrangig Lampen und Sammlerschrott. Ich habe in meinem Leben nichts gesammelt oder gehortet, die Entwicklung meines Besitzes war ein ständiges Entsorgen und Updaten, wobei das Entsorgen eher selten vorkam, bis ich über die Idee der »99 Dinge« gestolpert bin. Kein Mensch braucht angeblich mehr als genau diese Anzahl von Gegenständen in seinem Leben. Um herauszufinden, welche das sind, musste man Inventur machen, die Dinge kennzeichnen und anschließend jeden Tag eine Sache wegwerfen. Ich habe mit Büchern angefangen, die ich garantiert kein zweites Mal lesen werde. Dan Brown, John Irving, Paulo Coelho. Danach kam für einige Wochen einfach Müll dran. Heute ein alter Edding, morgen das Funkmikrofon, das mir ein Techniker auf einer Messe für hundert Mark verkauft hat, und das ich niemals benutzt habe.

Schon bei der Inventur hatte ich geschwächelt, nach zwei Wochen wurde die ganze Geschichte fad. Ich habe eine Ladung Mist zum Sperrmüll gebracht, und die 99 Dinge eine gute Idee sein lassen. Man muss nicht alles zu Ende bringen, was man beginnt.

Ich laufe gerade am Faun vorbei, einem Café-Restaurant im Jugendstildekor, als mein Handy läutet. Ein anonymer Anrufer, Mutter oder Vater.

»Hallo, Jens, störe ich gerade?«

Mutter.

»Hallo, Mama.«

Sofort steigt mein Stresslevel. Sie muss mir gar keine Vorwürfe mehr machen, ich weiß selber, dass ich mich zu selten melde und sie weniger an meinem Leben teilhaben lasse, als ihr lieb wäre. Es ist doch normal, dass man von seinen Eltern mehr geliebt wird, als man zurücklieben kann. Die Liebe, die man an sie verschwenden könnte, spart man sich für die eigenen Kinder auf. Ich habe sie lieb, sie sind sehr nette Menschen. Und trotzdem macht mich irgendwas wahnsinnig, wenn ich mit Mutter oder Vater spreche. Sie eröffnet mit der Standardfrage: »Was treibst du denn so?«

»Bin gerade unterwegs.«

»Wo denn?«

»Das ist doch nicht so wichtig. Wie geht's dir?«

»Hach, ja.«

Es klingt, als würde sie mir sechsundsechzig Jahre Leid ins Ohr hauchen, all das Elend, das ihr angetan wurde. Nur dass da nichts war. Ihr Leidensweg bestand aus Wohlstand, sicheren Verhältnissen und Gesundheit. Das Einzige, was nicht so ideal verlaufen ist, war Papas Seitensprung und die Beziehung zu mir. Letzteres ein Schicksal, das viele teilen dürften, die ihre Rolle als Eltern nur bis zur Einschulung der Kinder einigermaßen verstanden haben, danach von Jahr zu Jahr ratloser geworden sind und sich seitdem fragen, was aus dem lieben, kleinen Jungen mit der roten Schultüte geworden ist. Ein Los, das mir als Vater hoffentlich nicht beschieden ist.

Das alles kann ich im Augenblick überhaupt nicht gebrauchen, schließlich sehe ich schon Marens Haus auf der anderen Straßenseite – es ist ein derart hässlicher Neubau, dass ihn ein Googlemitarbeiter aus Angst vor Augenkrebs vermutlich freiwillig gepixelt hat. Obwohl es mir leidtut, muss ich meine Mutter abwürgen.

»Pass auf, Mama, ich rufe später zurück, wenn ich wieder zu Hause bin.«

»Ja, meld dich doch mal.«

»Mach ich ja, sag ich doch. Nur jetzt gerade ist es schlecht.«

»Dein Vater ist übrigens wieder gesund.«

War der krank?

»Das kannst du mir später in Ruhe alles erzählen.«

»Magst du nicht vorbeikommen? Ich koch auch was.«

»Ja, nein, vielleicht. Besprechen wir dann.«

»Wann denn?«

»Keine Ahnung. Sobald ich zu Hause bin. Tschau.«

»Ja, tschüss, bis später. Aber nicht zu spät, ja?«

»Nein, nein. Tschüss.«

Ein Standardgespräch, wie es sicher ein paar Tausend Mal jede Woche in Deutschland stattfindet. Da geht er hin, der Individualismus. Stünde ich nicht gerade gegenüber von dem Haus einer Frau, die, ohne mich zu kennen, von mir schwanger ist, ich würde mich grau fühlen.

In Anbetracht des Gebäudes dreht jedoch mein Puls voll auf. Was, wenn sie in diesem Augenblick aus dem Fenster blickt und mich sieht? Kack mir in den Schuh. Ich muss weiter, vorne am Ende der Straße die Seite wechseln und dann zurückgehen, am besten jeweils bei dem Haus vor und nach dem ihren die Klingelschilder scannen, ganz so als würde ich irgendwas oder irgendwen Bestimmtes suchen. Möglicherweise könnte ich auch jemanden fragen, ob die Firma XY noch hier ihren Sitz hat. Eine fiktive Werbeagentur oder Filmproduktion. An mir ist ein guter Detektiv verlorengegangen.

Keine drei Minuten später stehe ich an Marens Hauseingang und starre auf die Klingel mit dem Messingschild »HEINZE«. Es ist ein okayer Sonntag im Honigmonat Juli, perfekt, um von hier aus an die Isar zu pilgern, sicher könnte ich jetzt schellen, und niemand würde öffnen. Und selbst wenn, es wäre nur ein weiterer Beweis –

Die Tür geht auf! Ich schrecke auf und springe zurück, eine Frau kommt heraus, in etwa mein Alter, das könnte sie sein. Verdammte Kacke! Und gleich doppelt, weil sie knubbelig ist, breit gebaut, die Haare strähnig.

»Entschuldigung«, sagt sie.

»Kein, öh, Ding. Ich suche die, äh, Eventagentur, öh …«

Was mache ich hier?

»Also, die Agentur Kronawitter, Georg Kronawitter, äh?«, stammle ich irgendwie vor mich hin und spüre gleichzeitig die Hitze in mir aufwallen. Warum muss mir gerade als einziger Name der eines ehemaligen Münchner Bürgermeisters einfallen?

»Nee, aber der Name sagt mir was«, antwortet die Frau. Sie erinnert mich an einen hochgeschossenen Wichtel, ihre Nase ist ein kleiner Klops, die Backen rundlich, selbst die Augen glubschen kugelig in die Welt.

»Ich bin mit der Hausnummer nicht sicher, aber danke«, poltere ich nun recht flott heraus, gefolgt von einem Lächeln und einem schnellen Abgang. Ihr ist das alles vollkommen gleichgültig, da sie ganz offensichtlich noch auf jemanden wartet. Ich gehe zur nächsten Haustür und werfe einen Blick auf die Namen der Bewohner, die mir eigentlich vollkommen egal sind, werde beim Namen Kehl jedoch prompt hysterisch, erst der Gnom, jetzt Nataschas Nachname, Natascha Kehl, die Frau, die mich hat sitzenlassen, das ist zu viel.

»Mann, Heike! Geh doch mal aus dem Weg!«, höre ich dann einen Mann aus Richtung Marens Haus blöken. Das war sie also nicht. Ich schaue noch einmal zurück und sehe, wie ein Kerl, dessen Physiognomie ebenfalls an die Monster aus »Wo die wilden Kerle wohnen« erinnert, zwei Fahrräder gleichzeitig aus dem Eingang bewegen will, während die angepflaumte Heike vergeblich versucht, nicht im Weg zu sein.

Das Haus in den kommenden Stunden von einem Auto aus zu observieren, fällt aus, da es unmöglich wäre, hier einen Parkplatz zu finden. Außerdem habe ich kein Auto und hätte mir extra eins mieten müssen, was sonntags nur am Flughafen geht, glaube ich. Und dann könnte ich auch nur darin sitzen und jedem Passanten ins Auge stechen. Da kann ich mir auch eine Narrenkappe aufsetzen und in Schellentracht durch die Straße tanzen.

Schräg gegenüber von Marens Hauseingang liegt zum Glück das Cooperativa, ein Restaurant unter dem Decknamen Bar & Grill, das meines Wissens nach vorrangig Salate mit Beilage serviert und erst um 17 Uhr öffnet. Dafür kann man vor der Tür sitzen, rauchen und den gesamten Abschnitt der Jahnstraße bestens beobachten.

Dazwischen bin ich nochmal nach Hause, wo mir Sven seinen festen Entschluss, die elendige, gottverdammte Verhütungsmittelindustrie fertigzumachen, mitgeteilt hat. Da mich dieses Vorhaben spontan begeistert, ich mir aber nicht vorstellen kann, wie er das bewerkstelligen will, habe ich ihn eingeladen, mich beim Belauern der Wohnung meiner Kindsmutter zu begleiten. Meine eigene Mutter habe ich noch nicht zurückgerufen, das muss warten. Ich meine, wer weiß, ob ich ihr nicht schon bald mitteilen kann, dass sie Oma wird. Obwohl das nicht einfach wird, wie Sven klarstellt: »Diese Maren weiß ja nicht mal, dass du weißt, dass du der Vater bist. Die denkt doch garantiert, das ist geheim.«

»Ja, das ist mir klar.«

»Und wie willst du ihr das jemals beibringen?«

»Muss ich doch gar nicht. Mir reicht es, dass ich weiß, dass ich der Vater bin.«

»Das schaffst du nicht. Du bist kein Typ für so krasse Geheimnisse.«

»Doch, für solche schon. Ich kann nur den unwichtigen Scheiß nicht für mich behalten, oder Sachen, die so oder so rauskommen werden«, versuche ich mich zu rechtfertigen. Aber er hat natürlich nicht ganz Unrecht.

»Dann war es also unwichtiger Scheiß, als du Ira erzählt hast, dass ich einen Aids-Test gemacht habe, nachdem ich das erste Mal mit ihr geschlafen habe?«

»Indirekt schon.«

»O-kay.«

Wie ich dieses O-kay hasse. Es ist nämlich nicht okay. Immerhin habe ich damals eine hoffnungsvolle junge Liebe zerstört. Es wäre sogar okay, wenn er mir deswegen hier und jetzt nochmal eine scheuern würde, was er in der Vergangenheit schon zweimal getan hat, als das Thema Ira aufgekommen ist. Seit einigen Jahren benutzt jeder ständig dieses langgezogene O-kay, das über US-Serien und Hollywood-Filme in unseren Sprachgebrauch reingeflutscht ist. Genauso fühlt es sich nämlich auch an, wenn man es in den Mund nimmt: wie die Zahnspange einer Highschool-Prom-Queen, die gerade erfahren hat, dass sie alle scheiße finden. Dieses lange O-kay steht dann im Raum und schaut sich vorwurfsvoll um, akzeptiert aber gleichzeitig das Fehlverhalten der anderen. Zum Glück bringt uns die Kellnerin unser Bier, bevor Sven doch noch beschließen kann, das Thema Ira zu vertiefen.

Wobei Kellnerin das falsche Wort ist, gerade in München. Es ist vielmehr eine Fee, die in der Gastronomie die Wünsche der Gäste erfüllt. Eine Frau, die jeder männliche Gast sofort ansprechen und am liebsten mit nach Hause nehmen will. Sie ist vielleicht Anfang dreißig, hat dunkelblonde Haare und lächelt uns an, als gäbe es nichts Schlechtes auf der Welt. Trotzdem ist das Gesicht so ehrlich, dass man sich auch vorstellen kann, wie sie weint. Es ist eine Schande, dass sich dieses Kellnerin-Gast-Verhältnis für Menschen wie mich niemals weiterentwickeln kann. Ich war selbst lange genug im Nachtleben angestellt, habe in der Nachtkantine hinter der Bar gestanden und mit den Mädchen aus dem Service geflirtet. Da durfte ich das, weil ich auf ihrer Seite stand. Die Avancen von der anderen Seite wurden dann immer brühwarm gemeinschaftlich ausgelacht. Bis auf extrem seltene Fälle, in denen sich ein angehendes männliches Topmodel zu uns verirrte, dem sich wiederum gleich sämtliche Bedienungen als Dessert anboten.

Um die tückische O-kay-Stille zu beenden, heuchle ich Interesse an Svens großem Racheplan. Und bin erstaunt, was er in den paar Stunden alles herausgefunden hat.

»Also, diese DFCPHARM steht für Donat Frey Chemie- und Pharmazieerzeugnisse. Die machen so vaginale Schaumzäpfchen, die man sich vor dem Ficken reintut. Also die Frau. Keine Ahnung, wer so was macht, weil man dann noch zwanzig Minuten warten muss, bis es losgeht, sonst helfen die nichts.«

»Die lassen sich doch überbrücken.«

»Ach nee? Trotzdem ist das ein Passion Killer. Und das Zeug soll auch noch bitter schmecken. So viel zum Thema Vorspiel.«

»Und was hast du jetzt vor?«

»Die verwenden einen Wirkstoff, der die Spermien langsamer macht. Was totaler Schrott ist. Entweder nimmt man Nonoxynol-9, das killt die, oder eben Pille, Diaphragma oder Kondom. Das Zeug, das die benutzen, ist ungefähr so sicher wie Rausziehen.«

»Hat bei mir immer gereicht.«

»Du bumst ja auch im Schnitt nur einmal im Jahr.«

Beinahe wäre mir jetzt selber ein O-kay rausgerutscht.

Wenn man es mal gehört hat, biedert es sich einem bei nächster Gelegenheit an, was auch seinen temporären Erfolg erklärt. Das O-kay als easy way out. Ich kann mich gerade noch bremsen und die mit dem O-kay einhergehende Zwangsstille mit einer weiteren Frage umschiffen: »Gut, aber was genau ist dein Plan?«

»Ich mache mein Sperma besser. Schneller, widerstandsfähiger, bremsresistent.«

»Und wie?«

»Mit 'nem Drink. Ich hab da schon einige Sachen gefunden, die helfen. Vitamine und so. Das muss was sein wie Red Bull für Sperma. Wichtigstes Kriterium: Es muss zu Wodka schmecken. Ich will, dass das Zeug in jedem Club ausgeschenkt wird und alle, die sich auf diese Dreckszäpfchen verlassen, schwanger werden.«

»Das ist ein absoluter Arschloch-Plan.«

»Ich hab keine andere Wahl«, sagt Sven mit einem Schulterzucken und nimmt einen Schluck Bier. Man würde jetzt ein teuflisches Grinsen in seinem Gesicht vermuten, irgendeine Reaktion. Das würde jeder Schauspieler anbieten und jeder Regisseur verlangen, die Aussage schreit nach Overacting wie kaum eine andere. Svens Antlitz hingegen ist erfüllt von einer vollkommenen Gleichgültigkeit.

Es wird langsam dunkel, mein Grundwissen über Spermizide und ihre Wirkungsweisen wurde gründlich durch Svens ausführlichen Vortrag aufgebessert, die hübsche Kellnerin räumt unsere leeren Teller ab, und in Marens Haus brennt noch immer kein Licht im zweiten Stock links. Die Information, wo genau es brennen müsste, habe ich Sven zu verdanken, der vor einer halben Stunde rübergelaufen ist und in einer der oberen Etagen geklingelt hat, um ins Haus zu gelangen und nachzuschauen, wo denn die Heinzes überhaupt leben.

»Ich hab so getan, als wäre ich Zeitung«, lautete seine nahezu perfekte Hondo-Imitation. Ich war froh, denn wer in einem Gebäude ohne Fahrstuhl im zweiten Stock lebt, hat das Wesentliche in Sachen Wohnen kapiert. Drunter ist es nämlich zu schnell schattig, drüber zu anstrengend. Die eine zusätzliche Etage zwingt einen dazu, wegen des Kastenschleppens auf Mineralwasser zu verzichten und sich mit einem Wassersprudler zu begnügen, der die Lebensqualität senkt. Mit einem lauten Chhrk-pfft-zzzzzzz rotzen überall Wassersprudler ihre Blubberbläschen in das kalkreiche Münchner Wasser, vor allem im Sommer hört man es in der ganzen Nachbarschaft und wird davon langsam in den Wahnsinn getrieben. Chhrk-pfft-zzzzzzz, gleich nochmal, damit's auch länger als fünf Minuten bitzelt. Wir selbst wohnen zwar im dritten Stock, aber das hat seinen Grund: Wir sind eine Männer-WG und haben mit ein paar zusätzlichen Stufen kein Problem – bei uns gibt es nur Sixpacks und Leitungswasser; abgesehen davon ist der Auszug nur eine Frage der Zeit beziehungsweise des Beziehungsstatus. In der vierten Etage ohne Lift hausen ausschließlich Idioten, Snobs oder Sportler.

Sven referiert nun über die Unzuverlässigkeit des Pearl-Index, mit dem die Zuverlässigkeit von Verhütungsmitteln bestimmt wird. Dessen Aussagekraft wird angeblich schwammig, wenn ein relativ neues Verhütungsmittel von zu wenigen Paare angewendet wird. Falls er es schafft, dass sich bei der geringen Anzahl der leichtsinnigen Anwenderinnen von Schaumzäpfchen die Schwangerschaftsrate durch seinen Drink verdoppelt, würde Donat Frey sein Produkt vom Markt nehmen müssen.

»Oder noch mehr Sperma vernichten, um es zu verbessern«, merke ich an, als ich plötzlich hinter mir jemanden »Maren!« rufen höre.

Ich fahre herum und sehe einen Typen, der grinsend den Bürgersteig hochgelaufen kommt. Nur seine Maren kann ich nicht entdecken. Es sei denn, unsere Kellnerin, die sich ihm zuwendet, heißt auch Maren.

Tut sie. Also Fehlalarm. Der Kerl, den ich sofort in das Sammelregister »Gillettewichser« stecke, geht auf die hübsche Bedienung zu, die noch unsere Teller in ihren Händen hält, gibt ihr einen Kuss auf die Wange und textet sie strahlend mit irgendwas zu. Vom Typ her passt er weder zu dieser wundervollen Erscheinung noch ins Cooperativa; er passt höchstens in die Wohngegend, allerdings fünfter Stock: Sport treibender Snob-Idiot. Sie antwortet nun, er legt ihr die Hand auf die Schulter, ein weiteres Bussi, dann geht er. Über die Straße. Auf das Haus zu, das wir observieren.

Das kann gar nicht sein. Die Kellnerin mit dem Namen der Frau, die ich suche, bringt unsere Teller ins Lokal, und ich werfe ihrem Bussibär einen weiteren Blick hinterher. Er trägt ein Canterbury-Rugby-Shirt mit breiten gelb-braunen Streifen, wahrscheinlich kommt er gerade vom Golfen, Segeln oder Tennis. Mit einer Handbewegung zückt er nun einen Schlüssel aus der Hosentasche und sperrt die Haustür auf. Alles an ihm ist slick und fancy, seine Bewegungen cool und smooth, er ist ein fleischgewordener Haufen Anglizismen. Sven hat bemerkt, dass ich diesen Kerl fixiere, und beobachtet ebenfalls, wie er in dem Haus verschwindet.

»Wenn das ihr Mann ist, kannst du die Tante knicken«, sagt er dann und wendet sich mir zu, um meine Reaktion zu sehen.

»Das muss er sein. Und sie ist unsere Kellnerin«, antworte ich.

»Nee, komm. Der geht gar nicht.«

»Finde ich auch. Aber er hat sie gerade Maren genannt und auf die Backe geküsst.«

»Der?«

Sven kann es auch nicht glauben. Er dreht sich wieder zu dem Gebäude um und späht nun wie ich zu den Fenstern im zweiten Stock hoch. Wir schweigen, ich bange.

Das Licht geht an.

Wahre Freunde erkennt man daran, dass sie einem in Wut, Hass und Verzweiflung zur Seite stehen. Sven ist zum Glück einer. Für kurze Zeit befürchte ich, dass er sich ebenfalls in Maren verguckt haben könnte, denn die Tirade über alles, was er an und in ihrem vermeintlichen Lebensgefährten verabscheut, lässt mich ebenfalls zu Höchstform auflaufen. Gemeinsam ziehen wir alle Register, was die Beschimpfung dieser Spezies angeht. Erst als wir nach Hause kommen und ich mich auf mein Bett werfe, gelingt es mir, Enttäuschung und Verbitterung wieder herunterzufahren und die Situation in Ruhe zu analysieren.

Maren ist auf jeden Fall schwerst sensationell. Ich musste mich total zusammenreißen, um nicht bei jeder Bestellung einen meiner legendär schlechten Flirtversuche zu starten – ich beherrsche die Kunst, mit nur einem Satz sämtliche angesammelten Sympathien zu verspielen, teilweise sogar mit weniger als drei Worten. Stattdessen haben wir Maren in unserem Übermut mit trockenen Bemerkungen zu jeder Bestellung mehrmals zum Lachen gebracht. Ein Lachen, das sich sofort in meinem Mittelohr festgesetzt hat und dort nun auf Abruf bereitsteht. Sobald ich an Maren denke, kann ich es hören – es ist ehrlich, offen, mitreißend und frei von jeder Schuld. Ich besitze eine alte Kasettenaufnahme, auf der meine Mutter mich zu dem Reim »Kommt ein Bär vom Norden her, wo will er hin, zum Öhrchen, klingelingeling!« durchkitzelt. Irgendwann habe ich diese kindliche Art zu lachen verlernt und stoße mittlerweile nur noch Luft durch die Nase aus, was in sehr seltenen Fällen von einem Glucksen im Hals begleitet wird. Es ist eine schuldige Lache, weil sie vornehmlich auf Zynismen und Sarkasmen reagiert. Maren lacht wie ich als Zweijähriger.

Dabei weiten sich ihre blaugrünen Augen, ihre gepflegten Zähne leuchten weiß, sie ist nahezu perfekt. Beim genaueren Hinsehen konnte man auch eine leichte Wölbung ihres Bauches ausmachen, die sie jedoch geschickt unter ihrem weitem Shirt kaschiert. Demnach gehe ich davon aus, dass die Schwangerschaft bislang ohne Komplikationen verläuft. Dafür spricht auch, dass sie ihrer nicht gerade stressfreien Arbeit in der Gastronomie nachkommt.

Ein kritischer Augenblick war das Bezahlen. Zu viel Trinkgeld wäre peinlich geworden, zu wenig hätte sie sich ebenfalls gemerkt, und zu langes Kopfrechnen erweckt auch nicht den Anschein, dass man ein smarter Checker ist, sprich, zu der easy anglizisierbaren Sorte Mann gehört, auf die sie augenscheinlich steht. Der Trick ist, sich vorher schon mit ein paar Testrechnungen aufzuwärmen.

Auch hier war Sven eine große Hilfe, indem er mich mit Rechnungsbeträgen bombardierte: »27,10?«

»30«, erwiderte ich wie aus der Pistole geschossen.

»Aber nur, wenn du ihr 30 gibst. Falls du 25 in Scheinen und vier in Münzen hast, wären 29 auch okay.«

»Ich hab 'nen Fuffziger.«

»Gut. 40,20?«

»44.«

»Perfekt. 38,90?«

»Äh, 42?«

»43«, verbesserte er mich.

»Stimmt. Das reicht.«

»Nichts da, du darfst nicht mit einem Fehler aufhören. 43?«

Nach einer kurzen Diskussion, ob 47,50, also Trinkgelder in halben Euroschritten akzeptabel wären, was Sven kategorisch ablehnte, gelang es mir, elegant die von Maren berechneten 45,40 auf 50 aufzurunden, was im Bereich der perfekten zehn Prozent lag, die ich angestrebt hatte. Maren bedankte sich herzlich, lächelte und sagte freundlich: »Bis morgen.«

Kuckuck

»Ein Kuckuck wächst meist schneller als der Nachwuchs seiner unfreiwilligen Pflegeeltern, den er zudem nach und nach aus dem Nest befördert.«

Das aktuell größte Problem in meinem Leben hat einen Namen: Ralf Heinze. Laut meiner Nachforschungen bei xing und linkedin ist er bei MAN, einem großen Nutzfahrzeughersteller aus München. LKWs und so. Was er da genau macht, ist nicht ersichtlich. Sicherlich irgendeinen Job, für den man sich mit Powerpoint auskennen muss. Wer jemals unter der Woche innerdeutsch geflogen ist, wird den Geruch von Powerpointschweiß kennen, der nachmittags durch die Flieger wabert, und den nur festangestellte Anzugträger produzieren. Sie tragen Lederkoffer, checken alle acht Minuten ihre BlackBerrys und können einem aus dem Stand den Maybach unter den Laserpointern nennen. Ich beneide und verachte sie zur gleichen Zeit, weil sie mit ihrer Existenz so zufrieden scheinen. Ihr Präsentationsangstschweiß hängt im wertlosen Gewebe ihrer billigen Anzüge von der Stange, und sie klappen im Flugzeug die Laptops auf, um mit einer Leidenschaft Zahlen anzuschauen oder einzugeben, wie ich sie nur aufbringe, wenn mich der Ingrimm packt und ich am Laptop ein Profil von Leuten wie Ralf Heinze erstelle.

Leider sind es Typen wie er, deren Harmlosigkeit auf die unterschiedlichsten Frauen attraktiv wirkt. Sie strahlen Sicherheit aus, Kaufkraft und Zukunft. Sie können sagen, wo sie sich in zehn Jahren sehen, und es auch noch so beschreiben, dass sie das dabei ganz wuschig werdende Weibchen in ihr Zukunftsszenario einbinden. Ja, sie denken sogar an die Familie, die sie sich wünschen, und sind dabei vollkommen überzeugt, dass sie diese wie eins ihrer beruflichen »goals« erreichen werden. Zu Recht, wie man immer wieder ungläubig vorgeführt bekommt.

Es ist Montag, und ich wurde von Maren indirekt gebeten, am Abend wieder ins Cooperativa zu kommen; sie hat schließlich »Bis morgen!« gesagt. Ich bin jedoch schon am Vormittag nervös, da sich das Wetter zu einem Umschwung durchgerungen hat und es nach einem wunderschönen Sonnentag wieder bedeckt ist. Das wird meine Platzwahl im Lokal sehr kompliziert machen, ich habe ja keine Ahnung, welchen Servicebereich sie unter sich hat. Den kleinen Raum hinten oder einen Teil der großen Tische vorne? Mich auf mein Glück zu verlassen, hat mich im Leben noch nie weitergebracht, der Plan ist daher, erst an der Bar so zu tun, als würde ich auf jemanden warten, um in dieser Zeit herauszufinden, an welchen Tischen Maren bedient.

Bis zum frühen Nachmittag bereite ich mich auf die am Wochenende anstehende Fahrradmesse »bike« vor, wo ich einem tschechischen Elektrofahrradhersteller helfen soll, dem interessierten Volk die Vorzüge seines Produkts zu erklären. Einziges Manko: Es gibt bisher nur tschechisches Infomaterial. Ich bin also gezwungen, mir von den Webseiten der Konkurrenz die Verkaufsargumente abzuschreiben. Das ist bei einer Gage von 450 Euro pro Messetag schon drin.

Ich bin gerade in ein Flashgame vertieft, bei dem ich Luftballons mit einem Dartpfeil abschießen muss – meine liebste Form der Prokrastination, weil mich die seniorenfreundlichen Fahrräder mit Hochleistungsakkus einfach nicht interessieren –, und bekomme deshalb nicht mit, wie Sven nach Hause kommt. Erst als ich eine mir entfernt bekannte Stimme vernehme, schrecke ich auf.

»Hey, Pisser, wo ist mein Geld?«

In meiner Tür steht Hondo und mustert despektierlich mein Zimmer. Mit einem Klick ist der Browser geschlossen, ich werde ungern beim Spielen erwischt.

»Ich arbeite dran«, antworte ich und deute auf meinen Laptop, auf dem nun wieder mein Word-Dokument mit der Stichpunktsammlung »E-Bike« zu sehen ist.

»Ist fei auch besser, sonst gehst du nämlich kaputt«, sagt der slawische Hüne und kommt jetzt sogar herein. Sein Auftritt hat was von einer Inspektion. Er bleibt an meinem Bücherregal stehen und greift sich wahllos einen Band heraus – passenderweise »Kill your friends« von John Niven –, schlägt ihn kurz auf, um ihn dann zu einem leise gemurmelten »crank« im nächsten Moment wieder ins Regal zu stellen. Es fehlt nur, dass er mit dem Finger über die staubfangenden Ecken fährt, um mir zu zeigen, in welch ekelerregendem Zustand sich meine vier Wände befinden. Da mich seine Anwesenheit verunsichert, frage ich, ob er was Spezielles sucht.

»Nee, ich schau bloß.«

»Und wozu?«

»Problem: Du zahlst nicht. Ja, dann muss ich dich kaputt machen. Aber wenn du kaputt bist, kannst du nicht mehr arbeiten, und ich muss deinen Scheiß hier verkaufen.«

Während er mir das erklärt, kommt er zu mir an den Schreibtisch und nimmt meinen ollen Samsung-Laptop unter die Lupe, indem er den Monitor zu- und wieder aufklappt.

»Hat der Internet drauf?«, lautet seine einzige Frage dazu.

»Klar.«

»Und Multimedia?«

»Du machst nicht so viel mit Computern, oder?«, wage ich gegenzufragen.

»Nee, nur verchecken.«

Sofort steigt mein Selbstwertgefühl wieder. Doch statt nun den gebildeten Nerd raushängen zu lassen, beschließe ich, Hondo anzukumpeln, indem ich ihn in dem Glauben lasse, dass er genug über Computer weiß.

»Ja, also, der hat Internet, Multimedia und kann auch DVDs abspielen und so.«

»Und Spiele?«

»Auch.«

»Was hat der gekostet? Fünfhundertneunundneunzig vor drei Jahren, oder?«

Volltreffer. Bei Saturn hat der Rechner tatsächlich genau das gekostet, ich habe ihn jedoch für vierhundertneunundfünfzig online erstanden, was ich diesem dämlichen Klotz selbstverständlich nicht sagen werde – immerhin wird der Restwert im schlimmsten Fall von meinen Schulden abgezogen.

»Schon mehr.«

»Dann haben sie dich verarscht.«

Oder ich erfolglos versucht, ihn zu verarschen.

»Ja, ich glaub, sechshundertneunundzwanzig oder so.«

»Hey, du bist einfach scheiße prall, Mann. Ich kenn den. Wenn der bei Saturn und so für fünfhundertneunundneunzig geht, bekommst du den im Internet locker für hundert bis hundertfünfzig weniger.«

Damit verlässt Hondo lachend mein Zimmer, ich höre noch, wie er Sven zuruft, wie prall ich sei, bevor ich meine Tür schließe und mich wieder der tschechischen Fahrrad-Manufaktur zuwende. Zuerst spiele ich aber das Flashgame mit den Luftballons zu Ende.

Drei Stunden später bin ich davon überzeugt, dass ich unbedingt so ein E-Bike brauche und sitze im Cooperativa an der Bar. Der Platz ist perfekt, von hier aus kann ich durch das Fenster sogar Marens Haustür beobachten. Da ich pünktlich um fünf angekommen bin, ist sie noch nicht im Lokal. Es war total bescheuert, hier so früh aufzukreuzen, jetzt hocke ich hier wie ein Depp, habe weder ein Buch dabei noch bin ich verabredet, wie ich der hübschen Dame an der Bar weisgemacht habe. Sie ist auch sehr attraktiv, allerdings ist bei ihr das Hübsche, Freundlich-Aufgeschlosse nur Fassade. Diese drei Attribute sind sicher die Grundvoraussetzung, um hier einen Job zu kriegen. Entsprechend geben sich die Mädchen mehr oder weniger überzeugend. Eigentlich grotesk, denn jeder halbwegs erfahrene Mensch weiß, dass die Zickigkeit von Frauen mit dem Grad ihrer vorgespielten Lockerheit steigt. Wahrhaft entspannte Frauen wie Maren findet man nur selten, nämlich dann, wenn das Schicksal es einem gönnt – und schicksalhafter als meine Verbindung zu ihr kann gar keine sein.

Gegen halb sechs kommen endlich ein paar Gäste, die Junior-Riege einer Werbeagentur, laut, hip, bunt, sich gegenseitig mit »hey, hey«-Rufen unterbrechend, wenn einem gerade ein cooler Satz oder sonst was einfällt, den die anderen unbedingt hören müssen. Ihr Auftreten gleicht dem einer Runde junger Schimpansen, denen man Worttafeln gegeben hat, deren Bedeutung sie irgendwann begreifen und jubelnd hochhalten. Einer notiert sogar Sachen auf einer Serviette, das muss das eifrigste Äffchen sein, das nie abschaltet, sondern immer versucht, eine ganz besondere Banane zu erhaschen oder, wie hier, eine Idee abzugreifen, mit der es dann beim Kreativchef punkten kann. Von Maren Heinze ist nichts zu sehen, und zu fragen, ob sie heute überhaupt arbeitet, traue ich mich nicht. Also noch eine Apfelschorle, das Gesaufe der letzten Tage kann so nicht weitergehen.

Ich fühle mich entsetzlich alt an der Bar, vor mir zappeln die frisch geschlüpften Werbebabys herum, die ich als »junge Menschen« wahrnehme. Siebenunddreißig ist, wenn überhaupt etwas, das neue Siebenundvierzig. Mir ist es ein Rätsel, wie Männer in meinem momentan gefühlten Alter mit Mädchen zusammen sein können, die mitten in den Zwanzigern sind. Oder noch jünger. Neulich auf einer Messe lief mir ein Bekannter aus meinem Abijahrgang über den Weg, im Arm ein Mädchen, das eigentlich für ihr Abi lernen sollte, wie er lachend erklärte. Er war also in meinen Augen offensichtlich schwer gestört und sie, na ja, ebenfalls. Nur andersrum.

Ich starre gerade in Gedanken eine werdende Grafikerin oder Art Direktorin an, als im Hintergrund die Tür aufgeht und Maren auf die Straße tritt. Meine mich einlullende Langeweile ist mit einem Schlag verflogen, doch da kommt hinter ihr Ralf aus dem Haus. Verdammt. Sie hat wohl frei und geht nun mit ihrem Schatz aus. Nein, Fehler! Maren würde nicht »Schatz« sagen, obgleich er sie garantiert so nennt. Kosenamen sind ein Minenfeld, es wurde alles schon mal gesagt, jede Lautzusammensetzung irgendwann liebevoll geformt, von Babou über Schnutzi zu Wummsi, was, nebenbei bemerkt, drei großartige Varianten sind, die ich ohne mit der Wimper zu zucken verwenden würde. Man darf sich dabei nicht schämen, auch Hase kann im passenden Augenblick genau richtig sein. Nur Schatz, das geht nicht. Wer Schatz sagt, macht auch Cluburlaub.

Die beiden verlassen mein Blickfeld in Richtung Süden, ich zahle und bin überrascht, wie schnell das Mädchen hinter dem Tresen das möglich macht, sicher will sie mich endlich loswerden. Zwanzig Sekunden nach den Heinzes marschiere ich zügig die Jahnstraße hinauf, um gerade noch zu sehen, wie sie in Richtung Glockenbach rechts abbiegen. Sie kreuzen die Straße und gehen an der Gaststätte Rumpler und dem Kinderspielplatz vorbei, ich werde schon hektisch. In einem Buch stand mal, dass Menschen zu Fuß einen Verfolger unglaublich fix bemerken. Das war, wenn ich mich recht erinnere, von Haruki Murakami, und dem traue ich zu, solche Behauptungen nur aufzustellen, wenn sie niet- und nagelfest sind.

Ich bin froh, dass die beiden nicht zur Isar laufen, also nicht spazieren gehen wollen, was meine Verfolgung eigentlich unmöglich und außerdem sinnlos gemacht hätte, obwohl auch jetzt noch die Möglichkeit besteht, dass sie über den Alten Südfriedhof an der Pestalozzistraße bummeln wollen.

Um nicht aufzufallen, verschwinde ich in eine Einfahrt, ziehe meine Jacke aus, kremple die Ärmel meines Pullovers hoch und streiche mir die Haare ins Gesicht. Wenn ich mein Aussehen in regelmäßigen Abständen verändere und für einige Sekunden von der Straße verschwinde, sollte ich sicher sein können, nicht bemerkt zu werden, solange sie den Friedhof links liegen lassen.

Verfolgen heißt vorhersehen, sage ich mir, als Maren und Ralf den Weg am Glockenbach erreichen und nach links abbiegen. Endstation: Ehrengut-Dreieck, lautet meine Prognose. Ich lasse sie durch die Unterführung ins Dreimühlenviertel laufen und wähle für mich den Umweg über die Kapuzinerstraße, wobei ich wieder in meine Jacke schlüpfe und anstatt dessen die Hosenbeine leicht aufkremple. Meine Vorahnung bestätigt sich ein paar Hundert Meter weiter. Arm in Arm schlendern die zwei in die Dreimühlenstraße und betreten schlussendlich das Bavarese, wo ich noch vor knapp zehn Tagen Trost im Alkohol gesucht habe.

»Angenommen, du wirst Vater, aber die Mutter ist mit einem anderen zusammen. Was würdest du tun?« Eine simple Fragestellung, mit der ich Filip an der Bar vom Stüberl gegenüber dem Lokal, in das die Verfolgten verschwunden sind, konfrontiere.

»Wieso? Wirst du Vater?«, lautet seine Gegenfrage.

»Was? Ich? Nee, Quatsch«, wehre ich ab. »Ein Bekannter.«

»Wer?«

»Ist doch egal.«

»Jaaa, keine Ahnung«, lautet seine nicht besonders hilfreiche Antwort. »Wahrscheinlich, na ja …«

Zugegeben, es ist unfair, einen so guten Barkeeper mit derart konkreten Anliegen zu belästigen. Seine Aufgabe besteht darin, den Gästen zuzuhören und sie ihre eigenen Entscheidungen treffen zu lassen. Bei den zig Leuten, die ihm Woche für Woche mit ihren Ideen, Problemen und Abenteuern im Ohr liegen, verstehe ich das auch, ich habe ja vor vielen Jahren sogar mal eine Zeit lang neben ihm gestanden und die gleichen Geschichten gehört. Wobei es selten vorkam, dass jemand derart spezifisch wurde.

»Wenn du in sie verliebt bist und sie in dich, dann musst du das wahrscheinlich mit ihr ausmachen«, versucht Filip mir nun doch zu helfen.

»Danke, nee, das geht nicht. Aber ist ja auch nicht dein Problem. 'tschuldige.« Ich bereue, das Thema überhaupt zwischen ihn und mein Bier gebracht zu haben.

»Und sonst?«, nimmt er meine Einladung, das Thema zu wechseln, an.

»Du, alles okay. Am Wochenende hab ich einen gut bezahlten Job, und, ja, passt.«

Ich hätte direkt nach Hause gehen sollen. Blöd hinter Maren herzulaufen bringt nichts, und nun Filip mit meiner Anwesenheit zu nerven ebenso wenig. Obwohl ich nicht mal glaube, dass ich ihn nerve. Er freut sich immer aufrichtig, wenn ich vorbeikomme, was viel zu selten der Fall ist. Mein Fehler, ich bin ein Sozialidiot. Mir wurde weder die Gabe in die Wiege gelegt, meine Kontakte zu pflegen, noch Small Talk zu treiben. Es geht immer nur ganz oder gar nicht, was problematisch sein kann, wenn man sich von allen Menschen so distanziert wie ich. Traurig, aber wahr: Sven ist zurzeit mein einziger richtiger Freund.

Der gute Filip weiß das, er kennt mich bestimmt besser, als ich es ahne, und berichtet deswegen von den Events, die er und seine Jungs so planen. Eine Austria-Party mit Bier und Essen aus Österreich, eine Radtour, lauter lustige Aktionen, bei denen ich eigentlich gerne dabei wäre, aber nicht sein werde, weil ich das nicht auf die Reihe bekomme. Während er so erzählt, taucht auch der Wolfi auf, sein fröhlich verstrahlter DJ für den Abend, dessen gute Laune ein Dauerzustand ist, um den ich ihn beneide. Zu dritt redet es sich gleich viel leichter, ich kann von den letzten Messen erzählen, und die Zeit verstreicht.

Nach circa einer Stunde kommen Maren und Ralf wieder aus dem Bavarese, haben dort wohl zu Abend gegessen, gute Wahl, muss Marens Idee gewesen sein. Sofort stehe ich auf, um meine sinnlose Verfolgung wieder aufzunehmen, die mich zweifelsohne zurück zu ihrer Haustür führen wird, als die beiden stehen bleiben, sich kurz besprechen und dann über die Straße auf das Stüberl zugelaufen kommen. Schon sitze ich wieder und spüre, wie ich mich in einen lebenden Heizkörper verwandle, da treten die beiden ein und begrüßen Filip wie einen lieben Verwandten, den sie acht Jahre nicht gesehen haben.

»Servus, Digger!«, lautet Ralfs Grußformel. Das geht ja gar nicht. München oder Hamburg, man sollte schon wissen, in welcher Stadt man sich gerade befindet.

»Haaallo«, sagt Maren, was in Ordnung ist.

Filip servust zurück, und weil er noch bei mir steht, tut er, was er tun muss: Er stellt uns vor.

»Kennt ihr euch? Das ist der Jens, das sind Maren und Ralf.«

»Nee. Hi«, antworte ich und versuche, Maren möglichst unangestrengt nicht wiederzuerkennen.

»Du warst doch gestern im Cooperativa, oder?«, erinnert sich Maren strahlend und reicht mir die Hand. Ich nehme sie, schüttle ungelenk daran herum.

»Ach, doch, klar. Hi! Das ist ja lustig.«

»Wieso?«, fragt Maren.

»Na, weil du doch ›Bis morgen!‹ gesagt hast«, antworte ich.

»Ach, das sag ich immer.«

Unseren besonderen Moment unterbricht Ralf, indem er mir seine Patsche hinhält.

»Hi, freut mich.«

Seine Unverbindlichkeit kotzt mich sofort an. Ihn freut gar nichts. Es ist ihm sogar scheißegal, wer ich bin und was ich hier mache, ja, dass ich überhaupt existiere. Das erkenne ich unter anderem daran, dass er sich gleich wieder abwendet und bestellt.

»Gibst du uns einen Whiskey Cola und ein Wasser?«

Typisch, er hält es nicht für nötig, bitte zu sagen.

»Nein, ein Ginger Ale, bitte«, korrigiert ihn Maren. Top. Kein Alkohol. Damit ist die Schwangerschaft bestätigt. Sie befindet sich allerdings noch in der Phase, in der man nicht darüber spricht. Und sie trägt heute ein fröhlich vor sich hinplusterndes Shirt – der Bauch, den ich gestern zu erkennen geglaubt hatte, ist heute nur für Eingeweihte sichtbar. Lediglich die Alkoholfreiheit verrät sie.

»Ich muss mal«, entschuldige ich mich leise von der kleinen Runde, der es ja eh egal sein müsste, was ich mache – »ich geh mal kurz zum Sterben raus« wäre auch nicht aufgefallen –, rutsche von meinem Barhocker und verdrücke mich zu den Toiletten. Es läuft wie immer ein Hörspiel auf dem Klo, eine Idee, die mich jedes Mal aufs Neue freut. Ich überlege, wie viel die Getränke wohl wert sein müssen, die an diesem Ort schon meinen Körper verlassen haben, aber dieser Gedanke wird schnell von denen an Maren verdrängt. Wie sie mich gerade angestrahlt hat, das war ganz eindeutig mehr als nur ein freundlicher Gesichtsausdruck zur Begrüßung eines Halbfremden. Sie hat mich erkannt und sich daran erinnert, wie lustig ich gestern mit Sven gewesen bin. Ein Gast, den man nicht vergisst. Das ist sehr gut.

Ich schüttle den vorletzten Tropfen in die Schüssel und gehe zum Händewaschen. Die Tür öffnet sich, und Ralf kommt herein.

»Ach, da bist du. Du, der Filip hat gesagt, dass du auf Messen moderierst?«

»Äh, ja.«

»Cool. Bist du da frei oder bei einer Agentur?«

»Ach, also, wenn ich frei was bekomme, mache ich das auch so.«

Ich versuche mit aller Kraft, cool zu wirken. Nicht haspeln, langsam sprechen, keine Endsilben verschlucken.

»Hast du ’ne Karte?«

»Nö, wieso?«

»Vielleicht hab ich da mal was für dich.«

»Ach, hey, ja, super. Ich kann dir ja meine Nummer aufschreiben, vorne.«

»Genau. Mach das.«

Ich wasche meine Hände etwas länger, um zu sehen, ob dieser täuschend nett verpackte Angeber Lulu macht oder auf die Box verschwindet und wie ein Kuckuck sein Ei bei Fremden ablegt. Wenn es nämlich eine Sache gibt, die ich mehr als alles andere auf der Welt verachte, sind es Außer-Haus-Scheißer. Leute, die ihre Notdurft an halböffentlichen Plätzen verrichten, also in dem Fall Männertoiletten in Bars, Cafés, Restaurants oder so. Selbst auf Messen stört es mich, da erledigt man das eben morgens zu Hause oder im Hotelzimmer. Tatsächlich geht Ralf in die Kabine; jetzt wird sich an der Dauer seines Boxenstopps messen lassen, ob er einfach nur im Sitzen pinkelt oder Nummer zwei macht, wie wir im Kindergarten sagen mussten. Ich fand das damals total unsinnig, weil Letzteres doch viel mehr stinkt und deswegen Nummer eins genannt werden müsste.

Zurück an der Bar nutze ich die Gunst des Augenblicks und spreche Maren an. Wenn ich jetzt die gestern gewonnene Sympathie halten kann, sollten in Zukunft zufällige Begegnungen zu arrangieren sein, bei denen ich sie wiedererkennen und begrüßen kann.

»Und? Arbeitest du fest im Cooperativa?« Eine gute Frage, unverfänglich, elegant.

»Nee, ich hab da gestern nur geholfen, weil ich den Besitzer kenne.«

»Ah so.«

»Früher hab ich da öfter geholfen, jetzt mache ich das nur noch, wenn jemand ausfällt.«

»Ah ja.«

Ich könnte mir selbst in die Fresse schlagen, warum kommt nicht mehr aus meinem Mund als dieses »Ah ja«? Ist doch klar, dass ich damit das Gespräch vernichte. Maren und ich schweigen uns für einen Augenblick an. Schweigen ist unsympathisch. Ich habe diese verdammte Konversation begonnen, jetzt muss ich sie auch weitertreiben, sonst war's das.

»Und was machst du jetzt?«, frage ich. Hoffentlich ist das nicht zu forsch, wir kennen uns ja gar nicht.

»Ach, eigentlich nichts Richtiges, ich bereite nur was vor.«

»Sauber.«

»Na ja. Geht so.«

»Ach, sei froh. Ich bin Messekasper, Messdiener, das ist echt hartes Brot.«

»Wirklich?«

»Ja, klar. Es gibt doch mittlerweile für jeden Kack 'ne Messe, und ich stehe da immer mittendrin und finde irgendwas wahnsinnig super.«

Jetzt lacht sie wieder, mein Sympathiewert steigt.

»Aber auch anstrengend. Echt. Ich meine, Philatelisten davon zu überzeugen, eine Fachzeitschrift zu abonnieren, ist harte Arbeit.« Geht doch. Ich. Kann. Sprechen.

»Vielleicht kann man sie verführen, indem man beim Versand seltene Briefmarken draufklebt.«

Sie ist auch noch intelligent. Der Begriff Philatelisten ist im aktiven Wortschatz der meisten Menschen, die ich kenne, nicht vorhanden; in meinem war es bis zu der Messe nicht, und ihre Idee ist obendrein gar nicht schlecht. Damit hätte ich vielleicht den ein oder anderen Briefmarkensammler mehr angesprochen.

»Sehr gute Idee, die klau ich dir und schlag das beim nächsten Mal vor.«

»Und was machst du sonst?«, fragt Maren mich nun, eine Frage, vor der ich mich schon immer bei meinen Eltern fürchte. Ich muss doch mal was Vernünftiges machen. Wenn ich schon alle auf der Messe kenne, dann muss man da doch auch was machen können, das regelmäßig für Sicherheit sorgt. Ein altes Lied, und ich kenne jede Strophe. Dabei sollten sie froh sein, dass ich überhaupt was mache. Sonst.

»Na ja, ich versuche da was Eigenes auf die Beine zu stellen. Also, auch was mit Messe und so.«

»Ah, und was?«

Warum kann sie nicht lockerlassen? Interessiert sie

sich wirklich für mich als Person oder hat sie lediglich durchschaut, dass ich, abgesehen von den dämlichen Messejobs, einen Scheiß mache?

»Ist noch nicht spruchreif«, lüge ich dreist.

»Ach, Filip …«, fällt ihr nun endlich etwas ein, das sie von dieser – zumindest für mich – anstrengenden Konversation löst. Ich bin mir nicht sicher, ob ich ihr mit diesem Gespräch sehr positiv in Erinnerung bleibe.

Maren erzählt meinem Lieblingsbarkeeper irgendwas von Menschen, deren Namen mir nichts sagen, nippt dabei an ihrem Ginger Ale und könnte nicht reizvoller sein. Parallel dazu hockt ihr Rugby-Shirt-Boy auf dem Topf und kackt. Ich muss bei der Vorstellung kurz auflachen. Wenn ich ein richtiges Arschloch sein will, gehe ich noch mal kurz in die Toilette, wenn er zurückkommt, nur damit er sich für den Geruch schämen muss, den er dort hinterlässt. Mir kommt die Idee, Aufkleber mit der Aufschrift »Kack zu Hause!« drucken zu lassen und auf allen Toiletten anzubringen, die ich besuche. Ich wette, dass unser kleiner Captain Stinki, der gerade die Luft in der Stüberlbox verpestet, das sogar komisch fände und anbieten würde, die Dinger in Flugzeugtoiletten zu kleben. Er hat bestimmt einen total guten Sinn für Humor.

»Bulgakow: Der Meister und Margarita!«, ruft er bei seiner Rückkehr aus dem Land des Stinkens durch die ganze Bar.

»Richtig«, bestätigt Filip.

»Das war echt schwer. Ich hab mich extra hingesetzt, damit ich … Nicht, was ihr denkt!«, scherzt der adrette Spießer jetzt auch noch. Ich bin immer mehr verleitet, nochmal nachriechen zu gehen.

»Dann gehen die Drinks auf mich«, sagt Filip. Das

muss eine Wette gewesen sein. Ein Spiel, das die drei immer spielen: Schlaubi Ralf muss erraten, was auf dem Scheißhaus vorgelesen wird. Inzwischen kommt meine Abneigung gegen ihn so richtig von Herzen.

»Hättest du das auch erkannt?«, versucht Filip mich ins Gespräch einzubinden.

»Nee, aber da gibt's doch sicher 'ne App für.«

Lacher. Ralf deutet auf mein Getränk.

»Für den Spruch geht sein Drink mit auf meinen Deckel.«

Auch ein Lacher, aber ein billiger, den Filip ungeschickt weiterspinnt: »Der zahlt hier eh nie.«

Brüller. Auf meine Kosten. Danke.

»Seit Filip gelernt hat, wie man einen Familiennamen auf ein Reiskorn schreibt, ist auch auf meinem Deckel wieder Platz zum Anschreiben«, erwidere ich und töte damit die Stimmung. Das war wohl zu kompliziert, um als witzig durchzugehen. Obwohl die Idee gut ist, wenn man sich überlegt, was alles auf einen Bierdeckel passt, wenn ihn jemand beschriftet, der, ach, kack mir in den Schuh. Wird nichts mehr.

»Na ja, man soll gehen, wenn die Stimmung am schlechtesten ist«, lege ich nach, und prompt wird es echt unangenehm hier drinnen. Filip schlägt mich ab, ich gebe meine Hand durch die Runde und mache mich vom Acker, ohne Ralf Arsch meine Nummer gegeben zu haben. Das kann ich ja in den kommenden Tagen erledigen, wenn ich – ach, das ist ja ein Zufall, Mensch, kleine Welt! – Maren begegnen werde.

Wanze

»Bei der männlichen Bettwanze
wurde bis dato kein Werbeverhalten vor dem
Akt beobachtet. Es schleicht sich vielmehr
von hinten an das Weibchen heran
und begattet es aus dem Hinterhalt.«

»Jede Schwangerschaft ist anders«, erklärt Beate und schaut mich an, als hätte sie mir gerade das Geheimnis des Lebens verraten. »Aber Schwangerschaft und Geburt sind was ganz Natürliches.«

Großartig, wenn man das von einer Hebamme gesagt bekommt. Wir waren vor etwa neun Jahren mal zusammen, aber mehr aus Mangel an Optionen als aus Zuneigung. Heute würde man das Arrangement sicher Fuck-Buddies nennen, oder auf Alt-Deutsch Bumsbekanntschaft. Da wir jedoch beide nicht besonders talentiert waren, was Geschlechtsverkehr anging, ist das ziemlich schnell wieder eingeschlafen. Komischerweise hat sich in unserem Verhältnis zueinander durch den Sex nichts verändert. Beate ist zwar inzwischen lesbisch geworden, aber erst ein paar Jahre und Typen nach mir. Jetzt geht sie mir jedes Mal, wenn wir uns sehen, mit ihrer Vermutung, ich könnte ein »closet case« sein, auf den Senkel. Ich erkläre ihr regelmäßig, dass ich nicht schwul sei, weil ich es gar nicht sein könne; männliche Körper, Pimmel, Bartstoppeln – das sei einfach nicht mein Ding. Mir sei es auch gleichgültig, vielleicht wäre es ja total toll, schwul zu sein. Nur ginge es einfach nicht. Heute hat sie das Thema noch nicht angerissen, was daran liegen muss, dass ich sie gerade über schwangere Frauen ausquetsche.

»Ja, Beate, dass es was Unnatürliches sein könnte, hatte ich auch nicht in Erwägung gezogen.«

»Ich meine nur.«

»Ich wollte bloß wissen, ab wann man eine Tussi fragen kann, ob sie schwanger ist.«

»Eigentlich nie, es sei denn, es ist dermaßen offensichtlich ... Aber auch dann eigentlich nicht.«

»Ich höre immer nur eigentlich. Kannst du mir nicht irgendwas sagen, das definitiv ist?«

»Eigentlich nicht.«

»Also ist es generell tabu?«

»Richtig, es sei denn, ihr seid Freunde.«

»Gut, mehr wollte ich nicht hören.«

»Und falls du jetzt noch wissen willst, wie man eine Frau zu seiner Freundin macht, empfehle ich in deinem Fall Sex.«

»Sehr, sehr lustig. Vielleicht lag es ja auch an dir, dass wir im Bett irgendwie nur rumgemurkst haben.«

»Ganz sicher nicht. Aber im Ernst: Mit einem Coming-Out wäre dir auch sehr geholfen. In mehrerlei Hinsicht.«

Endlich ist es auf dem Tisch.

»Stimmt. Ich mache einen auf schwul wie in einem Sat1 FilmFilm ... Film ... Film.«

»Müsstest du das denn?«

»Ja.«

»Schade, Sergej da hinten hat nämlich schon einige Male rübergeschaut. Er hat schon einige gedreht.«

»Lass es einfach, sonst sag ich irgendwann was Homophobes, und du hasst mich.«

»Also ist es doch nur Angst?«

Aber zum Glück grinst Beate nun breit und schwenkt wieder auf das Thema Schwangerschaft um. Sie erklärt, dass die Frauen in den ersten drei Monaten viel kotzen, danach bis zum sechsten eigentlich recht fit sind und oft nochmal 'ne Reise oder so machen, um dann ab dem siebten Monat mit Geburtsvorbereitungskursen, Schwangerenyoga und ähnlichen Vergnügen zu beginnen. In der Zeit, die sie nicht mit sich und der Geburt beschäftigt sind, werden sie von allen Seiten verunsichert, als wäre es geradezu ein Wunder, heute noch ein gesundes Kind auf die Welt zu bringen. Das macht den werdenden Müttern natürlich alles Angst. Das Beste, was ihnen passieren kann, ist ein Partner, der ihnen immer wieder zuhört und ihnen einfach nur zur Seite steht. Die meisten Frauenärzte, Hebammen und die Labors sind inzwischen zu der Erkenntnis gekommen, dass es ihnen viel Geld beschert, die ein oder andere Untersuchung oder Beratung vorzuschlagen. Nur Schwangere, die jung sind und aus einer der unteren Einkommensschichten stammen, falls es da mehrere gibt, werden erstaunlicherweise in Ruhe gelassen und dürfen ohne verstörende Informationen gebären.

Ich traue mich noch nicht, Beate die genauen Hintergründe meines Interesses an der ganzen Thematik zu schildern, und sie ist diskret genug, nicht nachzufragen. Als ich ihren Kaffee zahle und wir uns verabschieden, drückt sie mir ihre Visitenkarte in die Hand und sagt: »Wenn ich irgendwie helfen kann, schick die ›Tussi‹ einfach zu mir.«

Zunächst muss ich jedoch mehr über die Tussi herausfinden und sie vor allem nicht mehr Tussi nennen. Am Abend lauere ich wie eine dicke Wanze im Anti, dem legendären Griechen in Marens Straße. Mir fällt auf, dass ich in letzter Zeit fast nur noch in Lokalen unterwegs bin und dieser Lebensstil teuer ist. Und dass Maren mich mit der Frage, was ich sonst noch mache, echt getroffen hat. Sie hat Recht, ich komme um die Runden, was für einen Mann mit siebenunddreißig allerdings etwas arm ist. Jedenfalls für einen wie mich, der kein Problem mit Konsum hat, keine Überzeugung, was den Lebensstil angeht. Ich trudle ins Verderben, wie meine Mutter mir schon vor drei Jahren prophezeit hat, ich erbe doch kaum was und muss eines Tages eine Familie ernähren.

Ich habe mir eins meiner Notizbücher mitgenommen, in denen außer ein paar Stichwörtern zu Aufträgen aus vergangenen Jahren nichts steht und die heute auch gar keinen Sinn mehr ergeben. Ich muss etwa zehn Stück davon haben, Moleskines, Paperblanks, Spiralhefte, die ich immer spontan gekauft habe, um darin fixe Ideen, Sätze aus Konversationen in meiner Umgebung und ähnliche Dinge festzuhalten. An jedem einzelnen bin ich gescheitert. Die mit kryptischen Wortfetzen gefüllten drei Seiten reiße ich heraus, schreibe dann auf die erste Seite theatralisch »Die Zukunft« und reiße sie kurz darauf wieder aus dem Block, damit das niemand liest, der an meinem Tisch vorbeigeht. Schließlich beginne ich, Stichwörter zu notieren, die mir zum Themenkomplex Zukunft und Arbeit einfallen. Es kommt nicht viel zusammen: Moderation steht am Ende doppelt da, außerdem die Schlagwörter Messe, Radio, Schreiben, Fernsehen, und »irgendwas studieren«.

Wie immer endet der gute Vorsatz, einen neuen Schritt zu machen, in meiner anerzogenen Orientierungslosigkeit. Wären meine Eltern keine Lehrer, würde mein Leben sicherlich anders aussehen. Nicht dass sie eine Schuld an meiner beruflichen Misere tragen, aber ein Fingerzeig in eine bestimmte Richtung zur rechten Zeit wäre bestimmt hilfreich gewesen. Ein Vater-Sohn-Gespräch zu einem Bier im Heppel & Ettlich, irgendwas. Ging jedoch nicht, weil mein Vater mir zu einem Spezi im Bella Italia lediglich sagen konnte, dass er den Fehler, Lehrer zu werden, nicht noch einmal machen würde. Hurra und danke für die Pizza.

Als ich mein Abitur hatte, war er gerade in eine Affäre mit einer schielenden Referendarin verwickelt, was die Stimmung daheim äußerst eisig werden ließ. Also zog ich zwei Monate nach dem Abi in das noch relativ frisch befreite Berlin, um dort meinen Zivildienst in einer Kita zu absolvieren. Danach hatte ich das Leben in der Hauptstadt bald satt, weil klar war, dass sich die Verhältnisse ändern würden. Das besetzte Haus unten in der Schönhauser Allee, in dem ich untergeschlüpft war, stand kurz vor der Räumung, mein halbherziger Versuch, an der Uni zurechtzukommen, schlug fehl, und weil Papa seine Affäre beendet und sich mit Mama dafür entschieden hatte, gemeinsam alt, schrumpelig und irgendwann tot zu werden, zog ich wieder bei meinen Eltern ein.

Nach einem Semester Germanistik, das für mich aus exakt drei Vorlesungen bestand, und einem halben Jahr in der Service-Hotline eines Software-Herstellers begann ich ein Volontariat bei einem Privatradiosender, das aber beendet wurde, als ich mich beklagte, keinerlei Ausbildung zu bekommen. Und weil ich inzwischen eine kleine

Wohnung in Schwabing angemietet hatte, wanderte ich ins Nachtleben ab und kam schließlich zu den Messejobs.

Ich kann also im Grunde nichts, weil ich nichts gelernt habe. Hätte ich das Volotariat abgeschlossen oder mich beim Studium einfach an jemanden drangehängt, der das System kapiert, hätte ich, wäre und könnte. Warum sagt einem auch keiner, dass man eines Tages seine Zukunft betrachtet und Angst kriegt, weil man sie sich in der Vergangenheit verbaut hat? Nichts wird schon »irgendwie werden«, weil nämlich die ganzen Arschlöcher um einen herum die Plätze eingenommen haben. Nirgends wartet ein Personalleiter darauf, dass ich angekrochen komme und sage: »Okay, ich hab genug vom Nichtstun, darum würde ich ab, sagen wir, kommenden Monat für Sie arbeiten.« Ich bin der Arbeitswelt scheißegal.

Nicht dass mich diese Schlussfolgerung anstacheln würde, erst recht Gas zu geben, nein. Ich reiße die Seite mit den lächerlichen Stichpunkten aus dem Notizbuch und zerknülle sie entsprechend meinem klassischen Verdrängungsmechanismus. Schritt 1: Beweise vernichten. Schritt 2: Alkohol bestellen. Schritt 3: Selbstberuhigung. Wird schon alles irgendwie gutgehen. Morgen habe ich den Auftrag auf der beschissenen Fahrradmesse, vielleicht ergibt sich da was Neues.

Kaum habe ich alle Sorgen, was meine berufliche Zukunft angeht, erfolgreich verdrängt, schwemmt mir das Schicksal eine Begegnung mit meiner privaten an den Tisch. Es ist Ralf, der seinen BMW M3 Cabrio in der Einfahrt hinter mir abstellt, in sein Haus läuft und kurz darauf mit zwei gepackten Taschen wieder herauskommt. Da ich, um einen gewissen Abstand zu Marens Hauseingang zu wahren, den letzten Tisch gewählt hatte, sitze ich direkt neben seiner Heckklappe. Und er erkennt mich natürlich, als er auf sein Prestige-Spieß-Mobil zuläuft. Gut, der Mann ist zeugungsunfähig, da kann ich ihm den rollenden Potenz-Subwoofer fast schon gönnen.

»Hey! Jens, oder?«

Er spielt mir sogar Freude über unser Wiedersehen vor. Klar, hat ja auch gestern schön neben mir zu Bulgakow gekackt.

»Ach, hi, äh …«, reagiere ich freundlich, aber nicht freundlich genug, um mich an seinen Namen zu erinnern. Man muss es ja nicht übertreiben. »Rolf, oder?«

»Ralf«, korrigiert er, und es ist ihm scheinbar egal.

»Wohnst du hier?«

»Ja, wir. Also, Maren und ich. Und du?«

»Ich trink hier nur.«

Lachen. Der Arsch hat immerhin Manieren, wäre ja auch noch schöner. Er öffnet seinen Kofferraum, wirft die beiden Taschen in den Wagen und ist dabei derart gut gelaunt, dass es mich anwidert. Er weiß nicht, dass ich weiß, wer nicht der Vater seines Babys ist.

»Du, bis die Maren hier ist – stört's dich, wenn ich mich auf ein sportliches Radler zu dir setze?«

»Nee, mach's aber lieber unsportlich, sonst erinnert mich das wieder daran, dass ich dieses Jahr zehn Kilo abnehmen wollte«, antworte ich.

Ralf setzt sich, schlägt die Beine übereinander – ein Klemmsitzer also, kein Wunder, dass aus den Lenden keine Frucht entspringen will. Ich habe keine Ahnung, was ich ihm sagen soll. Das spürt er vermutlich und beginnt deswegen die Konversation: »Du wolltest mir doch noch deine Nummer geben, wegen der Messesache.«

»Stimmt, ja, schreib ich dir gleich auf.«

Er deutet auf mein Notizbuch.

»Mach ruhig, dann vergessen wir es nicht wieder.«

Mache ich. Zeitgleich keimt in mir der perfide Plan, ihn als Freund zu gewinnen, um so an Maren zu kommen. Das bedeutet zwar, dass ich mit dieser netten, harmlosen Eintagsfliege in den kommenden Wochen – mit etwas Pech sogar Monaten – Zeit verbringen muss, aber auch, dass er Maren immer erzählen muss, was für »geilen Scheiß« wir zusammen gemacht haben. Wie lustig es mit mir ist. Wie gerne er so wäre wie ich. Er wird meine Marionette und so lange von mir schwärmen, bis Maren schon beim Gedanken an mich ganz wuschig wird. Wobei ihn meine Präsenz momentan noch nicht gerade in Glückseligkeit schweben lässt.

Sein Radler kommt, während er mir zu erklären versucht, was er beruflich so treibt. Ich verstehe nur die Hälfte, und selbst die interessiert mich kaum, aber er ist offenbar so eine Art Zukunfts- und Trendforscher. Seine Aufgabe besteht darin, zu analysieren, wie und wo man die Nutzfahrzeuge seiner Firma in zehn Jahren herstellen wird. Welche technischen Fortschritte es bis dahin gegeben haben sollte, wie sich die Produktionsstandorte entwickeln, welche Transportplattformen dann genutzt werden und so weiter. Es ist nicht uninteressant, aber irgendwie so fad wie seine dachlose BMW-Schlampenschleuder. Entsprechend schnell lenke ich das Thema auf Maren, die mir ja nicht verraten wollte, was sie genau macht.

»Sie will eine Agentur gründen«, plaudert Ralf, ohne zu zögern, aus.

»'ne Werbeagentur?«

»Nein, für Grafiker. ›Die Pixelschubser‹.«

»Sehr gute Idee«, antworte ich, muss mich aber doch schwer über den Namen wundern. Pixelschubser. So was sagt man nicht. Das kommt aus demselben Humoruniversum, das uns schon vor langer Zeit mit Worten wie Schattenparker oder Warmduscher äußerst unangenehm aufgefallen ist. Hämisch-humoriges Hohlspiegel-Haha. Vielleicht hat man zur Jahrtausendwende für den Bruchteil eines Moments die Mundwinkel leicht nach oben gezogen, wenn man eine dieser Wortschöpfungen das erste Mal gehört hat. Damals hat man jedoch auch reuelos Big Brother angeschaut und über den dummen Schwaben gelacht, dessen Name der Allgemeinheit inzwischen wieder entfallen ist. Aber Pixelschubser, jetzt, über zehn Jahre später? Das kommt bestimmt von ihm, Maren hat schließlich erst gestern bewiesen, dass ihr Humor diesem niveaulosen Schmunzelschrott überlegen ist.

»Ich finde den Namen ja ein bisschen prall«, gesteht Ralf und sieht sich dabei verschwörerisch um. Klar, wenn Maren mitbekäme, wie er über ihre Geschäftsgeheimnisse plaudert und daran herumkritisiert, und das vor einem Fremden – das käme bei ihr bestimmt nicht gut an. Ebenso wenig tut es das bei mir.

»Vielleicht meint sie es ja ironisch«, verteidige ich ihre Wortkreation aus der Hölle.

»Nee. Ironie kann Maren nicht so gut«, lacht Ralf und hebt sein Glas.

»Ist ja auch ein eher minderwertiges Stilmittel«, entgegne ich und stoße mit meinem darüber gackernden Gegenüber an. Er denkt, dass ich scherze, dabei ist Ironie maximal als kleiner Humorsnack zwischendurch zu ertragen. Doch das behalte ich für mich, ich will mit der Pfeife ja ein gutes Verhältnis aufbauen.

»Und wohin geht's?«, wende ich die Gesprächsrichtung.

»Kirchberg. Da haben wir eine kleine Hütte.«

»Wow. Ich dachte, das wär unbezahlbar?«

»Na ja, meine Eltern wohnen da mittlerweile und haben uns das ehemalige Gästehaus zur Hochzeit geschenkt.«

»Nicht schlecht.«

»Ja, dort kann man's aushalten. Fährst du Ski?«

»Klar.«

»Dann kennst du die Gegend.«

»Ja, logisch.«

Ich mag mich nicht, wenn ich neidisch werde. Aber irgendwie geht das alles zu weit. Der Typ beschäftigt sich den ganzen Tag mit der Zukunft und kann einer Frau so garantiert nicht nur genau sagen, wie ihr Leben am Tag X im Jahr Y aussehen wird – er kann auch immer mit einem Plan B aufwarten: dem Vermögen seiner Eltern. Sein ganzes Leben ist eine einzige Karriere. Er war bestimmt immer der nette, vielleicht phasenweise sogar okaye Mitläufer. Hatte stets den Rückhalt seiner Familie und nie Angst, was passiert, wenn er mal Mist baut. Daddy hat ja Kohle und boxt ihn überall raus. Und Papi hat sich auch mit ihm hingesetzt und das Studium geplant, sie haben seine Ziele definiert, so dass er sich keine Sekunde seines Lebens den Kopf darüber zerbrechen musste, wie so ein menschliches Dasein funktioniert – es wurde ihm alles gleich verraten, zugesteckt und auf einem silbernen Tablett serviert.

Ich hingegen habe alle wichtigen Dinge selbst herausfinden müssen, und jede einzelne Entdeckung war mit Entbehrung, Wut und Frust verbunden. Ich bin in nichts der Beste, kann nichts richtig, und wenn ich nicht aufpasse, stehe ich in acht Jahren auf dem hässlichen Platz vor der Messe und komme nicht mehr hinein. Welche Firma will schon einen fünfundvierzig Jahre alten Sack, der mit drei ewig gleichen Kalauern ihre Produkte anpreist? Ich sehe jetzt schon genügend neue Gesichter, die nach und nach die besseren Kunden abgreifen. Sogar auf der letzten Heim- und Handwerksmesse hat mich nach sieben Jahren Zusammenarbeit ein bayerischer Edelküchenhersteller durch eine Mittzwanzigerin von Radio Arabella ersetzt.

»Und was macht man im Frühsommer in Kirchberg?«, versuche ich nach der kurzen Gesprächspause die Stille zu beenden.

»Och, mal schauen. Wandern, vielleicht eine Runde …«

»Golfen?«, unterbreche ich ihn.

»Ja, ich weiß«, lacht Ralf. »Maren hasst es auch. Aber ich mag nur Sportarten, bei denen mein einziger Gegner ich selbst bin. Skifahren, Golf, Radfahren …«

»Wenn du Fußball hasst, zahle ich dein Radler.«

»Spielen schon. Schauen macht Spaß.«

»Und warum?«, hake ich nach, weil Ralf mir zu meinem Missfallen gerade etwas sympathisch wird.

»Ach, es nervt mich, wenn einer aus meiner Mannschaft schlecht spielt. Dagegen kann ich nichts machen.«

»Oder wenn einer der Gegner komplett aggro ist«, ergänze ich.

Ralf hebt wieder sein Glas zum Anstoßen, was, zum Glück, den Moment wieder zerstört. Ich hasse es, Gläser gegeneinanderzuschlagen und dabei den anderen Glashalter anzulächeln, er mag es offenbar. Und das wiegt mehr als seine Lieblingssportarten oder der Grund, warum er nicht jeden Mittwoch in einer Turnhalle steht und mit »seinen Jungs« kickt. Er hat nämlich garantiert seine Jungs, eine Bande gleichlangweiliger Söhnchen der oberen Mittelschicht, die ständig irgendwo rumkumpeln und einmal im Jahr gemeinsam »Herrenurlaub« machen.

Endlich stößt Maren zu uns, sie hat einen kleinen Koffer und eine Handtasche dabei, so einen Wühlsack. Mir ist es schleierhaft, warum Frauen solche Drecksammelbeutel mit sich herumtragen; ich muss unbedingt mal googeln, inwieweit die weibliche DNS mit der des Kängurus übereinstimmt. Wenn wir dem Affen zu achtundneunzig Prozent gleichen, wird es zu dem hüpfenden Beuteltier nicht weit sein.

»Hey, du schon wieder!«, lacht Maren mich an. »Stalkst du mich, oder was?«

Ich lache schnell auf, sie ist echt nicht doof. »Klar, und ich bin sicher nicht dein erster Stalker, oder?«

»Nee, schau dich um. Die beiden Lokale überleben nur durch die Typen, die hinter mir her sind.«

Womit sie nicht ganz Unrecht haben könnte. Sie ist einfach sensationell. Mein Herz schlägt etwas schneller, als Maren sich setzt und dabei die rechte Hand auf den Bauch legt, gerade so, als wollte sie sichergehen, dass unser Baby, oder wie man das nach drei Monaten nennt, geschützt ist.

»Trotzdem«, fährt sie fort. »Dass wir uns an drei Tagen nacheinander treffen, das ist nicht normal. Irgendwas will, dass wir uns kennenlernen.«

»Schaut fast so aus«, bekräftigt Ralf, und ich mime das Unschuldslamm.

»Es könnte natürlich auch sein«, gebe ich zu bedenken, »dass ihr zwei mich auf der Straße gesehen und sofort erkannt habt, wie verloren ich bin, weshalb ihr mich jetzt für eure religiöse Splittergruppe werben wollt.«

»Mist, er hat uns durchschaut«, raunt Maren Ralf zu, und wir lachen alle drei. Also, normal. Kein schallend hysterisches Lachen, sondern gerade mal eine Stufe über Grinsen. Wir freuen uns, das trifft es wohl am besten, und das ist das Entscheidende. Mit anderen zu lachen ist einfach, wir tun es ständig, aber die Freude darüber zu teilen, dass man einander versteht, den Humor und den bescheidenen Intellekt miteinander teilt, das verbindet. Ich kann die beiden jetzt auf Partys einladen oder anrufen, um zu fragen, ob sie mit ins Kino oder auf einen Drink gehen wollen. Kein Scheiß.

»Wollen wir hier noch essen, bevor wir abhauen?«, schlägt Ralf vor, was meine Theorie bestätigt, aber Maren schüttelt ihren schönen Kopf.

»Nee, komm, wir wollten doch noch zum Hagstein, Jessi kommt auch.«

»Und ich hab mir vorhin noch zwei Snickers gegönnt«, lüge ich, um sie zu unterstützen. »Die halten ewig satt.«

»Bei der Hitze?«, fragt Maren.

»Ja, es war auch mehr eine Snickerssuppe.«

»Wie ihr wollt«, gibt sich Ralf geschlagen. Er will seine Geldbörse zücken, doch ich öffne meine Tür in das Leben der beiden ein Stück weiter und erkläre, dass das Warteradler auf mich geht. Ralf verspricht, sich zu revanchieren, ext sein Glas und erhebt sich. Irgendwie geht mir das alles nun doch einen Tick zu schnell.

»Gut, dann fahr vorsichtig. Meine Nummer hast du ja.«

»Fahr vorsichtig?«, äfft Maren mich nach. »Was habt ihr denn am Laufen?«

»Ich will nur, dass dir nichts passiert«, kontere ich.

»Da mach dir mal keine Sorgen«, antwortet Ralf, »meine Frau ist eins der sichersten Lebewesen auf diesem Planeten.«

Beinahe wäre mir ein Satz wie »Und wie erklärst du dir dann, dass ich sie ganz zufällig an drei aufeinanderfolgenden Tagen treffe« rausgerutscht, ich kann mich aber gerade noch bremsen. Die ganze Stalker-Thematik sollte möglichst schnell vom Tisch. Vielleicht lese ich lieber bei Wikipedia nach, ob ich mich am Ende nicht tatsächlich wie einer benehme. Andererseits – Maren hat mein Kind in ihrem Schoß, da wird man sich ja wohl mal bekanntmachen dürfen.

Ralfs Spießerschüssel biegt am Ende der Straße in Richtung Isartangente ab, und ich bestelle doch noch ein Bier. Dabei lese ich auf meinem schlauen Telefon alles über Stalking, Erotomanie und dessen Entdecker, den Franzosen Gatian de Clérambault, den ich sofort Monsieur Liebeswahn taufe. Vor seiner Entdeckung war man verzweifelt verliebt und drohte an seiner unerfüllten Liebe zu zerbrechen; dann kam er, bezeichnete das Stadium als Syndrom und benannte es nach sich, auf dass jeder wahnsinnig werdende Liebesleidende in Zukunft an Clérambaults verflossene Existenz erinnert werden möge. Wenn es einen Highway in die Unsterblichkeit gibt, hat Monsieur Liebeswahn ihn entdeckt.

Ich liebe Syndrome und andere psychologische Aussetzer, die einem als Phänomene verkauft werden – mein absoluter Favorit ist der McGurk-Effekt, aber auch nur vom Namen her, der Effekt selbst ist allein für Wissenschaftler interessant. Aber zurück zum verzweifelt verliebten Franzosen: Was mich beim Clérambault-Syndrom beruhigt, ist die einfache Selbstdiagnose. Laut Wikipedia »ist es meist eine Frau, die sich der Illusion hingibt, sie werde von jemandem, in der Regel ist es eine Person mit gehobenem Sozialstatus, geliebt. Clérambault unterscheidet drei Stufen: Der ersten Phase, in der die Person hoffnungsvoll und optimistisch die begehrte Person umwirbt, folgt eine Zeit der Enttäuschung und des seelischen Schmerzes, der sich in einem dritten Stadium in Groll und Aggressivität wandelt, und wo es zu gewalttätigen Übergriffen kommen kann.«

Ich bin meistens keine Frau, und Marens sozialer Status ist nun nicht gerade himmelweit entfernt. Dass ihr öder Lebensgefährte reiche Eltern und einen sicheren Job hat, stellt sie nicht gleich auf eine andere Stufe. Und ich umwerbe Maren auch nicht direkt, sondern mache mich nur bekannt, und das aus gutem Grund. Jeder in meiner Situation würde so handeln, da bin ich mir sicher. Natürlich würde vielleicht nicht jeder in eine Samenbank einbrechen, um an ihre Adresse zu kommen, aber das hatte ja noch nichts mit ihr zu tun. Alors ne parlons pas de la merde, Monsieur Clérambault!

Außerdem hätte ich mich auch dann in Maren verliebt, wenn ich sie einfach so getroffen hätte, auf einem Fest oder in einer Bar. Hab ich ja sogar, als ich sie das erste Mal im Cooperativa gesehen habe! Da wusste ich noch nicht, dass sie die Frau ist, die ich gesucht hatte, und fand sie trotzdem hinreißend. Dazu kommt mein Frettbiss und die unumstößliche Tatsache, dass sie indirekt von mir schwanger ist. Wäre da nicht Harry Harmlos an ihrer Seite, hätten wir garantiert schon Nummern getauscht und uns zum Abendessen verabredet. Denn dass Maren mich sympathisch findet, ist mir gestern und heute recht deutlich aufgefallen. Es muss ja auch nicht, also, sie muss sich nicht in mich verlieben, das wäre nur der Idealzustand, denke ich und beschließe meine nur noch um Maren kreisenden Gedanken damit. Wenigstens versuche ich es.

Auf dem Heimweg beginnt mich meine Selbstrechtfertigungsarie etwas zu verunsichern. Es klingt fast ein klein wenig so, als würde ich mich möglicherweise leicht in etwas hineinsteigern, was aber vielleicht nicht sein soll. Mit dem festen Vorsatz, die kommenden Tage nichts in Richtung Jahnstraße zu unternehmen und einfach mal dem Schicksal die Zügel zu überlassen, gehe ich in einen Tabakladen und kaufe mir einen Beutel Tabak, Papers und Filter, dazu ein Feuerzeug; das Rückfallset, wie ich es nenne und dem schwulen Verkäufer damit ein müdes Lächeln abgewinne. Den Rest des Abends verbringe ich am Laptop und schaue mir die Live-Webcams aus Kitzbühel an.

Blauwal

»Der Blauwal pendelt Jahr für Jahr zwischen
den polaren Nahrungsgewässern und den
Fortpflanzungsgewässern in Äquatornähe.
Über sein Paarungsverhalten ist wenig bekannt.«

Mit den Worten: »Im Schyrenbad suchen sie Bademeister«, betritt Sven mein Zimmer. Ich liege seit Tagen lethargisch herum, die tschechischen Elektrorad-Jungs haben mich komplett ausgelaugt. Außerdem haben sich Maren und Ralf seit nun knapp einer Woche nicht gemeldet, das Schicksal entpuppt sich mal wieder als das alte Schwein, als das ich es schon kennengelernt hatte.

»Bademeister? Sind die vom letzten Jahr ertrunken?«

»Ich meine ja nur, weil du gesagt hast, du suchst einen Job.«

»Richtig, Sven. Mit der Betonung auf Job.«

»Du warst doch auch Skilehrer ...«

»Mit siebzehn, achtzehn. Bevor ich Bademeister werde, keine Ahnung, mach ich lieber ein Praktikum bei Pro-Sieben.«

»Als was?«

»Als Galileo-Spezialist, der vom Frettchen seines Mitbewohners kastriert worden ist«, blöke ich Sven an und beginne mir eine zu drehen.

»Alter, du bist echt beschissen drauf, seit du wieder rauchst. Meine Mutter ...«

»Ich scheiß auf deine Mutter!«, fahre ich ihm ins Wort

und entschuldige mich im gleichen Atemzug. »Tut mir leid. Ich kann gerade nur keine Ratschläge oder Hilfe ertragen.«

»Schon gut.«

Sven wendet sich ab und murmelt, wie ich es erwartet hatte, noch einen Ratschlag, gerade so laut, dass ich ihn hören muss: »Bisschen frische Luft und Bewegung würden dir nicht schaden.«

»Danke! Ist angekommen!«, schreie ich ihm hinterher.

Bevor er hereinspaziert ist, hatte ich gerade die Möglichkeit durchgesponnen, dass ich nie wieder was von Maren und Ralf hören würde. Es könnte ja sein, dass sie mich doch nicht so sympathisch fand, wie ich es mir eingebildet hatte. Und doch eine Schauspielerin ist wie alle hübschen Münchnerinnen. Die sind nämlich mit das Schlimmste, was einem normalen Mann passieren kann. Hübsche Münchnerinnen stehen auf zahnlose Flachzangen aus dem PR-, Finanz- oder Agenturbereich, die zwar Geld und Selbstbewusstsein haben, aber, na ja. Immerhin Geld und Selbstbewusstsein. Ich hingegen lasse mich von zwei Elektro-Schraubern aus Prag von meinem normalen, eh schon günstigen Tagessatz nochmal runterhandeln, weil ich kein Tschechisch spreche und ihre blöden E-Faltbikes den Kunden angeblich nicht gut genug erklären konnte. Wäre ich eine Frau, würde ich auch nichts von mir wissen wollen, in meiner momentanen Verfassung noch weniger. Selbstmitleid fressen Seele auf.

Das Beste, was mir jetzt passieren könnte, wäre viel Geld auf einen Schlag. Das wäre zwar vermutlich für jeden Menschen das Beste, was ihm passieren könnte, aber bislang war es mir nie wichtig. Jetzt hätte ich damit ein Ziel: entweder Ralf ernsthaft Konkurrenz zu machen, falls Maren wirklich zu den Münchnerinnen gehören sollte, denen ein netter Kerl mit Jeanskonto nicht genügt. Zusätzlich könnte ich aber auch meine Samenleiter richten lassen und mich im unwahrscheinlichen Fall, dass ich Maren nicht für mich gewinnen kann, aktiv auf die Suche nach einer Frau machen, die ein Kind von und vor allem mit mir will. Wobei selbstverständlich ein zweites Kind mit Maren, auf dem rechten Weg empfangen, das größte Glück der Welt wäre. Sie ist schließlich die eine, auf die ich mein Leben lang vielleicht nicht gewartet, aber auf jeden Fall gehofft habe.

Ich raffe mich auf und schleppe mich in die Küche, die von Sven in ein kleines Labor umgebaut wurde. Wie ein Irrer hat er sich in seinen Power-Drink für Samenschwache gestürzt und im Labor der Universität nach und nach Petrischalen, Reagenzgläser und anderes Labormaterial abgestaubt, was in Verbindung mit einem Junior-Chemie-Kasten und einem ziemlich teuer aussehenden Mikroskop, das sicherlich über Hondo seinen Weg zu uns gefunden hat, nun seine Forschungsbasis darstellt. Sobald ich auch nur in deren Nähe komme, berichtet Sven aufgeregt von all den Mittelchen aus der ganzen Welt, die er hier richtig dosieren und vermischen will, um aus trägen Spermien wild wuselnde Wunderbringer zu machen, Hochleistungsschwimmer mit dem unbedingten Willen zu befruchten.

Mich stört sein kleines Labor nicht, da ich davon ausgehe, dass unsere Küche in einigen Wochen wieder normal sein wird – er muss nur den Schock überwinden, jahrelang von der Industrie gemolken worden zu sein, beziehungsweise sich für sie gemolken zu haben. Ich werde zwar immer an meine Unfruchtbarkeit erinnert, wenn ich was kochen oder aus dem Kühlschrank holen will, habe ihm dafür jedoch auch das Versprechen abringen können, an dem Gewinn, das sein Gesöff einspielt, mit fünfundzwanzig Prozent beteiligt zu werden. Im Moment ist er aber erst mal nur am Investieren. Vorhin ist schon wieder der Postbote gekommen und hat irgendwas aus Japan gebracht, das Sven nun unter die Lupe nimmt. Eine kleine Flasche, in der sich eine milchige Flüssigkeit befindet, ein Beutel voll grauem Pulver und andere Produkte verschiedenster Konsistenzen.

»Würdest du etwas trinken, das ein halbes Milligramm Löwensperma enthält?«

»Nein.«

»Gut. Und pulverisierten Blauwalpimmel?«

»Vielleicht unter einem nicht ganz so markanten Namen. Taurin ist in dem Sektor schon unschlagbar.«

»Ja, aber ich mach kein Red Bull, sondern … Blue Whale?«

»Würde ich nicht mal tot kaufen.«

»Fuck, ey. Ich such schon seit Tagen einen Namen.«

»Und?«

»Mir fällt nur Scheiße ein. Wie findest du Power-Pimm?«

»Klingt wie ein Putzmittel. Halt dich besser an eine Farbe und ein Tier – das könnte einen Teil des Erfolgs ausmachen.«

»Black Adder!«

»Schon besser.«

»Red Snake!«

»Unglücklich in Verbindung mit Sex.«

»Blue Steel?«

Ich rate Sven, einfach mal alle Namen in Ruhe aufzuschreiben, hole mir eine Flasche Mineralwasser aus dem Kühlschrank und beschließe schwimmen zu gehen. Vielleicht hat Svens Mutter ja Recht. Außerdem bin ich seit Jahren etwas zu fett. Zum Glück ist es leicht bewölkt, maximal zwanzig Grad warm, da treibt es andere Menschen, aufgrund derer ich Schwimmbäder meide, eher in die Hallen – ich werde daher open air im Schyrenbad meine Bahnen ziehen.

Das klingt sportlicher, als es sein wird, denn normal japse ich in Brustlage durch das Becken und wundere mich, warum immer die Zeit stehenbleibt, sobald ich in einen Swimmingpool steige. Im vergangenen Herbst hatte ich schon mal versucht, durch Schwimmen mein Gewicht in den Griff zu bekommen, leider eine zum Scheitern verurteilte Idee. Ganze fünfmal habe ich es ins Müller'sche Volksbad geschafft, um im malerischen Ambiente wie ein Hund durch das Becken zu paddeln, dann habe ich mir eine Schwimmbrille gekauft, um die Augen zu schonen, und prompt das Gegenteil erreicht: Plötzlich mussten sie die groteske Unterwasserwelt der öffentlichen Schwimmbäder ertragen. Was über der Wasseroberfläche freundlich lächelnde Senioren waren, entpuppte sich als grotesk runzelige Wesen, deren Körperöffnungen wie alte Wasserhähne einfach nicht mehr ganz dicht waren. Jedes Köpfchen ein paar Tröpfchen, dachte ich damals angewidert, obgleich die Körpersoße in dem chlorreichen Wasser sicherlich sofort sterilisiert wurde. Doch das Lecken der alten Körperöffnungen war noch das kleinste Übel: An den rund um den Beckenrand verteilten Düsen hingen greise Männer, die sich ihre Genitalien durchspülen ließen, und mit dem Rücken im schäumenden Chlor des ständigen Wasserzulaufs, der als kräftiger Wasserstrahl am Kopfende ins Becken gespuckt wird, lehnte eine Frau mit weit gespreizten Beinen, auf die man bei jeder Bahn zuschwimmen musste, und machte keine Anstalten, die Position zu ändern.

Die einzige Möglichkeit, in künstlich gereinigtem und chemisch sauber gehaltenem Wasser zu planschen, besteht also aus Freibadbesuchen bei schlechtem Wetter. Da treibt es nur die echten Sportler raus, von Düsenhängern und Blubberbadenixen bleibt man verschont. Die Schwimmbrille werde ich vorsichtshalber trotzdem zu Hause lassen.

Keine zwei Stunden später stehe ich tatsächlich in meiner Badehose im Freibad und überlege, ob ich mir das Handtuch um den Bauch binden soll, um die Fettrolle zu verbergen, oder ob das noch peinlicher ist als die Rolle selbst. Wobei es eh wurst ist, denn ich habe mich offensichtlich in der Tagestemperatur geirrt und bin bei gefühlten achtzehn Grad fast alleine im Schyrenbad. Nur im Kinderbecken planschen vier arme kleine Buben mit einem jungen Vater. Entweder ein dritter, vielleicht auch ein vierter Geburtstag, zu dem der Sohn dem Alter entsprechend drei Freunde einladen durfte, oder einfach nur ein Superdad, der noch nicht ahnt, dass die Jungs am Abend mit laufenden Nasen und erhöhter Temperatur heulend im Bett liegen werden, um gleich morgen den gesamten Kindergarten mit ihrer frischen Grippe anzustecken.

Im großen Becken ist niemand, ein Bild, das ich nur aus den Urlauben meiner Kindheit kenne. Urlaub war mir damals tatsächlich wichtig; aus heutiger Sicht kann ich das kaum nachvollziehen. Vor allem nicht, da wir Jahr für Jahr ins selbe Hotel am Gardasee gefahren sind. Da ich schon als Kind ein notorischer Frühaufsteher war, fand ich dort den Pool morgens fast immer unberührt vor, nur einmal schnarchte ein betrunkener Kellner, der sich in der Nacht lautstark mit einer deutschen Urlauberin gestritten hatte, auf einer der Liegen. Das Wasser strahlte für mich jedes Mal dieselbe Anziehungskraft aus wie eine unberührte Fläche Schnee, der ganze Pool war nur für mich da. Kein normaler Mensch wünscht sich andere Leute in seinem Schwimmbecken, jeder will die Wellen selbst kontrollieren, abtauchen und nichts mehr fühlen, sehen oder hören. In unserem Hotel bin ich dann, bevor die ersten Schwimmer kamen, am Beckenrand gesessen und habe das Wasser angesehen und mit der Handfläche gestreichelt, bis mich meine Mutter irgendwann einfach hineinstieß, weil sie es satthatte, dass ich nicht schwimmen wollte. Psychologisch bestimmt total falsch, praktisch aber genau das Richtige für mich, schockierend und faszinierend zugleich. Ich sank wie ein Stein und wurde von einem deutschen Urlauber gerettet, der meiner Mutter lautstark drohte, in Deutschland das Jugendamt einzuschalten.

Jetzt gehe ich wie damals in die Hocke, streiche über die Wasseroberfläche und schaue den Wellen zu, wie sie langsam auf die andere Seite zurollen. Deutschland kann so geil sein, schießt es mir durch den Kopf – ein Slogan, den mal ein guter Freund von mir in einer Radiowerbung für seine Sendung verwendet hat –, als ich eine mir bekannte Stimme höre: »Hey, wenn du kackst, mach ich dich Krankenhaus!«

Hondo. Er trägt weiße Shorts und ein weißes Hemd, Bademeisterkluft. Das muss er mit der Bezeichnung Poolboy gemeint haben. Hätte ich nicht gedacht, aber ganz abwegig ist es auch nicht. Ich meine, bei allem Respekt für die Bademeister in diesem Land ist dieser ehrenwerte Beruf sicherlich keine sehr hohe intellektuelle Herausforderung. Was schon dadurch bestätigt wird, dass er nun wütend auf mich zugelaufen kommt, bloß weil er von meiner Körperhaltung absurderweise darauf schließt, dass ich gerade meine Notdurft neben dem Pool verrichte.

»Nein, nein, Hondo! Ich hab nur das Wasser angeschaut!«, rufe ich zurück.

»Krass, der Pisser!«

»Was?«

»Hat dir Sven verzählt, dass die hier Leute suchen?«

»Ja, aber ich bin nur zum Schwimmen hier.«

»Kannst du schwimmen?«

»Natürlich.«

»Musst du nicht, ich bin auch voll scheiße drin, aber ich geh immer Kinderrutsche, da ist nur achtzig Zentimeter.«

»Schlau von dir.«

»Was?«

»Wie gesagt, ich will nur ein paar Bahnen schwimmen und dann gehe ich wieder.«

»Und mein Geld?«

»Ach, das. Ja, hab ich auf dem Konto. Ich brauch nur noch deine Kontonummer …«

»Bist du scheiße im Kopf?«

»Du willst es lieber bar?«

Schweigen. Weil blöde Frage. Also gleich eine weitere

hinterher, mal sehen, wie schlau mein Migrationshintergründler ist: »Wie viel war das gleich nochmal?«

»Pass auf, Pisser, so was musst du dir merken, nicht ich. Weil du schuldest, nicht ich, kapiert?«

»Schon klar, aber wenn ich es vergessen habe?«

»Dann gibst du mir, was du glaubst, und wenn es nicht stimmt, hau ich dich weich.«

»Und woher willst du wissen, ob es stimmt, wenn du es nicht weißt?«

»Hab ich gesagt, dass ich es nicht weiß oder dass du es wissen musst? Sag!«, fährt Hondo mich nun sichtlich genervt an. »Sag! Bin ich der Bescheuerte oder du? Wer von uns geht für Geld wichsen, und wer rettet Kinder das Leben? Ja? Wenn du so schlau bist, wie dass du tust, dann kannst du dir auch merken, was du an Schulden hast, sonst erlebst du was.«

»Okay, okay.«

»Nee, null is hier okay, okay? Wenn du deine Scheiße abbezahlt hast, dann vielleicht. Aber vorher bist du Opfer«, sagt Hondo und schubst mich ins Wasser. Hätte ich danebengestanden, ich hätte mich wahrscheinlich vor Lachen nass gemacht. So tauche ich ab und versuche unter Wasser möglichst weit zu kommen, da ich wahnsinnige Angst habe, dass Hondo ins Becken springt und mich unter Wasser drückt. In seinen Kreisen sind solche Alpha-Rüden-Spielchen sicherlich ganz normal. Hände auf die Schulter, Knie in den Rücken gerammt und abgetaucht, ein Ritual, das ich in meiner Jugend mehr als einmal über mich ergehen lassen musste. Beim vierten oder fünften Abtauchen überfiel mich regelmäßig Todesangst, vermutlich ein weiterer Grund, warum ich überfüllte Schwimmanlagen meide.

In der Mitte des Pools tauche ich wieder auf, Hondo hat sich nicht bewegt, sondern beobachtet mich ruhig. Wie er als Schlechtschwimmer Bademeister werden konnte, kann ich mir nicht erklären, ist mir letztlich auch egal. Solange er hier angestellt ist, kann er nichts machen, was mir wehtut, ohne seinen Job zu riskieren.

»Hey, komma her!«, ruft er mir zu.

»Wieso?«

»Ja, ich hab Idee! Musst keine Angst haben, für dich mach ich mich nicht nass.«

Ich wäge kurz ab, ob ich brustschwimmen oder kraulen soll, habe jedoch eine relativ gute Außenwahrnehmung und kann mir vorstellen, wie lächerlich ich bei sowohl als auch wirke. Also tauche ich zurück zum Beckenrand, Tauchen schaut immer ganz gut aus. Das Schlechte daran ist nur, dass man für einen Moment die Augen schließt, wenn man wieder an die Oberfläche kommt – und so ist das Erste, was ich erkennen kann, ein Schuh, der sich mit beängstigender Geschwindigkeit meinem Gesicht nähert. Kopfball, schießt es durch mein Gehirn, doch da bremst der Schuh abrupt, nur Zentimeter von meiner Nase entfernt, und ich höre Hondo lachen.

»Du bist so scheiße, Mann! Ich hätte dich voll wegkicken können!«

Mein Puls, der gerade auf einen sehr hohen Wert geschnellt sein muss, zweihundert oder so, rutscht derart jäh in den Keller wie selten, irgendwo in den Sechzigerbereich, Tiefenentspannung.

»Fotze«, sage ich leise, und Hondo lacht noch mehr.

»Schuldige, Mann, war nur so geil.«

»Ja, sehr geil.«

Wie ich in diesem Augenblick so ruhig sein kann, werde ich später versuchen herauszufinden, jetzt ist es mir egal.

»Und? Was hast du für eine Idee?«, frage ich meinen Peiniger.

»Du kannst die Kohle abarbeiten.«

»Nee, passt. Ich bring dir das Geld morgen vorbei.«

»Null. Du machst, was ich sagen tu.«

»Wie bitte?«, erwidere ich, während ich zeitgleich meine Situation überdenke. Mit ungeschütztem Kopf auf Tritthöhe eines Arschlochs, dem ich Geld schulde, in einem leeren Schwimmbad zu hängen, ist keine gute Ausgangslage für Verhandlungen.

»Ist faires Angebot, echt.«

»Ich höre?«

»Du machst mein Assistent für ein Monat.«

»Was?«

»Ja, hier halt. Wenn ich mal wegmuss oder so, für 'ne Stunde, dann passt du auf. Oder bei Vercheckerei hier.«

»Als Bademeister?«

»Nein, du bist Assi, kein Bade.«

»Und wenn was passiert?«

»Was soll passieren?«

»Jemand kriegt einen Krampf und ertrinkt zum Beispiel.«

»Ja, den rette ich dann, du Opfer!«

Ich löse mich vom Beckenrand und schwimme rückwärts ungefähr einen Meter von Hondo weg, so dass er mich nicht mehr ins Gesicht treten kann. Sicherheitsabstand.

»Und was mach ich?«

»Das verklär ich dir dann, wenn du anfängst. Ist ganz einfach: Wenn du nicht mein Assi machen tust, geh ich zu dein Arzt und sag dem, dass du da eingestiegen bist.«

»Was?«

»Muss ich ja nicht, Alter. Das wird voll der Spaß, wir machen nur Scheiß, und du hast kein Schulden mehr.«

Meine Bitte, das auf fünf Wochen zu verlängern, dafür aber nur von Montag bis Donnerstag, nimmt Hondo sofort an, nachdem er es auf sechs Wochen aufgestockt hat. Der Verhandlungsgott hat wohl gerade in den Pool gepullert.

»Und wann fange ich an?«, will ich am Ende noch wissen, und mein neuer Vorgesetzter grinst plötzlich diabolisch. Er zieht sein Hemd und die Hose aus, unter der er eine enge Badehose trägt, auf der die acht Auszeichnungen des Deutschen Schwimmverbands prangen: Seepferdchen, Seehund Trixi und sämtliche Aufnäher vom Jugendschwimmabzeichen Bronze bis zum Leistungsschwimmabzeichen Gold.

»Du brauchst erst Ausbildung, und die beginnt jetzt!«

Damit springt Hondo ins Becken. Ich will gerade noch meinen Kopf unter die Wasseroberfläche ducken, da packt er mich schon am Hals, dreht mich auf den Rücken und zieht mich mit kräftigen Schwimmzügen in Richtung Ausstieg.

»Ich hab dich verarscht, ich kann voll gut schwimmen«, schreit er mir dabei ins Ohr, seine Stimme überschlägt sich in kindlicher Aufregung. Möglicherweise habe ich soeben eine folgenschwere Fehlentscheidung getroffen. Obwohl – ich habe ja gar nichts entschieden, sondern mich einfach dem Willen eines Alphatierchens gebeugt.

Den Rest des Tages lasse ich mich von Hondo durch

das Becken ziehen, ziehe ihn, tauche nach Ringen und darf immer wieder seine sogenannten Spaßkämpfchen erdulden, kurze Boxereien oder Untertaucharien, bei denen ich versuche, passiv zu bleiben. Bis er mich derart reizt, dass mir die Hand ausrutscht und, na ja, richtig getroffen habe ich nicht. Aber ausgelacht werde ich dafür. Immer wieder.

»Hey, wie du zuschlägst«, wird für eine volle Stunde zu Hondos Lieblingssatz, und mit schöner Regelmäßigkeit folgt darauf eine Parodie meines missglückten Angriffs und minutenlanges Gekicher. Mein Gefühl, Leibeigener eines aggressiven Restjugoslawen zu sein, wächst und wächst, schließlich wird es einen ganzen Nachmittag gut gedüngt.

Am Ende werde ich noch dem mindestens sechzig Jahre alten Fräulein Jakobi an der Kasse vorgestellt, damit ich keinen Eintritt mehr zahlen muss, und darf mich dann endlich verpissen. Die Seehund-Trixi-Auszeichnung werde ich gleich zu Hause auf meine Badehose nähen.

»Jense heißt er, ist Bademeister, im Schwimmbad an der Ecke«, singt Sven aus seinem Zimmer, nachdem ich ihm in der Küche von meiner schicksalhaften Begegnung mit Hondo erzählt habe. Er ist dann mit Reagenzglas und Pipette in seinen Bereich verschwunden. »Jense heißt er, ist Bademeister, und er bringt kleine Kinder zur Strecke!«

»Ich finde das eigentlich ganz lustig«, rufe ich Sven zu. »Ich meine, ich komme immer umsonst ins Schyrenbad, sitze einfach ein paar Tage die Woche neben Hondo am Pool und lasse mir die Sonne auf den Bauch brennen.«

»Ja, nee, ist super.«

»Was?«

»Nichts. Du machst das schon.«

Keine Ahnung, ob Sven mich gerade reizen will oder mir einfach nur keine Aufmerksamkeit schenken kann, weil er mit etwas anderem beschäftigt ist. Ich gehe rüber und ertappe ihn dabei, wie er Idi Amin festhält und ihm mit der Pipette ein paar Tropfen seines neuen Potenz-Cocktails ins Maul träufelt.

»Was wird das?«

»Ihm schmeckt's. Und er weiß, dass er gleich randarf«, erklärt Sven.

»Machst du jetzt Tierversuche?«

»Seit zwei Wochen. Mutter Teresa bekommt jeden Tag ein kleines Zäpfchen, und Idi Amin versucht sie zu schwängern.«

»Bislang ohne Erfolg«, stelle ich fest.

»Leider.«

»Ist das überhaupt legal?«

»Keine Ahnung. Kannst ja mal im Tierheim anrufen und fragen. Oder noch besser bei PETA.«

»Ich meine ja nur.«

»Mann, Jens, solche Zäpfchen stecken sich Frauen rein. Das ist quasi am Menschen getestet.«

»Und die Pisse, die der Kastrator da schlucken muss?«

»Das ist lauter natürliches Zeug.«

»Blauwalpimmel und Löwensperma.«

»Ich mache das immerhin auch für dich«, antwortet Sven. »Und jetzt raus, sonst hetze ich meine Frettchen auf dich!«

Auf dem Weg in mein Zimmer höre ich noch ein Quieken, dann schreit Sven kurz auf. Hoffentlich hat Idi seinen Sack erwischt. Ich setze mich an den Computer, mal googeln, was man als Bademeister so verdient, vielleicht ist das ja gar nicht so schlecht.

Dazu komme ich jedoch nicht, weil mein Handy klingelt. Unbekannter Anrufer.

»Hallo, Mutter!«

»Hallo? Ist da Jens?«, antwortet eine männliche Stimme, die ich nicht zuordnen kann.

»Ja.«

»Ralf hier.«

»Welcher Ralf?«

»Ralf Heinze … Valentin Stüberl neulich? … Der Mann von der Bedienung im Cooperativa?«

»Ach, du«, erlöse ich ihn. »Hi! Mensch, ich dachte schon …«

»Was?«

»Ach, nichts. Wie geht's?«

»Super. Und selbst?«

»Ja, passt schon.«

Das kurze Schweigen freut mich. Er hat angerufen, da muss er auch das Gespräch führen, während ich ihn mit Gesprächspausen nach knappen Antworten quälen kann. Leider hat er offensichtlich viele langweilige Freude und ist es gewohnt, bei Telefonaten keinen Leerlauf entstehen zu lassen.

»Du, warum ich anrufe … Du machst doch diese Messejobs, oder?«

»Ja.«

»Und kennst du da viele Leute?«

»Na ja, schon.«

»Cool. Weil, also, das ist jetzt kein Job-Offer für dich, sondern eher 'ne Bitte.«

»Ja?«

»Also, Maren kam drauf, dass du das machst, und unsere Bekannte Jessi, die sucht in dem Business ganz dringend jemanden mit Connections. Die studiert noch und hat gehört, dass man da ganz gut was nebenbei verdienen kann.«

Wenn mich eins langweilt, sind es die Messebittsteller. Leute, die glauben, dass da jeder Hanswurst mit Kusshand genommen wird. Besonders wenn sie dann noch Jessi heißen, mit weichem Jott wie in Joghurt. Nur Tschessi wäre noch schlimmer.

»Was will die denn machen? Weil, also, ich mach ja mehr Moderation; mit Hostessenjobs und so kann ich nicht wirklich helfen.«

Ich habe »nicht wirklich« gesagt. Sobald man mit einem geleckten Arschloch spricht, gleiten einem solche Floskeln aus der Kehle.

»Du, keine Ahnung. Maren meinte nur, dass man euch da mal verkuppeln sollte.«

Lachen.

»Ja, ich bin eh Single«, scherze ich mit.

»Echt? Ja, perfekt. Hast du am Freitagabend schon was vor?«

»Sekunde, ich muss mal kurz so tun, als würde ich meinen Terminkalender checken«, sage ich, und Ralf versteht den Witz natürlich nicht. Gut, vielleicht ist der mal wieder zu verkopft, das ist oft mein Problem. »Nee, passt. Freitagabend. Bei euch?«

»Ja. Jahnstraße 44 …«

»Zweiter Stock«, ergänze ich und wünsche sofort, ich hätte das nicht getan. Ralf reagiert nicht, sondern überlegt sicher, woher ich das wissen könnte. Ich glühe an, überlege, ob ich mein Wissen erklären oder die Stille ignorieren soll, entscheide mich dann für Letzteres.

»Genau. Du isst Fleisch, oder?«, fragt Ralf schließlich.

»Klar. Fleisch ist mein …«

»Okay. Dann halb acht«, unterbricht er.

»Hab Acht!«

Klick.

Fruchtfliege

»Fruchtfliegen wird man am besten los,
wenn man ihnen ein Glas
mit Wein oder Essig hinstellt, in das man
einen Tropfen Spülmittel gibt.«

»Jessi findet die Tischdeko total süß«, sagt Maren höchst erfreut, als sie in die Küche kommt, wo ich gerade meine angeblich selbst gemachte Mousse au Chocolat in den Kühlschrank packe. Natürlich ist sie aus dem Käseladen in der Wörthstraße, die beste Mousse der Welt, wie mir immer wieder bestätigt wird. Kostet auch einiges, wenn man eine kleine Schüssel davon besorgt.

»Tischdeko?«

»Ja, siehst du gleich. Aber achte lieber auf die Dame als auf die Deko.«

»Wovon du ausgehen kannst«, versichere ich. Keine Reaktion. Mir ist das Wort Tischdeko bis zum Start von »Das perfekte Dinner« nicht untergekommen, dem größten Teil Deutschlands dürfte das genauso gegangen sein. Ich schaue das oft, weil vor acht immer nur Schrott im Fernsehen kommt, danach auch, aber dann wenigstens Brachialschrott wie Casting- oder Real-Life-Shows. Leider bin ich kein Zuschauer der ersten Stunde, weshalb ich nicht sagen kann, ob in den ersten Folgen auch schon so viel Wert auf Gestrüpp, Kerzen oder thematisch auf den Tisch gestreute Perlen und Steine gelegt wurde. Für mich gilt noch immer, dass die einzige Deko ein voller Teller, ein alkoholisches Getränk und eine reizende Frau sein sollte, alles andere stört.

Maren führt mich ins Wohnzimmer. Ich muss zugeben, dass die Küche in Ordnung ist, Ikeamodule aus Birke mit weißen Spanplatten und Arbeitsflächen aus Metall. Würde ich mir auch in die Küche stellen, wenn ich die Wahl hätte. Das Wohnzimmer hingegen ist nicht so meins. Irgendwie ist alles zu aufgeräumt, dekoriert und platziert. Auf einem Sideboard liegen die aktuellen Ausgaben von Cosmopolitan, Gala und Playboy. Ich habe noch nie einen Haushalt gesehen, in dem dieses Ganzkörper-Retusche-Magazin einfach so ausliegt. Es ist schon schlimm genug, wenn in der S-Bahn ein paar Business-Kasperl den Playboy durchblättern, den sie im Flugzeug mitgenommen haben, denn ich weiß nicht, was sie damit zum Ausdruck bringen wollen. Das gleiche Unverständnis herrscht nun hier.

In der Couchecke, ich tippe mal auf BoConcept, liegt ein Flokati unter einem flachen, langen Dunkelholztisch, darauf brennen ein paar Teelichter in Teelichthaltern, Knabberzeug und Aperitifs stehen bereit, ebenso Ralf und Jessi, die sich erhoben haben, um mich zu begrüßen.

Mit Ralf schlage ich ein, BoConcept-Gangster-Style, Jessi reicht mir ihre zarte Hand, und ich ziehe den abgedroschenen Handkuss-Joker, was von Maren mit Kichern und den allervorhersehbarsten Worten begleitet wird – »Oh, ganz der Gentleman« –, so dass ich mich etwas wundern muss. Wie weit hat Ralf Maren schon in seine Welt hineingezogen?

Weit genug jedenfalls, dass sie mir einen Spritz anbietet, was aber nicht schlimm ist, das Zeug trinkt sich ganz gut weg. Da sich Maren zu ihrem Gatten setzt, muss ich neben Jessi Platz nehmen, die mir irgendwie bekannt vorkommt. Wo ich sie schon mal gesehen haben könnte, fällt mir nicht ein, doch da sie mich nicht so ansieht, als hätte es eine nennenswerte Begegnung in der Vergangenheit gegeben, bilde ich mir das wohl nur ein. Sie ist etwa eins siebzig groß, schlank, hat einen kleinen, unauffälligen Leberfleck über ihrem rechten Mundwinkel, ihre Haare sind aschblond und dick ... Wäre ich ein Golfkumpel von Ralf, fände ich sie bestimmt unglaublich scharf. So würde ich sie einfach als attraktive und untypische Münchnerin abstempeln, bei der ich jedoch keinerlei Anknüpfungspunkte entdecken kann. Zugutehalte ich ihr, dass sie ganz ordentlich angezogen ist, es stehen keine Markennamen auf ihren Kleidungsstücken, die sie wohl auch nicht für den heutigen Abend herausgesucht, sondern sicher schon den ganzen Tag getragen hat. Das perfekte Gegenteil dazu stellt Ralf dar, G-Star an den Beinen, Tommy Hilfiger am Oberkörper, beides deutlich vom Hersteller gekennzeichnet.

Maren hingegen ist der Wahnsinn. Sie muss beim Friseur gewesen sein, denn sie trägt die Haare irgendwie anders. Etwas strenger, gleichzeitig aber lockerer, ich kann es nicht genau sagen. Dazu eine Boyfriend-Jeans, die mit Sicherheit nicht von ihrem Boyfriend stammt, und ein kariertes Hemd, das bestimmt das kleine Bäuchlein kaschieren soll. Wenn man es weiß, sieht man es nun. Mein Blick bleibt einen Moment zu lange auf ihr ruhen, ich merke das, weil sie plötzlich ihre Sitzhaltung ändert und mich anschaut.

»Und die Mousse hast du selbst gemacht?«

»Ehrensache.«

»Oh, ein Ehrenmann«, schmunzelt Ralf in die Runde, und Jessi: »Mal sehen, wo die heute noch landet.«

»Also, ein Teil davon ganz sicher in mir«, scherze ich sanft im Spießermodus, mein Gehirn arbeitet daran, mich nicht aufzuregen. Ich tendiere dazu, mich innerlich völlig zu verspannen, wenn ich mich in Gesellschaft bewege, die mir das Gefühl gibt, minderwertig zu sein, und ich könnte einen ganzen Haufen von Gründen aufzählen, warum ich mich in dieser Situation nicht sehr wohl fühle. Zum einen wäre da meine Unterlegenheit gegenüber dem Gastgeber. Er hat Geld, eine Zukunft, sogar eine Frau. Seine Wohnung ist so eingerichtet, dass sich darin die meisten Paare in unserem Alter sofort zu Hause fühlen würden. Alles ist zweckbestimmt gekauft und arrangiert worden, nicht wie bei mir zusammengesammelt und hingestellt. Meine Möbel haben Geschichten, sie kommen aus all meinen Lebensphasen. An meinem Küchentisch bin ich zum Beispiel schon gestillt worden, mein Schreibtischstuhl stammt vom Sperrmüll in Berlin, und beinahe hätte mich ein Pole, der ebenfalls scharf darauf war, deswegen erstochen, die russische Truhe neben meinem Bett habe ich vom Ramschmillionär Metzen. Im Haushalt Heinze sagt die gesamte Einrichtung nur etwas über den Ist-Zustand der Bewohner aus, und zwar, dass sie Wert darauf legen, sich ihre durchschnittlichen Wohnstilträume erfüllen zu können.

Zusätzlich wird mein Unwohlsein davon genährt, dass ich mich in einer Gesellschaft befinde, die Gesellschaft gewohnt ist. Ich habe eine leicht misanthropische Neigung, garniert mit einem Hauch Sozialphobie. Das ist allerdings die dritthäufigste psychologische Störung in Deutschland, gleich hinter Depression und Alkoholismus, weswegen ich mir darüber nicht den Kopf zerbreche. Sie tritt auch nur selten auf, jetzt zum Beispiel, weil ich unsicher bin, wie ich mich verhalten soll. Mein Bauch sagt mir, dass ich hier ausgecheckt werde und er deswegen gerne pupsen würde, was ich mir aber besser verkneifen sollte. Mein Bauch kann so ein Arsch sein. Zum Glück haben Jessi und Maren einiges, was sie sich noch erzählen müssen, und bei dem auch Ralf mit großem Interesse zuhört. Es geht um einen Anwalt, den Jessi neulich in Kitzbühel kennengelernt hat, und der sich nun als Volldepp entpuppt hat, Haus gleich beim Nymphenburger Schloss, wo sie wohl seine Nymphe geben sollte. Entrüstetes Auflachen aus den Reihen Heinze, ratlose Gleichgültigkeit bei mir. Wie konnte sie davon ausgehen, dass sich ein Anwalt, der am Wochenende in Kitzbühel unterwegs ist, als guter Mensch entpuppen könnte?

Aber ich verkneife mir die Frage, da Jessi bereits erklärt, wie sie den Schuft dann doch als solchen identifiziert hat: Das Kinderspielzeug im Vorgarten habe ihre Alarmbereitschaft aktiviert, und im Haus hätten genug Bilder von seiner Familie gehangen, um zu wissen, dass er weder geschieden sei noch eine Scheidung in Erwägung zöge.

Man könnte mich nur schwerlich stärker langweilen, was Ralf zum Glück nach einer gefühlten Ewigkeit auffällt. Er lenkt die Unterhaltung in meine Richtung. Scherzhaft, versteht sich.

»Und, Jens? Was macht deine Frau heute Abend?«

»Die ist auf Stand-by. Also, falls hier das Bier ausgeht, bringt sie sofort eins vorbei.«

Keine Lacher, stattdessen die besorgte Frage von Maren, ob ich ein Bier will. Ich nehme das Angebot an und lasse mir von ihr gleich zeigen, wo das zu finden ist, um für ein paar Augenblicke mit ihr allein sein zu können.

Ohne eine Idee, was ich überhaupt sagen soll, folge ich ihr in die Küche und beginne meinen Gesprächsversuch plump mit der Frage: »Und du hast heute den ganzen Tag gekocht?«

»Nee, ich bin in der Küche so verloren wie Alice im Wunderland.«

»Echt?«

»Ja, aber Ralf liebt Kochen – und ich Männer, die kochen können!«

»Warte mal auf meine Mousse …«

»Ich bin zwar kein Süßzahn, aber … Wie findest du Jessi?«

Hui, ein abrupter Themenwechsel.

»Nett.«

»Nett nett oder langweilig nett?«, bohrt Maren nach.

»Wenn du mit nett nett meinst, dass sie neben einer netten Person nett ist, also etwas netter als nett, dann …«

»Wie?«

»Ach, das ist so ein alter Witz von mir, den kein Mensch kapiert. Eigentlich geht der mit dick und dick dick. Also, wenn ein Mensch neben einem Dicken dick wirkt, aber nicht fett, dann ist der Mensch dick dick, weil der Dicke ja nur dick ist, verstehst du?«

»Aber sie ist ja wohl nicht dick. Und mit nett nett hab ich nett gemeint.«

»Nee, absolut nicht, sie ist, äh, top.«

»Na, aber hallo.«

Ich bin schon wieder ratlos, was Maren mir damit sagen will, aber wir verstehen uns, glaube ich.

»Ich würde sogar sagen top top. Soll ich das mit dem dick dick nochmal erklären?«, frage ich, doch Maren hat schon den Kühlschrank geöffnet und zeigt mir, wo das Bier steht. Wobei es nicht wirklich Bier gibt, sondern Beck's Gold, das Pilssurrogat für durchsichtige Flaschen wie Ralf. Hier passt alles zusammen. Obwohl ich ihm auch eine kleine Jever-Zapfstation zugetraut hätte.

Als ersten Gang gibt es Crêpes mit einer Geflügelfarce und der Erklärung, was denn eine Farce sei. Ich überlege kurz, ob ich den Vegetarier mimen soll, kann mich dann aber nicht mehr daran erinnern, was ich bei meiner ersten Begegnung mit Maren bestellt hatte, und esse den Pfannkuchen mit Geflügelcremefüllung, wie ich es nenne, was Maren auflachen lässt. Sie hat doch Humor, notiere ich beruhigt, der Ausflug in die Küche hatte mich kurz daran zweifeln lassen. Aber da bin ich wohl einfach nicht gut gewesen, den Witz mit »dick dick« werde ich nie wieder machen.

Jessi erzählt fast durchgehend Männergeschichten, die zum Teil sogar einigermaßen komisch sind, wie ihr geplatztes Date mit einem Typen, den sie im Skilift kennengelernt hatte, um auf dem Parkplatz festzustellen, dass sein Cayenne der Wagen war, in den sie am Morgen beim Skiausladen einen satten Kratzer gemacht hatte. Hätte sie ihm im Lift nicht erzählt, dass sie einen »Scheißporsche« mit ihren Skiern markiert hat, wäre statt der Rechnung über 789 Euro an sie sicher ein Candle-Light-Dinner rausgesprungen. Die Frage, was ich denn für ein Auto fahre, lasse ich im Raum stehen und gehe mir ein Bier holen.

Nach und nach entspanne ich mich und merke, dass der Abend immer netter wird. So unbefangen, harmlos, ja fast bedeutungslos und langweilig, doch gerade dadurch auf eine ganz komische Art angenehm. Es ist offensichtlich, dass meine Gastgeber öfter Freunde zum Abendessen einladen und sich darauf verstehen, eine kleine Gesellschaft zu unterhalten. Zwischenzeitlich entgleitet mir sogar mein Feindbild, als Ralf mich fragt, ob ich nicht mit ins Stadion kommen will, wenn mal wieder einer seiner Freunde nicht gehen kann. Obwohl mir Fußball sehr gleichgültig ist, nehme ich die potentielle Einladung dankend an. Mein Plan, mit der kleinen Familie Heinze eine Art Freundschaft aufzubauen, erfüllt sich wie von selbst. Bis zum Dessert.

»Und jetzt kommt der hoffentlich krönende Abschluss, das Mousse au Chocolat von Jens«, kündigt Maren meinen Beitrag zum Abend an. Dass sie keinen Alkohol getrunken hat, ist mir sehr wohl aufgefallen. Aber dass man in so einer Schwangerschaft auch auf das achten muss, was man isst, hatte ich nicht bedacht.

»Sind da eigentlich Eier drin?«, fragt sie mich ganz nebenbei, und ich zögere einen Tick zu lang. »Jens?«

»Äh, ja. In der Mousse?« Ich habe keine Ahnung und spiele auf Zeit: »Wieso?«

»Ja, wieso wieso? Ich muss das halt wissen.«

»Ach so. Na, dann: ja.«

Mir ist noch nie der Eigeschmack einer Mousse aufgefallen, ich dachte immer, die sei aus Sahne und Schokolade. Aber da die Frage für mich derart komisch klingt, muss ich davon ausgehen, dass man Mousse normalerweise mit Eiern macht. Schmecken wird den Unterschied sicherlich niemand.

»Schade für dich, Schatz«, murmelt Ralf.

»Wieso?«, frage ich.

»Weil, ich kann keine rohen Eier essen«, erklärt Maren, ohne etwas zu erklären.

»Warum das denn?«, mischt sich nun Jessi ein.

»Überleg doch mal«, antwortet Ralf für seine Frau, die ihn sofort abstrafend ansieht.

»Nee, jetzt, echt?«, hakt Jessi verblüfft nach, und ich bin sicher, dass sie das Geheimnis einfach nur nicht aussprechen will, denn als »liebe Freundin« wird sie ohne Zweifel mitbekommen haben, dass Maren sich ein Baby wünscht. Ralf schaut zu mir, ich gebe mich ahnungslos. Da steht Maren auf, hebt ihr Glas und verkündet die frohe Botschaft: »Also, eigentlich sind es erst am Mittwoch 12 Wochen, aber, na ja, euch kann ich es ja verraten. Ralf und ich erwarten unser erstes Baby.«

»Wow! Das ist großartig, Glückwunsch!«, sage ich und erhebe mich ebenfalls. Da Ralf und Jessi sitzen bleiben und nur ihre Gläser heben, stehe ich zwar etwas doof da, halte die Reaktion aber für angemessen und schaue über den Tisch in Marens Augen, die vor Freude und Aufregung glänzen.

»Auf euch«, proste ich ihr zu, und schließlich steht auch Jessi auf, die von der Nachricht reichlich unberührt zu sein scheint. Als Letzter erhebt sich Ralf, um die Glückwünsche entgegenzunehmen. Er kommt um den Tisch und drückt mich kurz, was mir zuwider ist, danach umarmt er Jessi, die über seine Schulter zu mir schaut und die Augen rollt.

Mir ist dabei etwas unbehaglich, da ich mich noch nicht zum engeren Freundeskreis der Familie Heinze zählen würde, eine Umarmung von Maren beruhigt mich aber sofort wieder. Womöglich wurde ich ja gerade aufgenommen.

Zur Feier des Tages stoßen wir mit einem Champagner an, den ich mir niemals kaufen würde, ein Ruinart Rosé für locker 50 Euro die Flasche. Maren nimmt auch ein Stamperl, und alle sind glücklich. Selbst ich. Kurz. Denn meine Mousse kommt so sensationell gut bei Ralf an, dass er sich nicht bremsen kann und unbedingt wissen will, was da alles drin ist. Mein Kokettieren hält nur ein paar Minuten die Stimmung, weil Ralf darauf besteht, wenigstens zu erfahren, woraus die kleinen Knusperstückchen bestünden. Da ich zu blöd war, die Käsefrau nach den genauen Zutaten zu fragen und mich nicht so einfach wie bei der Eierfrage aus der Bredouille lavieren kann, spüre ich in mir eine Gereiztheit aufsteigen.

»Ist doch egal, Ralf, ich frag dich ja auch nicht nach dem Farce-Rezept.«

»Komm, Jensi!«, teast er mich.

»Ja, Jensi, sag es dem bösen Mann!«, steigt Maren ein.

»Nein, verdammt!«, schreie ich und sorge blitzartig für erschrockene Stille. Ich habe für eine Sekunde die Kontrolle verloren, und jetzt ist allen am Tisch klar, dass ich diese Mousse nicht gemacht habe. Das spüre ich. Jessi kratzt noch etwas in ihrem Schälchen herum, Maren schaut weg und spielt an ihrer Halskette, nur Ralf betrachtet mich skeptisch. Ich sollte vielleicht aufstehen und gehen, weil Herr BoConcept und seine fremdgeschwängerte Frau keine Hochstapler und Lügner in ihrem Freundeskreis gebrauchen können, obwohl sie Ralfs Vaterschaft vorgaukeln und somit selbst keinen Deut besser sind. Ich lege meine Serviette auf den Tisch.

»Am Ostbahnhof, gleich am Anfang der Wörthstraße, da ist so ein kleiner Käseladen, die kennen das Rezept«, sage ich leise. »Tut mir leid, ich war im Stress und … Na, auch egal. Es tut mir echt leid, dass …«

»Vergiss es«, unterbricht Ralf mein Gestammel. »Das nächste Mal machst du eine eigene Mousse, und wenn die nicht besser als die hier ist, machst du den Abwasch.«

»Mousse au Chocolat aus einem Käseladen? Wie geil ist das denn?«, prustet Maren über den Tisch, und die Stimmung kippt wieder ins Positive. Wir grinsen und glucksen leise vor uns hin.

»Keine Ahnung«, erkläre ich. »Ich war da mal und hab das Zeug entdeckt und das sah so gut aus …«

»Und wie oft hast du die schon als deine verkauft?«, will Jessi wissen.

»Locker zwanzigmal«, lüge ich. Es war nur einmal, um eine Besucherin zu überraschen, ich bin ja so gut wie nie bei Freunden zum Essen. Oder überhaupt bei Freunden.

»Und? Funktioniert das Zeug als Büchsenöffner?«, kommt es nun recht forsch und etwas unter dem Niveau des Abends von Ralf, doch die Damen lachen.

»Na, fragen wir doch Jessi«, grinst Maren, und mir fällt erst in dem Moment auf, dass ich noch keine Sekunde zum Thema Messejobs interviewt worden bin. Klar, ich soll hier mit Jessi verkuppelt werden, die nun auch ihre Hand auf meinen Oberschenkel legt und sich lasziv zu mir beugt. Allerdings ist das nur eine kleine Schauspieleinlage, die mit Applaus von der anderen Tischseite belohnt wird. Ich schenke den beiden mein Casanovalächeln, und alles ist gut.

Gut angetrunken stehe ich gegen eins mit Jessi auf der Straße. Bevor ich mich verabschieden kann, hat sie sich schon bei mir eingehakt und schlägt vor, noch irgendwo einen Absacker zu trinken. Ihrem Aussehen nach zu urteilen soll das in einer der Münchner Bars oder Clubs stattfinden, die ich geflissentlich meide. Sprich, im P1, das ausgeschrieben Peins heißt, also ein Anagramm von Penis ist, so plump und blöd wie die Gäste, oder im Hugo's in der Innenstadt, oder eben …

»Ich hätte Lust auf Kiosk und dann an die Isar«, schlägt Jessi vor.

»Ja, das klingt okay. Ich kann aber nicht so lange, weil …«

»Das ist mir scheißegal«, lacht sie und zerrt mich in Richtung Fraunhoferstraße.

Als wir mit einer Flasche Whisky und Ginger Ale über die Corneliusbrücke laufen, spüren wir den Wind, der die in den Häuserfluchten so laue Nacht hier erheblich abkühlt. Jessi verlangt, dass wir kuscheln, was aus ihrem Mund gar nicht wie kuscheln klingt, sondern wie eine okaye Art, sich aneinanderzuschmiegen, oder einen Ort suchen, an dem wir vor Wind und Wetter geschützt sind. Damit ist klar, dass sie mir früher oder später ihre Zunge in den Mund stecken will und auch noch intimeres Gestecke nicht ausgeschlossen ist. Mir allerdings ist überhaupt nicht danach, da das nur unnötige Komplikationen in meiner Beziehung zu Maren nach sich ziehen würde. Ich muss Jessi mit dem konfrontieren, was an mir, abgesehen von meiner Persönlichkeit, für sie das Abstoßendste sein muss: meine Wohnung. Mit etwas Glück ist Sven noch wach. Das sollte ihr den Rest geben und mir eine ruhige, sexlose Nacht verschaffen.

»Also, ich wohn hier gleich«, schlage ich unverfroren vor, »und mit ein bisschen Glück erblindest du auf dem Weg dahin und siehst nicht, wie unordentlich, ja, in was für einer selbst angelegten Müllhalde ich hause.«

»Hey, nach dem italienischen Designer-Möbel-Alptraum bei Ralf und Maren ist mir jedes Loch recht«, lacht Jessi.

»Mir auch«, erwidere ich, und merke zu spät, dass es gar nicht so gemeint ist. Sich mit schlüpfrigen Witzen in Begleitung einer Frau, mit der man nicht schlafen will, dem eigenen Nistplatz nähern, ist ein Scheißplan. Vor allem, wenn sie zu den Witzchen auch noch laut lacht.

»Aber jetzt sag mal, woher ich dich kenne«, lenke ich die Unterhaltung in etwas unverfänglichere Gewässer.

»Keine Ahnung.«

»Klar. Dein Gesicht ist mir irgendwoher bekannt.«

»So? Dann schaust du zwischen sieben und acht Uhr fern.«

»Zwischen sieben und acht?«

»Am Abend.«

»Ja, immer. Warst du beim Perfekten Dinner?«

»Heute das erste Mal. Und wegen der Tischdeko und der gekauften Mousse au Chocolat kann ich den beiden leider nur sieben Punkte geben.«

»Ich wollte den beiden ja acht Punkte geben, aber wegen dem netten Gastgeschenk sind es jetzt doch neun.«

Verdammt. Ich muss aufhören und meine wachsende Geilheit unter Kontrolle bekommen. Leider ist Jessi sehr angenehm, hat eine gute Figur, den Sprung in ihrer Schüssel kann ich noch nicht genau verorten, ja, unter normalen Umständen würde ich sie definitiv nicht von der Bettkante stoßen. Vorausgesetzt, ich wäre ihr – ohne von Marens Existenz zu wissen und ohne Marens Zutun – überhaupt begegnet. Wobei wir uns in dem Fall sicherlich nicht unterhalten hätten, und wenn, dann irgendwie schlechter.

»Was läuft denn sonst zwischen sieben und acht im Fernsehen?«, frage ich.

»Sag ich nicht.«

»Aber du bist keine Schauspielerin?«

»Nee.«

»Gut. Warst du bei Big Brother?«

»Spinnst du?«

»Hm. Ich komm einfach nicht drauf.«

»Ist auch besser so und eh schon ein paar Jahre her. Da dachte ich, dass ich unbedingt ins Fernsehen muss.«

»Musst du das nicht?«

»Nein«, antwortet sie kurz und knapp.

»Und Jessi kommt von Jessica …?«

»Vielleicht.«

»Also nicht.«

Ihre Vergangenheit ist ihre Schwachstelle. Wenn ich noch etwas intensiver nachhake und immer wieder auf das Thema zurückkomme, werde ich sie nerven und so die Nacht ohne Beischlaf beenden. Ein guter Plan B. Von der Straße aus kann ich sehen, dass Sven ebenfalls noch wach ist. In seinem Zimmer brennt Licht, dazu wirft sein Fernseher bunte Schatten an die Wände. In einer coolen Welt mit mir als coolstem Menschen hätte ich vor etwa drei Stunden Maren mit einem Kuss in der Küche in heillose Verwirrung versetzt und würde in etwa zwei Stunden eine frisch gefickte Jessi mit einem Schweigegelübde über das Geschehene in ein Taxi nach Hause verfrachten. In der realen Welt muss ich versuchen, die zweitattraktivste Frau, die ich kenne, von meiner Unattraktivität zu überzeugen.

»Okay, ich muss dich noch vor meinem Mitbewohner warnen. Er forscht gerade an einem Potenzdrink und macht deswegen Versuche mit Frettchen.«

Ich hätte damit rechnen können, dass Jessi auch das wieder extrem komisch findet. Und weil ich in Fahrt bin, erkläre ich im Treppenhaus noch ein paar Details.

»Also, das eine Frettchen ist eigentlich gar keins, sondern ein fettes, ausgewachsenes Frett. Ein Männchen. Idi Amin. Und die kleine Frettchenfrau hört auf den Namen Mutter Teresa.«

Jetzt hält sich Jessi schon an mir fest und versucht, ihr Lachen zu unterdrücken, damit die Leute im Haus nicht geweckt werden.

»Das Beste ist aber, dass Idi Amin ein unglaubliches Schwein ist. Er beißt.«

»Ich auch.«

Und schon beißt mich Jessi in den Hals. O Gott, wie bekomme ich das nun wieder geregelt? Muss ich auf dieses Nackennecken anspringen und sie küssen? Ich will schließlich auch nicht den Ruf abkriegen, ein verklemmtes Würstchen zu sein. Dreck!

»Warte, warte, warte ...«, wehre ich den erotischen Angriff ab und steige die letzten Stufen zu unserer Etage hoch. »Du solltest wirklich erst mal das möblierte Grauen sehen. Echt. Was du jetzt gleich präsentiert bekommst ...«

»Mach auf, ich muss Pipi!«, unterbricht sie mich.

»Zweite Tür links. Erste Tür ist mein Zimmer, dritte das Labor Formerly Known As Küche. Rechts ist das Wohnzimmer und daran hängt die Frettchenfarm.«

Ich sperre die Tür auf, Jessi huscht hinein und verschwindet sofort im Bad. Weil ich nicht blöd bin, ist mir bewusst, dass sie diesen Ort als Erstes auf Sauberkeit überprüft. Meine Erfahrung hat mich gelehrt, dass Frauen nichts mit Männern zu tun haben wollen, auf deren

Sanitäranlagen die Dreckbeläge das Wort »Geschlechtskrankheit« buchstabieren. Sie kalkulieren zwar eine eventuelle Blasenentzündung ein, falls sie längere Zeit keinen Sex gehabt haben und das erste Mal wieder mit einem Mann ins Bett steigen, aber mehr bitte nicht.

Sven kommt aus dem Wohnzimmer geschlichen, seine Laune ist im Keller: »Wer ist denn da zu Besuch?«

»Eine Freundin von Maren.«

»Ah. Bist du zur Vernunft –«

Ich psste ihn nieder, damit er keine pikanten Themen anspricht.

»Erzähl ich dir morgen. Was machen Idi und Teresa?«

»Weiß nicht, hab keinen Schwangerschaftstest für Frettchen gefunden.«

»Sie benutzen doch auch menschliche Verhütungs- und Potenzmittel.«

»Nicht Potenz. Ein Pro-Spermatikon.«

»Das klingt ja mal lecker.«

»Bumst du heute Nacht noch?«

»Spinnst du?«

»Na ja …«

»Nein.«

»Aber wenn, kann ich dir bisschen was von meinem Drink geben? Und so ein Zäpfchen?«

»Nein, Sven. Mach das mit deinen Frettchen oder such dir selbst eine Irre, die da mitmachen will, ich rühr das Zeug nicht an. Und selbst wenn …«

»Stimmt! Du hast ja keine … ’tschuldigung.«

Taktloser Idiot. Wobei ich es selbst auch für einen Moment vergessen hatte. Wir hören die Spülung im Bad gehen, und Sven will schon wieder brav in sein Zimmer verschwinden, da halte ich ihn auf.

»Ich mach euch kurz bekannt.«

»Hä?«

»Na ja, nur so.«

»Und ich hätte darauf geschworen, dass du alles unternimmst, damit mir keine deiner weiblichen Gäste begegnet.«

»Ach, Quatsch.«

Wir schweigen und lauschen den Geräuschen aus dem Bad: Waschbecken an, Plätschern, aus. Schritte, Türschloss, die Klinke wird heruntergedrückt, und Jessi steht vor uns.

»Sven, Jessi, Jessi, Sven.«

»Hi.«

»Hi. Gut, ich verschwinde dann«, sagt Sven und macht das auch.

»Komischer Kauz.«

»Sag das keinem Kauz, die Viecher nehmen das persönlich.«

Wir stehen kurz doof im Flur herum, bis ich Wohnzimmer, mein Zimmer oder Labor vorschlage und Jessi sich in mein Zimmer bewegt. Das Bad scheint seine Wirkung verfehlt zu haben. Mir bleibt nichts anderes übrig, als schlecht gespülte Gläser zu holen und Eiswürfel. Ich wurde mal von einer Frau mitten im Vorspiel nach Hause geschickt, weil ich frivol sein und einen Eiswürfel in meine Performance einbauen wollte, und schmutzige Gläser finde sogar ich ekelhaft.

»Woher kennst du Maren eigentlich?«, frage ich beim Betreten meines Zimmers, in dem es sich Jessi gerade auf der Matratze bequem macht.

»Ich war mal mit Ralf zusammen, ist aber ewig her.«

»Oh«, staune ich. »Und das stört sie nicht?«

»Nö. Ich hab die beiden schließlich miteinander verkuppelt. Seitdem will Ralf sich revanchieren und ist ständig auf der Suche nach einem Kerl für mich. Meistens greift er aber ziemlich ins Klo.«

»Zum Glück nur meistens.«

»Ja. Fast immer.«

Ich flirte schon wieder.

»Und woher kennst du die zwei?«, kommt die Gegenfrage.

»Haben sie dir das nicht erzählt?«

»Nee, nur, dass sie einen Typen kennengelernt haben, der mir gefallen könnte.«

»Mich können sie ja nicht gemeint haben, da ich mich zu deinem Exfreund Ralf verhalte wie, äh, keine Ahnung, Bacardi-Soda zu Campari-Soda ...«

»Oder wie ein ganz beschissener Vergleich zu einem sehr, sehr guten?«, ergänzt Jessi.

»Genau, du hast es verstanden. Also, dann war das wohl nichts.«

»Och, meine Enttäuschung hält sich in Grenzen.«

Ich sollte ganz schnell über was anderes reden.

»Mich hat Ralf gelockt, indem er eine Bekannte angepriesen hat, die mich ausnutzen will, um an meine Kontakte zu Messeveranstaltern zu kommen.«

»Echt?«

»Ja.«

»Gut. Und wie will sie dich ausnutzen? Sexuell?«

»Hat er nicht gesagt. Nur dass ihr am Ende eben meine Kontakte wichtig wären.«

»Aber da muss er auch eine andere gemeint haben – ich bin nämlich zum einen auf Männerpause und habe außerdem keine Lust, auf Messen zu arbeiten.«

»Na, Gott sei Dank. Ich hab mir schon den ganzen Abend Exitstrategien zurechtgelegt und wieder verworfen, weil du dich wie eine Furchtfliege an mich geheftet hast.«

»Weil du ein faules Stück Obst bist.«

»Ich bin weder faul, noch habe ich mich zum Obst gemacht.«

»Natürlich hast du das. Die Schokomousse?«

»Du elende, kleine Mistfliege!«

»Und ich hab mich nicht an dich rangeheftet, sondern dachte nur, dass man auch mal mit jemandem unterwegs sein kann, ohne gleich auschecken zu müssen, wie gut der andere fickt.«

»Du sprichst mir aus der Seele. Echt.«

»Das muss aber eine zarte Seele sein.«

»Die zarteste, seit es, ach, blöd.«

»Ja.«

»Wobei du sicherlich überrascht wärst, wie schnell ich bin!«

»Eine oft unterschätzte Qualität.«

»Klein und schnell!«

Jessi stöhnt lustvoll.

»Dafür gibt's auch kein Vorspiel.«

»O mein Gott! Mach mich nicht doch noch schwach.«

Damit wäre das vom Tisch. Goldene Regel: Sobald man sich über den gemeinsamen, noch bevorstehenden Sex lustig gemacht hat, verliert man für die Frau schlagartig seine erotische Anziehungskraft, man wird zum brüderlichen Verbündeten, so dass man, wenn man vorhatte, die Frau zu begatten, bei null anfangen muss oder, wenn man keine Lust hat, für die kommenden Stunden sicher vor sexuellen Übergriffen ist.

Ich setze mich ihr gegenüber auf die Matratze, froh, die ganze Beziehungs- und Sexthematik ohne Schweinerei überstanden zu haben. Charmant und einvernehmlich, besser hätte es nicht laufen können. Wir unterhalten uns noch für ungefähr zwei Stunden, wobei ich übrigens nicht herausfinde, was sie im Fernsehen zwischen sieben und acht gemacht hat. Es wird mir allerdings mit jedem Glas Whiskey Ginger Ale egaler. Dafür weiß ich am Ende alles, was ich schon immer über Maren wissen wollte und Ralf nie zu fragen wagte.

Ferkel

»An der Pennsylvania University wurde in Experimenten mit Schweinen herausgefunden, dass diese mit einem Joystick im Maul an einem Monitor Erkennungsaufgaben zu lösen imstande sind.«

»Und ihr habt echt nicht gevögelt?«, fragt Sven noch einmal. Es ist für ihn unfassbar, wie man mit so einer Frau wie Jessi mitten in der Nacht angetrunken in die Wohnung kommen kann, um mit ihr dann einfach weiterzutrinken und sie ein paar Stunden später ohne vollzogenen Beischlaf in ein Taxi steigen zu lassen. Seine kurze Begegnung mit Jessi scheint ihn schwer beeindruckt zu haben, denn er lässt auch während unseres gemeinsamen Frühstücks nicht locker. Auffällig ist, dass Sven sonst nie frühstückt, sich heute aber eine Schüssel mit Haferflocken und Zucker füllt, Milch darüberkippt und die Pampe neben mir am Küchentisch stoisch in sich hineinlöffelt, während er mich mit Fragen löchert. Ob wir wenigstens geknutscht hätten, nein, wie ihre Brüste seien, keine Ahnung, warum sie so oft gelacht habe, weil ich gut drauf war. Extrem unbefriedigt schleicht er zurück zu Idi und Teresa zur morgendlichen Kontrolle, ob Madame Frett vielleicht schwanger geworden ist.

Am frühen Nachmittag ruft Maren auf meinem Handy an und verrät mir heimlich, dass Jessi mich beim Abendessen ziemlich cool fand und sie das Gefühl hatte, dass wir das Potential zum Traumpaar hätten. Dann folgt ihr Fragenkatalog, den sie drei Minuten später ähnlich enttäuscht wie Sven mit einem Seufzen schließt. Sie sei auf jeden Fall froh, dass wir so gut connected hätten. Und es sei ja auch ganz romantisch, wenn man nicht gleich alles überstürze, sondern den Dingen mal Zeit gebe. Mit dem Versprechen, den Abend schon bald zu wiederholen, verabschiedet sie sich, Ralf wolle auf den Flohmarkt.

Von mir aus. Ich renne jedenfalls für den Rest des Tages mit einem extrem zufriedenen Gesicht herum: Maren wollte wissen, ob da was war. Und sie ist die Frau von Jessis Exfreund, was ein Zeichen sein kann, dass ich vom Typ her ihr Typ bin, wenn sie tatsächlich – ohne es zu wissen – Jessis Resteverwerterin ist. Theoretisch könnte hier Eifersucht im Spiel sein, denn Interesse am Glück einer doch etwas entfernten Bekannten, nun, das traue ich keiner Frau zu. Außerdem hätte sie dann auch Jessi anrufen und mit ihren Fragen penetrieren können – das wäre sogar sehr viel naheliegender gewesen. Nein, Maren wäre definitiv nicht einverstanden, wenn sich zwischen ihrer rälflichen Vorgängerin und mir mehr entwickeln würde.

Mir ist nämlich nicht entgangen, dass zwischen ihr und Ralf am Vorabend so gut wie kein Austausch von Zärtlichkeiten stattgefunden hat. Nichts. Nicht mal ein Streicheln oder ein beiläufiger Kuss auf die Wange. Gar nichts. Wenn man schon zwei Leute einlädt, die man verkuppeln will, sollte man denen doch zeigen, wie schön so eine Beziehung sein kann. Vorausgesetzt sie ist schön. Ich ahne, dass die ganze Keine-Kinder-Kiste an der Zweisamkeit genagt hat und Ralf selbst womöglich noch immer an der Tatsache knabbert, dass seine Frau das Kind eines anderen bekommt. Das Kind des Unsichtbaren. Schlechter Buchtitel.

Auf meinem Schreibtisch liegt ein Zettel: »Sonntag 11.30 Mariandl? Zwischending aus Frühstück und Mittagessen, sollte man mal einen Namen für finden!! XXX Jessi«, darunter ihre Handynummer. Klar. Und um den Sonntag entsprechend zu küren, schicke ich eine SMS an Maren, in der ich vorschlage, uns dabei mit Ralf zu begleiten. Die Antwort kommt prompt: »Turtelt ihr mal schön zu weit ;-)«

Sie hat nicht nur ein »z« vergessen, sondern auch ein Smiley gemacht, was man nicht überbewerten darf. Ich, nicht man. So schnell geht es nämlich, dass auch ich ins Allgemeine abgleite. Mein Ich kennt kein man, weil man nur Scheiße macht. Man versagt auf Klimakonferenzen, man muss einfach mal ein paar Dinge ignorieren, um seinen Lebensstil beizubehalten, man muss sich zu nichts entscheiden, denn man bekommt die meisten Entscheidungen abgenommen, und wenn man mal was mitkriegt, wovon man nichts wissen will, blendet man das einfach aus. Ich bin nicht viel besser als man, aber wenigstens habe ich ein Bewusstsein. Deswegen darf ich auch auf den Rest der Menschheit schimpfen, während man lieber mal die Fresse hält. Die einzige Frage, die sich dabei stellt, lautet: Wer fährt damit besser? Man würde meinen, ich.

Weil ich partout nicht mit Jessi alleine sein will, bringe ich Sven mit zum Brunch. Mein letzter Besuch im Mariandl liegt Jahre zurück, in denen ich mich immer wieder mal gefragt habe, wo man vernünftig frühstücken kann, während ich das Café im selben Zeitraum mindestens fünf Bekannten empfohlen habe, die auf der Durchreise oder nur ein paar Tage in der Stadt und auf der Suche nach einem guten Frühstück waren. Da Sven und ich zehn Minuten zu spät ankommen, erkläre ich der schon wartenden Jessi, dass mein beschissener Cayenne einen Kratzer hatte und ich noch die Polizei rufen musste, ein gelungener Einstieg, vor allem, da Sven den Gag komplettiert, indem er mich fragt, seit wann ich seine Scheißkarre als die meine ausgeben würde. Jessi ist blendend gelaunt und war pünktlich, was ich niemals von ihr erwartet hätte. Ich bin nämlich extrem spießig, was das angeht, keine Ahnung, woher das kommt.

Sven erzählt begeistert von Frett und Frettchen, ist taktvoll genug, mein Unterleibsunglück nicht zu erwähnen, wohl aber seine Forschungsarbeiten im Spermatorium, wie er sein Zimmer nun nennt. Jessi klebt ihm an den Lippen, und ich werde rubbeldiekatz zum Beisitzer. Einem leicht irritierten Beisitzer, der in sich eine unerwünschte Form der Eifersucht aufkommen spürt. Es ist doch nicht zu viel verlangt, in meiner Situation von Sven ein wenig Rücksicht zu erwarten. Wenigstens etwas Anstand, solange ich mit Maren im Ungewissen bin. Selbstverständlich habe ich viel Geduld und bin alles andere als auf der Suche nach einer Partnerin, aber dass sich Sven deswegen gleich an die doch sehr angenehme Jessi ranwanzt, muss ja nicht sein.

»Sven, wann muss Idi eigentlich wieder ran?«

»In … hundertsiebenundzwanzig Minuten.«

»Ja, dann musst du wohl auch langsam wieder …«

»Kann ich da mitkommen?«, grätscht Jessi in meinen Versuch, den Nebenbuhler loszuwerden.

»Klar.«

»Wollen wir dann?«, fragt sie mich mit einem rehhaften Augenaufschlag. Wenigstens schließt sie mich in die Entscheidung mit ein, mehr noch: »Wir können uns danach ja bei dir ein bisschen, keine Ahnung, entspannen halt.«

»Ja, gut. Gerne.«

Sven muss mitbekommen haben, dass seine Anwesenheit im Augenblick nicht gewünscht ist. Mit der eleganten Entschuldigung, am Bahnhof noch Futter besorgen zu müssen, macht er sich vom Acker. Erstaunlicherweise besteht Jessi darauf, seine Rechnung zu übernehmen, da sie ja eingeladen hat. Soll mir auch wurst sein, solange sie mit ihrer Begeisterung für das andere Geschlecht auf mich fixiert bleibt. Ich drehe mich im Kreis, was wiederum den Kreis zu allen anderen wichtigen Entscheidungen in meinem Leben schließt – ich kann sie nicht fällen, sondern rotiere immer um sie herum. Wenn ich zu irgendetwas mit Herz und Hirn Ja sagen könnte, nur zu einer Sache in meinem verkackten, kleinen Leben, wären alle anderen Entscheidungen kein Problem mehr. Und ich meine nicht Ja zu Atomkraft, einem Schnitzel oder mehr Gelassenheit, sondern Ja zu einem Leben, einer Lebensweise, einer Beziehung oder wenigstens einem Kind.

»Willst du mal Mutter werden?«, höre ich mich plötzlich Jessi fragen.

»Ganz ehrlich? Nein. Echt. Will ich nicht. Glaube ich.«

»Krass.«

Wenigstens habe ich nicht o-kay gesagt. Die Entschlossenheit in ihrer Stimme raubt mir dennoch die Sprache.

»Du also schon«, folgert sie aus meinem Schweigen.

»Ich weiß es ehrlich gesagt nicht.«

»Das heißt doch Ja.«

»Ja, aber …«

Ich kann keine Kinder mehr bekommen, würde ich ihr gerne erklären. Nur noch eins, und zwar das von der Frau deines Exfreunds.

»Ich kann keine Kinder bekommen«, sage ich und atme tief durch. Den zweiten Teil spare ich mir besser.

»Echt nicht?«

»Nee.«

Willkommen, Schweißperlen.

»Wenn das jetzt mit dem Witz endet, dass du ein Mann bist und nur Frauen …«

»Nein, ich hatte einen Unfall. Also«, fahre ich fort und muss plötzlich grinsen, »Idi Amin, Svens Frett, hat mich in den Sack gebissen.«

Da ich lachen muss, zerreißt es auch Jessi.

»Ohne Scheiß. Das war bei unserem ersten Versuch, das Drecksvieh mit Mutter Teresa zu vereinen. Irgendwie ist er Sven aus der Hand gesprungen und, zack, mir ins Hosenbein und dann …«

»Hör auf, das ist ja schrecklich.«

»Ich schwöre es dir.«

Wir lachen beide, ich schwitze dazu auch noch. Unattraktiver könnte ich mich kaum präsentieren.

»Du wurdest von einem Frett kastriert?«

Ich nicke.

»Ich kenne jemanden, der in der Redaktion von Günther Jauchs Jahresrückblick arbeitet …«

Verdammt, es tut so gut, mit jemand Vernünftigem darüber zu sprechen. Jessi kann mit meiner Offenheit umgehen, sie lacht, wenn es wehtut und tritt nach, wenn es lustig ist. Falsche Zeit, falscher Ort.

»Ich meine nur, dass sich die Kinderfrage deswegen für mich erübrigt.«

»Und adoptieren?«

»Das ist doch auch so eine Scheiße. Da wird man penibler durchleuchtet als bei der Green-Card-Lotterie. Schlimmer Allgemeinplatz, aber jeder kann ein Kind zeugen und es nach Lust und Laune verkommen lassen, ja? Aber wenn man ein Kind, das nicht geliebt wurde oder verwaist ist, bei sich aufnehmen möchte, wird man behandelt wie ein potentieller Kinderschänder.«

»Echt?«

»Na, hoffe ich doch. Aber ich will so oder so kein Adoptivkind.«

Auf dem Weg zu Svens Frettchen-Live-Sex-Show unterhalten wir uns endlich mal wieder über Maren und Ralf. Die beiden hatten tatsächlich schon erwogen, Kinder zu adoptieren, weil es über Jahre nicht mit der Befruchtung klappen wollte. Jessi und ich sind im Übrigen derselben Meinung, was die künstliche Befruchtung angeht: vollkommener Irrsinn. Wie Ralf und Maren schlussendlich zu ihrer Schwangerschaft gelangt sind, will Jessi gar nicht wissen. Sie ist nur froh, dass es überhaupt geklappt hat, weil die Ehe schon am seidenen Faden hing.

»Ach, komm«, werfe ich ein. »Und das nur wegen Schwangerwerden oder nicht?«

»Ja. Also, das war schon immer Marens Ding, ihr großer Traum«, erklärt Jessi. »Ein Frettchen-Kastrat wie du hätte da keine Chance gehabt.«

Sie ahnt nicht, wie sehr mich dieser Kommentar trifft. Ich muss gegen die sofort startbereiten Tränen kämpfen, was nur durch ein langes, zittriges Einatmen gelingt. Selbstverständlich fällt ihr das auf.

»Bist du okay?«

»Ja, ja.«

»Ach, Scheiße. Du wolltest wirklich wirklich Kinder?«

»Ja, schon irgendwie.«

»Oh. Und kann man da nichts machen?«

»Keine Ahnung, ich bin nicht versichert.«

»Kacke«, erwidert Jessi. »Und das Frettchen auch nicht, oder?«

Ich muss neidvoll anerkennen, was für einen guten Geschmack Ralf bei der Wahl seiner Partnerinnen hat beziehungsweise gehabt hat. Wenn ich an die vergleichsweise halbirren Frauen denke, die mich auf meinem belanglosen Lebensweg ein tristes Stück begleitet haben, ist seine Wahl geradezu exquisit. Die Ex, eine der wenigen Frauen mit trockenem Humor, und die Aktuelle, sozusagen das perfektionierte Update. Doch auch da hing die Beziehung am seidenen Faden. Das lässt nur einen Schluss zu: Ralf hat Defizite, die über seine Unfruchtbarkeit hinausgehen. Und die muss ich herausfinden.

»Weshalb hast du dich eigentlich damals von Ralf getrennt?«, frage ich scheinheilig.

»Warum?«

Ich möchte nicht sagen, dass ich die gleichen Fehler vermeiden möchte, die er möglicherweise begangen hat, um bezüglich meiner Person keine falsche Hoffnungen zu wecken, falls von ihrer Seite aus Interesse bestünde, wovon ich ausgehe. Also sage ich plump: »Nur so.«

»Tja, das war … schwierig.«

»Inwiefern?«

»Also, falls du mal in einer Beziehung spürst, dass das Sexleben komplett vor die Hunde geht, und dich deine Freundin fragt, was du denn so für Fantasien hast – leg nicht gleich alle Karten auf den Tisch.«

»Oh, und was wollte er?«, bricht es aus mir heraus.

»Das ist egal. Aber es war etwas vollkommen anderes, als das, was wir vier Jahre lang gemacht hatten.«

»Ach, komm«, bettle ich, doch Jessi grinst nur in sich hinein. Mir bleibt nur zu raten: »Ich schließe einfach mal alles aus, was man irgendwie, also …«

Nein. Das geht auch nicht. Ich kann unter keinen Umständen dermaßen explizit mit Jessi über Sex sprechen. Mit niemandem.

»Er wollte sein Glied in meine Scheide stecken«, rettet uns Jessi.

»Igitt! Das klingt aber wirklich, als wäre Ralf ein sehr, sehr kranker Mann.«

Idi Amin versucht gerade Ralfs perverse Fantasie mit Mutter Teresa umzusetzen, als wir bei mir zu Hause ankommen. Allerdings macht uns Sven sofort darauf aufmerksam, dass er Mutter Teresa in Eva Braun umbenannt hat. Aus Gründen. Im Moment versucht er, die beiden Frettchen mit Stofftierpornografie zu stimulieren, die er gefilmt hat und nun den beiden auf seinem iPhone präsentiert, dem perfekten Flachbildfernseher für Kleintiere. Sven lässt Jessi und mich ein wenig kiffen, bis wir zu dritt kichernd vor den Ställen sitzen und uns passende Pornofilmtitel ausdenken. »Die Ferkel aus dem Hause Steif«, »Ohne Gummi, Bärchen« und »Ohne Gummibärchen, Bärchen« werden notiert, Sven will unbedingt ein paar Titel für YouTube produzieren.

»Ist doch die perfekte Kampagne für meinen Drink.«

»Wenn er denn was bringt.«

»Was für ein Drink?«, fragt Jessi. Leider. Ich kann es

nämlich nicht mehr hören und ziehe mich alleine in mein Zimmer zurück, während Sven sehr weit ausholt und von seinen sensationellen Spermien erzählt.

Ich bin so oder so kaputt und lege mich auf mein Bett, um konkrete Pläne zu schmieden. Ab morgen muss ich tagsüber Hondos Assistent spielen, falls es nicht regnet. Es hieß, dass ich dort immer gegen 16 Uhr Schluss habe, und Hondo hat angemerkt, dass ich bei guter Führung noch früher gehen kann. Ich kann es kaum erwarten, neben ihm zu sitzen, Spaßkämpfchen über mich ergehen und mich von ihm rumhetzen zu lassen. Müll aufsammeln, Toiletten putzen, ich kann mir schon ausmalen, was da auf mich zukommt.

Nach getaner Arbeit kann ich dann mein soziales Leben aufbauen. Ich werde mich einfach an Ralf und Maren heften, so wie Jessi sich an mich, am besten mit ihr. Bleibt nur die Frage, wie lange ich sie hinhalten kann, ohne eine intime Beziehung mit ihr anfangen zu müssen. Es heißt zwar, dass immer die Männer darauf drängen, Frauen so schnell, wie nur irgend möglich, ins Bett zu bringen, ich habe bei ihr aber einen ganz anderen Eindruck.

Ich muss eingeschlafen sein, die Sonne streift schon mein Bett. Mir entgeht nicht, dass Jessi seit geraumer Zeit nicht mehr gelacht hat. Vermutlich hat Sven noch ein bisschen was geraucht und hängt jetzt in den Seilen, unter Umständen hat sie mitgeraucht und wundert sich schon, was ich treibe. Gut, da ich sie in den kommenden Wochen brauche, sollte ich sie vielleicht nicht ganz so offensichtlich meiden oder mit meinem halbdebilen Mitbewohner alleine lassen. Ich raffe mich auf und trotte rüber zu Sven, wo mich sein Hintern anstrahlt, der in heftigem Auf und

Ab zwischen den Beinen von Jessi pumpt. Wie ein Ölbohrturm. Idi und Eva sitzen an ihrem Gitter und schauen interessiert zu.

Mir ist egal, wie sehr es Sven leidtut, da ich schon eine ganze Ladung Kurzmitteilungen von Jessi bekommen habe, in der sie mir vorwirft, sie stoned und rollig, wie sie es ausdrückt, mit Sven allein gelassen zu haben. Sie wollte eigentlich mit mir zusammen sein, aber daran sei mir wohl nicht gelegen. Ich antworte ihr, dass mir das zu schnell ginge, ein Scheiß-Klischeesatz, der nur Lüge sein kann, wie sie richtig zurückschreibt. Also bin ich ehrlich und erkläre, dass ich momentan emotional verwirrt sei, was sie wiederum versteht, obwohl sie mir zugetraut hätte, dies eleganter zu formulieren. Ich lasse das Handy vorläufig schweigen, sie hat mir zu häufig Recht, und das könnte ich am Ende noch bewundern.

»Das war eigentlich nur im Sinne der Wissenschaft«, beteuert Sven.

»Ich hätte es euch beiden auch einfach so aus Lust und Leidenschaft gegönnt. Echt.«

»Pass auf – die nächste Frau, die ich mitbringe, kannst du dann haben, okay?«

»Sven, es ist gut. Ich hatte keine Lust auf irgendwas, und sie war offensichtlich dermaßen breit und notgeil, dass es ihr wurst war, mit wem sie …«

»Ich bin nicht schlecht«, unterbricht er mich.

»Ich hab's gesehen. Und so toll sah es nicht aus. Eher wie bei einem deiner Stofftierferkel.«

Dank den Nachwirkungen des Kiffens am Nachmittag verarbeitet mein Gehirn erst jetzt die Information mit der Wissenschaft.

»Warte mal – ihr habt aber nicht nur mit so einem Zäpfchen verhütet, oder?«

»Klar doch. Meine ganzen Tierversuche sind ja im Grunde sinnlos, wenn mein Sperma die Referenz beim Hersteller ist.«

»Stimmt. Und wenn sie jetzt schwanger ist?«

»Dann ist bewiesen, dass mein Drink … ach, Scheiße!«

Der Groschen ist gefallen. Eine Redewendung, die ich erst verstehe, seit ich im Tierpark Hellabrunn im Affenhaus einen Spendentrichter entdeckt habe, in dem Münzen für eine kleine Ewigkeit im Kreis herumrollen und sich in immer enger werdenden elliptischen Bahnen dem Abgrund nähern, einem schwarzen Loch, bis sie am Ende fast horizontal am engsten Teil des Trichters kreiseln, um schlussendlich im Nichts zu verschwinden. Das gleiche Phänomen ist nun in Svens Gesicht zu beobachten.

»Das wäre total sick«, sagt Sven, nachdem er die Tragweite seines Experiments ermessen hat. »Aber auch irgendwie cool. Also, wenn du mit ihr zusammenkommst und dann mein Kind …«

»Das wird nicht passieren.«

»Ich mein ja nur. Cool wär's.«

Krokodil

»In Indonesien werden noch heute pulverisierte Krokodilzähne und -klauen als Zutaten für Zauber- und Potenztränke genutzt.«

Bademeister, Beruf der Champions. Hondo sitzt den ganzen Tag im Schatten seines Sonnenschirms neben der Kinderrutsche und brüllt ab und an ein Kind zusammen, weil es mit dem Rutschen nicht gewartet hat, bis die anderen aus dem Becken gekrochen sind. Ich hocke neben ihm in der Sonne und verstehe nicht, was ich machen soll. Bis jetzt bin ich einfach nur eine Art Hondoseelsorger, der sich anhören muss, was in Hondo so vorgeht. Gerade erklärt er mir alles über sein Dasein als Bademeister, seine Regeln und Tricks. Zum Beispiel wird jeden zweiten Tag ein Kind nach Hause geschickt, weil es zu lange vor dem Losrutschen gewartet hat – das müsse so sein, erklärt Hondo, damit sein Ruf korrekt bleibt und die kleinen Scheißer nicht denken, sie könnten hier machen, was sie wollen.

»Ja, für dich ist das vielleicht nur 'ne Rutsche, aber für die kleinen Poolpisser ist das voll das Ding. Das bedeutet die Welt für die, echt«, klärt mich Hondo auf. »Kennst du sicher noch von wo als du noch Kind warst, oder?«

»Nein«, muss ich eingestehen, nachdem ich den Satz innerlich notiert habe. Solche abartigen Konstruktionen höre ich sonst eher selten und würde gerne überprüfen, ob das in, sagen wir, fünfzehn Jahren zum ganz normalen Sprachgebrauch gehört. Außerdem fehlt meines Erachtens noch ein »wie« nach dem »als«.

»Ja, aber du wolltest da doch auch immer so crank wie möglich rutschen, oder? So mit endslanger Pause vorher, damit du so Kingstyle solo da runterslidest, oder halt ohne Abstand voll in die anderen rein. Möglichst hart halt.«

»Nee, bei mir im Schwimmbad gab es keine Rutsche.«

»Welches warst du?«

»Ungerer.«

»Geil! Mit den Nacktbereich, wo man halt voll durch den Zaun schauen konnte, oder? Und dann nur so alte Weiber!«

»Genau da.«

»Okay, aber die haben doch Sprungturm gehabt. Drei-Meter-Brett. Halt kein Fünfer und Zehner wie Michaelibad. Aber okay.«

»Verstehe.«

»Die haben jetzt auch Rutsche.«

»Wusste ich nicht.«

Da springt Hondo schon wieder auf und plärrt einen circa Neunjährigen zusammen: »Hey, noch einmal, dass du so lange warten tust, und du checkst aus, kapiert?!«

Der Junge nickt. Seine Lippen sind blau, er ist so oder so völlig unterkühlt. Am besten wäre es, ihm einfach eine halbe Stunde Rutschverbot zu erteilen, damit er sich in der Sonne aufwärmt. Ich stehe auf, gehe zu dem zitterndem Buben und versuche ihm das zu erklären. Er schaut mich an und fragt mich dann ganz nüchtern, ob ich wolle, dass er zu seinem Vater rennt und sagt, dass ich ihm im Pool an den Pimmel gefasst hätte.

»Hey, Kleiner, ich will nur, dass du nicht krank wirst«, versuche ich ihn zur Vernunft zu bringen.

»Ja, und?«

»Außerdem bin ich nicht mal nass, wie soll ich dir da im Pool …?«

»Hey, lassen Sie mich in Ruhe!«, brüllt der Junge plötzlich und springt von mir weg. Weil ich gebückt dastehe und er sich sofort die Badehose festhält, entsteht natürlich genau der Eindruck, den er erwecken wollte. Ich habe bloß Glück, dass wir in Deutschland sind und die Menschen einen potentiellen Kinderschänder lieber vorwurfsvoll kopfschüttelnd ansehen, als etwas zu unternehmen. Trotzdem beginne ich innerlich zu glühen und gehe zurück zu Hondo.

»Krass«, will ich gerade meinen Bericht beginnen, doch Hondo grinst nur.

»Das ist der Marek, der macht immer die Kinderficker-Nummer. Ich hoff halt nur, dass das bei dem zu Hause nicht echt passiert.«

»Glaubst du?«

»Weiß nicht.«

»Und wenn man da mal das Jugendamt einschaltet?«

»Hey, bist du Supernanny?«

»Nee, aber …«

»Okay, ich erklär's dir: Wenn du hier im Becken einen Typen siehst, der sich einen abwichst oder sogar ganz derb die Kinder ansprechen tut, dann kannst du Polizei holen. Und wenn hier Eltern Kinder echt krass schlagen, dann halt auch, aber das passiert vielleicht nur einmal in Jahr. Alles, was außerhalb von Schwimmbad passiert, geht dich und mich korrekt gar nichts an.«

»Ja, okay. Aber wenn du auch glaubst, dass der Marek …«

»Nein, ich sag nur, dass ich hoffe, dass nicht so ist. Und wenn ich das hören würde, von irgendwen, dann würde ich halt hingehen und den kaputt schlagen, der wo das macht. Aber kann auch sein, dass der einfach nur ein Dreckskind ist, wo weiß, wie er Erwachsene dissen kann.«

Notiert.

Meine neue Aufgabe beginnt noch am selben Nachmittag und entpuppt sich als überraschend einfach. Wenn jemand zu mir kommt, der behauptet, einen Schlüssel gefunden zu haben, gehe ich zu dem entsprechenden Schließfach, öffne es, nehme das von dem Typen dort hinterlegte Geld heraus und bringe dem Finder dann den Schlüssel für das Fach, in welchem er dem Betrag entsprechend Steroide findet. Der erste Kunde ist ein wandelnder Haufen Muskelmasse, die so nicht von der Natur gewollt sein kann. Ich behaupte sogar, dass sich die Natur für solche mit billigen Anabolika aufgeblasene Figuren schämen würde.

»Hey, Hondo, ich hab hier Schlüssel gefunden«, ruft er meinem Chef zu.

»Ja, und? Musst du mein Assi sagen«, erwidert Hondo stolz.

»Wem?«

»Ihn hier. Mein Assi. Hab ich jetzt.«

Das beeindruckt den Muskel natürlich. Er schiebt seine Unterlippe nach vorne und nickt voller Bewunderung, mustert mich von oben nach unten.

»Kann man dem Handtuch traun?«

»Na, hey du, weil ich bin voll prall, weißt du, ich hab mir hier ’nen Zivilbullen als Assi geholt, damit der uns alle verhaften kann«, kontert Hondo so schlagfertig, wie es ihm möglich ist.

Der Muskel schiebt seinen Kopf nach hinten, weil er kurz nachdenken muss, und zieht dabei Oberlippe und Nase nach oben. Er ist offensichtlich verwirrt. Dann macht es klick, und er lobt Hondo: »Ey, das ist fett. Weil, wenn der mit drinsteckt, kann er uns nicht ficken!«, und gibt mir seinen Schlüssel.

Fünf Minuten später bekommt er von mir Zugang zu Schließfach 52, in dem eine Packung Testolic wartet, ein anaboles androgenes Steroid zum Injizieren. Ich würde gerne den Beipackzettel lesen, bezweifle aber, dass überhaupt einer beiliegt. Ich wünsche meinem ersten Kunden viel Erfolg beim Aufmucken und werde dafür beinahe getötet, weil Wortspiele nicht in den Alltag eines derart aufgeblasenen Kretins gehören. Hui, schon wieder eins. Hondo hat mich sehr wohl verstanden und grinst jetzt.

»Mann, du kannst die Typen nicht anpissen, die tilten sofort.«

»Ja, okay. Ich dachte …«

»Das ist genau dein Problem. Du denkst. Mach das nicht.«

»Okay.«

»Die sind alle so prall, dass die Stereoide und Amnabolika fressen. Das Zeug macht Pimmel klein, Hirn weich und derb aggro.«

»Verstehe. Also keine Witze?«

»Nein, keine Witze. Am besten hältst du überhaupt dein Maul mit Kunden.«

»Verstanden.«

»Aber nicht, dass du denkst, dass die alle prall sind, ja?«

»Nein, die sind bestimmt …«

»Der gerade, ja, der war halt krasser Fußballer, Bayern oder so. Der hat gegen Lahm und Schweinsteiger gespielt.«

»Wow, sieht gar nicht wie ein Fußballer aus.«

»Nee, der hat dann halt auch irgendwann gesagt: Ey, jeden Tag Training und derbe Strafe, wenn du feiern warst, ey, fuck it!«

»Fuck it?«

»Ja, der hat sich halt für Party entschieden.«

Hondo bewundert die kontraktile Organmasse offenbar dafür, eine Profikarriere als Fußballer für »Party« aufgegeben zu haben.

»Der kam an ein Mittwoch um 4 Uhr in die Milchbar, und ich so: Hey, du hast morgen Training. Und er so: Fuck it! Ich hab mich für Party entschieden«, konkretisiert Hondo die Geschichte. Dieses Erlebnis hat meinen neuen Freund vom Balkan nachhaltig beeindruckt, was wiederum meinen Eindruck von ihm bestätigt. Wir lassen diese Eindrücke kurz auf uns wirken und schauen still über die planschende Menge.

»Woher kommt das Zeug eigentlich? Ich hab mal gelesen, dass da echt Dreck reingemischt wird.«

»Ja, dein Scheißlesen kannst du auch abstellen, okay?«

Schon kapiert. Die nächsten sechs Wochen werde ich nicht denken, herumwitzeln oder lesen. Wenigstens nicht tagsüber. Es folgt ein Spaßkämpfchen, bei dem ich immer wieder unter Wasser gedrückt und »durchgeniggert« werde, also harte Schläge auf meine Oberarmmuskulatur bekomme, bis ich die Arme kaum noch bewegen kann. Wenn ich mich nicht wehre, um ihm die Freude an der Sache zu nehmen, haut Hondo einfach noch fester zu und lacht mich dann erst recht aus. Zum Glück kommen nach etwa fünfzehn Minuten ein paar Schüler, und mein Peiniger lässt von mir ab.

Durch den Verzicht auf jegliche geistige Beschäftigung kann ich mich voll darauf konzentrieren, ins Nichts zu starren, was sich als derart langweilig herausstellt, dass ich mich schon bald auf das Betrachten der weiblichen Badegäste konzentriere. Ich studiere Bikins und Busen, Hosen und Hintern, werde Experte im Bewerten von Hüftspeck, Reiterhosen, Leberflecken und Hackfressen. Interessant ist, dass die besten Figuren meistens zu Frauen gehören, denen man ausschließlich auf ihre wohlgeformten, perfekt proportionierten Körperstellen schauen möchte, da die Region oberhalb des Halses einfach unansehnlich geraten ist. Hübsche Frauen lassen sich ganz offensichtlich lieber mal gehen. Dass eine schöne Frau einen perfekten Körper hat, kommt eher selten vor. Zumindest bei Freibadbesucherinnen.

Irgendwann starre ich mal wieder auf einen besonders schönen Hintern, bis der sich umdreht und ich einen kleinen Bauch wahrnehme. Ich weiß aufgrund meiner Erfahrung sofort, dass das auf dem Körper sitzende Köpfchen ganz adrett sein wird, schaue es mir genauer an und erkenne, dass die kleine Wölbung zu Maren gehört. Ein Schwangerschaftsbäuchlein, das sie nicht mehr zu verbergen versucht wie noch vor zwei Wochen, sondern stolz in die Sonne hält. Bevor sie mich entdeckt, gehe ich zu ihr.

»Hey!«, begrüße ich sie.

»Hallo, Jens!«

Es folgt eine umständliche, kurze, dafür irritierend distanzierte Umarmung. Gut, sie trägt nur ihren Bikini, ich hingegen ein normales T-Shirt und Badeshorts. Und beste Freunde sind wir auch noch nicht. Ich könnte nicht mal sagen, ob sie ihre Freunde mit zwei oder drei Bussis begrüßt.

»Was machst du denn hier?«, fragt sie nach der vermurksten Begrüßung.

»Oh, das ist ’ne lange, komplizierte Geschichte.«

»Und wie hört die auf?«

»Damit, dass ich hier … ein Bademeister-Praktikum mache«, behaupte ich einfach mal und ärgere mich sofort darüber. Vielleicht kann ich es noch wegwitzeln. »Ich bin sozusagen Badepraktikant. Mit der Option Badegeselle zu werden, um irgendwann meinen Bademeister zu machen. Wenn mir das gefällt.«

»Wow. Ich dachte, du wolltest was mit Messeorganisation oder so versuchen.«

Maren scheint nicht enttäuscht über den momentanen Stand meiner Karriere zu sein. Trotzdem versuche ich, meine Lage zu erklären: »Das ist auch in ein paar Wochen vorbei. Und ich mach das nur Montag bis Donnerstag. An den Wochenenden bereite ich mein Messeding vor.«

»Ja, ist doch okay.«

»Wenn du öfters kommen willst, kann ich dich sicher irgendwie reinschleusen.«

Irgendwie muss ich diesen Mist ja positiv darstellen.

»Na, toll. Ich habe mir gerade eine Saisonkarte gekauft.«

»Kann man die nicht umtauschen? Sag einfach, dass dich der Bademeisterpraktikant belästigt hat …«

Maren lacht. Endlich. Genau das Lachen, in das ich mich schon verliebt hatte, als ich noch gar nicht wusste, dass sie Maren ist.

»Da kannst du ruhig übertreiben – ich bin ja froh, wenn die mich hier rauswerfen.«

»Und wie schleust du mich rein, wenn die dich rauswerfen?«

Gute Frage. Ich will gerade entsprechend schlau antworten, als sich eine schwere Hand von hinten auf meine Schulter legt. Ich drehe mich um und sehe direkt in Hondos aufgeknöpftes Polohemd.

»Kundschaft«, sagt er und deutet auf einen hageren Türken. Maren schaut mich fragend an, dann Hondo, der wiederum mich mit einem Blick anstarrt, der mir versichert, dass ich mich besser schleunigst um den Hageren kümmern sollte. Ich stammle was in Richtung: »Na, verarzten wir den mal«, verabschiede mich und laufe los. Im Gehen höre ich noch Hondo, der Maren anbietet, ihr den Rücken einzuschmieren, was sie dankend ablehnt.

»Wer ist denn die Bitch?«, fragt Hondo, nachdem ich dem Hageren seine Medizin gegeben habe. Er deutet auf Maren, die eine Zeitschrift liest und ignoriert, dass sie von allen Männern in ihrem Umkreis ganzkörpergescannt wird.

»Das ist eine gute Freundin.«

»Stehst du auf die?«

»Wieso?«

»Weil das kannst du vergessen. Die ist voll für ’n Arsch.«

»Ja, lass das mal meine Sorge sein.«

»Ich sag nur eins: Die macht dich unglücklich.«

»Ach, ja?«

»Ja, die ist total scheiße. Und Bauch hat sie auch. Vergiss die einfach. Die steht auch auf andere Typen. So Gauloises-Typen, wo das Rauchen aufgehört haben. Fick die Alte, echt.«

Gut, sie hat sich von ihm nicht eincremen lassen, das muss an seiner Ehre nagen. Auf der anderen Seite wird er doch gerade von Frauen solchen Formats Körbe gewohnt sein. Ich spüre auf jeden Fall, wie sich mein Frust der letzten Wochen zu einem riesigen Batzen reinster Wut verknotet. Niemand beleidigt ungestraft die Mutter meines Kindes. Zum Glück bleibt ein Rest Ratio in mir aktiv und hält mich davon ab, mit meinen zarten Fäustchen auf Hondos massiven Eisenschädel einzuschlagen, was garantiert in einer ganz derben Tracht Prügel für mich gemündet wäre. Ich wähle die Waffe der Feiglinge, das Wort. Die Wahrheit. Das könnte zwar ebenso ein paar saubere Watschen nach sich ziehen, aber da mir in einer körperlichen Auseinandersetzung als einziger Erfolg das Überleben winkt, versuche ich mein Glück: »Hondo, ich hätte mir nie zugetraut, das mal zu sagen, aber fick dich, leck mich am Arsch, du beschissener, kleiner, dummer, hässlicher Drecksproletenarschkackidiot.«

Mein Puls ist mit jedem Buchstaben um zehn Schläge gestiegen, und jetzt droht mein Körper zu implodieren, oder was auch immer passieren mag, wenn das Herz schneller als fünfhundertmal pro Sekunde pumpen muss. Natürlich lernt man schon in der Babyklasse bessere Schimpfworte, aber da hat man auch andere Gegner. Babys, um genau zu sein.

Hondo schweigt und schaut mich an. Wir sind in ein Bullett-Time-Loch geraten, alles um uns herum ist stehengeblieben.

»Was?«, fragt er dann endlich, und ich meine in seinem Unterton etwas Unsicherheit zu entdecken.

»Du bist eine Vollnuss«, lege ich nach.

»Findest du, oder?«

»Ja. Weil dich Maren einen Dreck angeht. Du hast absolut keine Ahnung. Sie ist nicht nur hübsch, sondern auch intelligent, humorvoll und schwanger.«

»Ach, ist das die, wo dein Baby ...?«

»Ja, Mann. Aber behalt das für dich, okay?«

Endlich versteht mein grobhirniger Vorarbeiter, warum ich so gereizt reagiert habe. Er knufft mich ein klein wenig zu fest gegen den Oberarm, was ich als versöhnliche Geste interpretiere.

»Du weißt schon, dass ich dich jetzt eigentlich kaputt machen müsste, oder?«

»Ja.«

»Aber Respekt. Ich finde es korrekt, wenn man seine Bitch verteidigt. Ich wollt die nicht beleidigen, echt.«

»Nicht beleidigen bedeutet für mich, dass man Worte wie ›Bitch‹ oder ›für 'n Arsch‹ weglässt.«

»Aber Bitch sag ich halt zu jeder.«

»Und deshalb bist du auch ein kleinkariertes Arschloch.«

»Ja, und du bist 'ne Pussy«, sagt Hondo. »Soll ich dir für Rest des Tages freigeben?«

»Wenn das bedeutet, dass ich in den kommenden Stunden nicht Angst haben muss, von dir in den Pool geschmissen und mit Schlägen traktiert zu werden, dann gerne«, antworte ich.

»Ich mach das nur, dass du hart wirst. Du bist so weich, ey, echt, Mann. Eines Tages wirst du mir danken.«

»Das glaube ich nicht. Ich habe meinen Eltern auch niemals gedankt, dass sie mich in allen peinlichen Situationen meines Lebens fotografiert haben.«

»Ich bin nicht deine Mutter, okay? Wir sind Männerfreunde.«

Er hält mir den Unterarm hin, so wie ein Römer in einem schlechten Sandalenfilm. Wir spartakussen uns, was wiederum heftiges Schulterklopfen und eine halbe Umarmung miteinschließt, dann habe ich endlich frei. Und Rückenschmerzen.

Maren und ich liegen wie Krokodile in der Sonne und unterhalten uns. Für Stunden. Da sie kein Ralf überwacht und mich keine Jessi umgarnt, sind wir vollkommen offen. Sie ist wie ich eine Getriebene, und beide wissen wir nicht, was uns treibt. Aber wir sind rastlos, und jede Art von Routine empfinden wir als Stillstand. Wir sind auf der Flucht vor Perfektion, da man diese nur erlangt, wenn man sich auf eine Sache spezialisiert. Dafür ist das Leben aber zu facettenreich. Sie stimmt mir zu, dass man möglichst viel versucht haben und oft gescheitert sein muss, um von sich behaupten zu können, man habe etwas von der Welt erlebt.

Sie hat schon in diversen Agenturen gearbeitet und fast nie länger als ein Jahr durchgehalten. Ihr Resümee ist ein Sammelsurium der angesagten Werbeagenturen der Stadt. Als JvM für kurze Zeit in der Stettenkaserne aufschlug, war Maren mit dabei in der stylisch umgebauten Militärfahrzeughalle. Danach kamen start, Serviceplan, St. Elmo's – Namen, die mir größtenteils nichts sagen, aber das ist ja egal. Hauptsache, wir sind auf einer Welle.

Ich erzähle ihr von meiner Zeit beim Radio, im Nachtleben, auf den verschiedenen Messen. Bei ihr fühle ich mich vollkommen normal, sie scheint mich nicht zu bewerten, sondern den Nachmittag wie ich zu genießen. Was mich nicht wundert, wartet doch bei ihr zu Hause ein zukunftsorientierter Superplaner.

»Und was machen die Pixelschubser-Pläne?«, erkundige ich mich.

»Woher weißt du denn davon?«, erwidert Maren irritiert.

»Hat mir Ralf neulich erzählt, im Anti.«

»So ein Depp.«

»Wieso?«

»Na, weil halt. Das ist mein Ding. Ich erzähle ja auch nicht, was er so plant.«

»Will er auch was Neues machen?«

»Nee. Also, vielleicht. Aber jetzt kommt ja erst mal das Baby.«

»Und mich geht's ja auch nichts an.«

Wir schweigen kurz. Auch das ist möglich. Ich muss mich zusammenreißen, um nicht zu zeigen, wie sehr ich mich freue, Ralf ganz elegant nebenbei abzuwatschen.

»Aber wie findest du die Idee?«, fragt Maren nach einer kurzen Weile.

»Du, ich kenne mich da nicht aus. Aber es klingt sinnvoll. 'ne Vermittlungsagentur für Grafiker, oder?«

»Eigentlich für alles. Grafiker, Art-Direktoren, CDs, Berater. Weil die ganzen Agenturen abspecken und immer mehr an Freelancer geben.«

Ich will schon wieder einen Satz mit »Du« beginnen, was ich immer mache, wenn ich meinem Gegenüber das Gefühl geben möchte, ihn sehr ernst zu nehmen, obwohl ich entweder nicht zuhöre oder, wie jetzt, keine Ahnung vom und auch wenig Interesse am Thema habe.

»Okay, aber dann finde ich den Namen vielleicht etwas unpassend. Weil bei Pixelschubser denke ich nur an Grafiker.«

»Stimmt. Das war auch die erste Idee, daher. Ich hab mir dann nur gedacht, dass es doch dämlich ist, sich von vornherein zu beschränken. Außerdem kenne ich wirklich viele Freie aus allen Bereichen.«

»Aber jetzt kommt ja erst mal das Baby«, versuche ich das öde Thema zu beenden. Ich weiß selbst nicht, warum mich Gespräche über berufliche Pläne selbst bei Maren langweilen. Gut, ich finde ihre Idee eher mau, ich mag keine Agenten, Makler und andere Personen, die Geld dafür kassieren, dass sie jemanden kennen oder was gehört haben. Ich habe schon vielen Bekannten Jobs vermittelt, vor allem auf Messen, aber dafür dann dreizehn Prozent von ihrem Honorar zu nehmen, fände ich eine bodenlose Unverschämtheit.

»Und grundsätzlich?«, besteht Maren auf meinem Urteil.

»Total coole Sache. Das wird schon.«

Wenn ich für jede Lüge meines Lebens so ein Lächeln bekommen hätte, wäre ich sicherlich nicht so verbittert. Sie freut sich einfach, eine Gefühlsäußerung, die man meines Erachtens immer seltener erlebt, seit einem bei jeder kleinen Überraschung eine Digitalkamera oder ein Handy vor die Nase gehalten wird. Seit man auf Fanmeilen mit Millionen anderen zum Saufen angehalten wird, um dann vor Fernsehkameras eine ekstatische Massenfreude zu demonstrieren. Was Maren gerade ausdrückt, ist so viel ehrlicher und zarter, so zerbrechlich. Und das hat allein mein positives Urteil über ihre Geschäftsidee bewirkt. Würde genau jetzt etwas vom Himmel fallen und uns auslöschen, es wäre okay. Ich muss nicht mal mit Maren ins Bett oder sonst was. Das Strahlen ihrer Augen und diese Sekunden des perfekten Zusammenseins, das reicht einem wie mir. Ich spüre direkt, wie sie gerade bei mir ist.

»Wenn ich das Ralf erzähle, wird er Augen machen«, beendet sie unseren Moment.

»Wieso?«

»Na ja, er ist da skeptisch. Schließlich kennen die Agenturen ja die Freelancer, mit denen sie immer wieder arbeiten. Und andersrum auch. Er fragt sich, warum die darauf erpicht sein sollten, mir zehn Prozent Aufschlag zu zahlen.«

»Ja, gut, klar. Aber ... dagegen argumentieren und einfach nur schwarz sehen ist immer einfach.«

»Er hat ja nicht ganz Unrecht ...«

»Wollen wir ins Wasser?«

Ich habe keine Lust mehr auf das Thema. Tut mir mindestens so leid, wie mit anzusehen, was für eine unsichere Person Maren wird, wenn wir auf Ralf zu sprechen kommen. Ich wette, dass er alles, was sie macht, sagt und unternehmen will, hinterfragt, um ihr dann seine Ideen aufzuzwingen. Captain Future ist ein Kontrollfreak, klar. Da kann Maren echt froh sein, endlich einen verständnisvollen Mann getroffen zu haben, der sie unterstützen wird. Komme, was wolle. Ich werde schon lernen, mein Gehör auf Durchzug zu schalten.

Weil Maren sich noch nicht dazu überwinden kann, ihre Pixelschubser in Schwung zu bringen, und lieber die Schwangerschaft genießt, wie sie es nennt, verbringen wir die kommenden Wochen gemeinsam im Schyrenbad. Vormittags helfe ich Hondo und arbeite so meine Schulden bei ihm ab, nachmittags lernen Maren und ich uns kennen, und zwar so richtig. Ich bete jeden Abend, dass am nächsten Tag wieder die Sonne scheint, und werde jedes Mal erhört. Knapp drei Wochen ohne einen einzigen Regentag – ein Rekord für die beste Stadt Deutschlands. An einem Wochenende schifft es zwar durch, aber das interessiert mich nicht, denn wir sehen uns ja nur unter der Woche von Montag bis Donnerstag. Von Freitag bis Sonntag bin ich auf zwei Messen und erfahre so von einem potentiellen Date, das ich mit Maren haben könnte, abgesehen von unseren Stunden am Pool.

Sie ist nun Mitte vierter Monat, und wir haben schon zusammen Listen aufgestellt, was man denn so alles für ein Neugeborenes braucht. Herausgefunden haben wir vor allem, dass man eins nicht braucht: Listen. Die bekommt man nämlich von allen Seiten zugesteckt. Von der Krankenkasse, vom Geburtshaus, von der Hebammenpraxis; und natürlich findet man sie in der einschlägigen Babyliteratur, die ich mir auch besorgt habe, was ich jedoch für mich behalte. Ein Buch besteht sogar nur aus Listen für jede Lebenslage mit Säugling.

Mit stetig wachsender Begeisterung habe ich mich in das Thema Baby eingearbeitet. Mir fällt nichts Vergleichbares ein, was ich jemals mit so viel Interesse in mich aufgesogen hätte. Inzwischen könnte man mich vermutlich mit einem ganzen Haufen Neugeborener auf einer einsamen Insel aussetzen, und ich würde sie perfekt versorgen.

Sofern ich vorher bestimmen kann, wie die Insel ausgestattet sein soll.

»In einer Woche ist Babymesse«, verkünde ich.

»Stimmt. Arbeitest du da?«

»Nee, ich dachte, dass wir da zusammen hingehen könnten. Ich kann Tickets kriegen.«

»Ach, das ist lieb, aber da wäre Ralf bestimmt eifersüchtig. Wir haben nämlich von der Krankenkasse eine Einladung bekommen. Ist ja auch mehr was für werdende Eltern.«

Eben. Genau deshalb verstehe ich nicht, was Ralf da soll. Er wird kein Vater, nur Erziehungsberater und Geldgeber. Wenn er nicht mal Babys machen kann, sollte er lieber auf eine Spermamesse, die isperm oder ZellBiT. Das sage ich natürlich nicht, sondern bestätige, dass sie mit ihrem Mann dort besser aufgehoben sei.

»Ich dachte nur …«

»Ja, das ist total lieb.«

Sie streicht mir über den Arm, eine Geste, die ich schrecklich finde. Trost ist schon immer etwas gewesen, das ich suche und nicht unaufgefordert zugetätschelt bekommen möchte. Ungefragte Trostspender merken meistens gar nicht, dass sie einem noch wortwörtlich reinreiben, wie beschissen es einem geht. Wobei Maren bestimmt nicht ahnt, was in mir vorgeht. Ich bin ein guter Freund geworden, vielleicht sogar ein sehr guter. Auf jeden Fall der beste, was ihre Babyplanung angeht.

Auf mein Anraten hin liegt Maren inzwischen im Schatten, weil Dr. Google mir erklärt hat, dass Schwangere ihr Bäuchlein nicht in die pralle Sonne halten sollen. Ich habe sie beruhigt, dass man die Schwangerschaft bei vielen Frauen erst ab dem fünften oder sechsten Monat sieht, das hat mir Prof. Yahoo verraten. Und für alle anderen Fragen habe ich ein iPhone. Sie auch. Mit einer Still-App, die ich ihr geschenkt habe.

Gemeinsam haben wir die Flyer der verschiedenen Geburtskliniken studiert, die ich besorgt habe. Natürlich wird sie die Entscheidung mit Ralf fällen, aber mehr in seinem Beisein als in seinem Interesse. Es geht schließlich um sie. Und weil man sich im vielgelobten Dritten Orden schon in der achten Schwangerschaftswoche hätte anmelden müssen, wird unser Kind wohl in der Taxisstraße zur Welt kommen.

Ich sehe absolut keinen Grund mehr dafür, Ralf in irgendeine unserer Aktivitäten einzubinden, und hoffe, dass Maren ihm auch immer brav erzählt, was ich ihr schon wieder für Tipps gegeben habe und welche Babyprodukte er jetzt schon kaufen soll. Sie muss Ralf melken, solange er da ist.

»Warum gehst du nicht mit Jessi auf die Messe? Vielleicht findet die dann auch mal Gefallen an der Idee, Mutter zu werden.«

»Und wer soll der Vater sein?«

Maren zuckt mit den Schultern und lächelt dabei. »Keine Ahnung. Aber du bist doch schon voll infiziert.«

»O Gott, nee.«

»So schlimm?«

»Nein, aber Jessi und Kinder, das ist wie …«

Ich muss mir mal eine Liste von guten Vergleichen machen, die ich dann immer parat habe. Und eine To-do-Liste, auf der ich mir solche Dinge notiere.

»Wie was?«, fragt Maren.

»Na ja, sie mag keine Kinder. Sagt sie zumindest.«

»Unsinn. Sie macht nur einen auf cool. Habt ihr eigentlich noch Kontakt?«

»Ja, ab und zu«, erwidere ich, was untertrieben ist. Jessi habe ich in den vergangenen Wochen recht häufig gesehen. Wir waren essen, trinken und im Kino, ein 3D-Film mit eindimensionalen Charakteren und einer Story ohne Tiefe. Bei einer lang ersehnten, weit vorhergesehenen Wendung der Geschichte hat sich Jessi zu mir gedreht und mich geküsst, und so haben wir eine gute Zeit des Films knutschend verbracht. Für mich war das eine völlig neue Erfahrung, habe ich doch noch nie in einem Kino etwas anderes gemacht, als Filme zu gucken. Auf jeden Fall war es für mich danach schwer, der Erregung nicht zu erliegen und den Abend stattdessen ohne Geschlechtsverkehr zu beenden. Das behalte ich jedoch für mich und hoffe einfach, dass Jessi Maren nicht davon berichtet. Ich lenke ab: »Das ist auch gar nicht relevant, ich werde sowieso nie Vater.«

Maren setzt sich auf und mustert mich ernst.

»Ich kann keine Kinder machen«, fahre ich fort. »Ich hatte einen Unfall, und seitdem bin ich zeugungsunfähig.«

»Oh, Scheiße. Das tut mir total leid.«

»Also, äh, es geht nur um die Spermien. Ich könnte schon, Dings, äh, Sex haben«, stottere ich, »aber eine ernsthafte Beziehung mit einem solchen Defizit, das kann ja nicht funktionieren.«

Erst nachdem ich das gesagt habe, wird mir mal wieder schlagartig meine Genialität bewusst. Wie könnte ich Maren besser dazu bringen, mir von ihrer Empfängnis zu erzählen, als wenn ich mich selbst in der gleichen Situation präsentiere, in der sie mit Ralf steckt. Und das auch noch ohne zu lügen. In ihr arbeitet es, das erkenne ich an ihren Augenbrauen, die sie immer leicht zusammenzieht und wieder entspannt, wenn sie nachdenkt.

»Das ist heute aber kein Problem mehr«, sagt sie dann.

»Wie meinst du das?«

»Na, sieh es doch als Chance: Du musst dir um Verhütung keinen Kopf mehr machen. Und wenn du mal ein Kind willst, na, da kann man ja …«

»Adoptieren?«

»Zum Beispiel.«

Erneut verfällt sie in Schweigen. Heute werde ich bestimmt nicht die Wahrheit von ihr hören, doch der Keim ist gelegt.

Gibbon

»Verpaarte Gibbons beginnen ihren Tag mit einem Duett, dem man über Kilometer zuhören kann. Von den Unverpaarten singen zu einem anderen Zeitpunkt lediglich die Männchen, um den Weibchen so ihren Aufenthaltsort zu signalisieren.«

Als ich am frühen Abend nach Hause komme, ist Sven nervlich am Ende. Er ist überzeugt, dass Eva Braun endlich schwanger ist. Allerdings muss er zugeben, dass er nicht zurückverfolgen kann, wann sie geschwängert wurde. Fakt ist nur, dass Idi unter dem Einfluss seiner Mischungen dem Zäpfchen ein Schnippchen geschlagen hat. Sofern die Zäpfchen überhaupt Frettchensperma töten und man unter den Teppich kehrt, dass sie auch sonst eher den Gedanken an Verhütung repräsentieren, als tatsächlich eine Schwangerschaft zu verhindern.

Das alles sei ihm aber gleichgültig, erklärt Sven mir sehr aufgeregt, während ich ihm in sein Zimmer folge, das in der Zwischenzeit einen sehr strengen Iltisgeruch angenommen hat.

»Also beweist das im Grunde gar nichts?«

»Kann sein. Es ist aber auch möglich, dass mein Drink das bewirkt hat. Von dem, was ich unter dem Mikroskop erkennen kann, sind die Spermien wirklich agiler.«

»Aha. Aber letztlich weißt du nichts Genaues ...«

»Mann, du klingst ja schon wie meine Professoren«, mault Sven. »Das war die erste Versuchsreihe. Das Ziel war, Eva Braun schwanger zu bekommen. Ich würde sagen: mission completed.«

Er deutet auf Eva Braun, die auf ihrer Seite des Käfigs liegt und verträumt in die Gegend schaut. Ich kann keinen Unterschied an ihrem Aussehen erkennen, sie ist weder fetter noch muttertierlicher als sonst.

»Und jetzt brauchst du neue Frettchen?«

»Nein. Das mit den Tieren ist zu ungenau. Ich müsste noch mal in persona testen.«

»Also keine Tierversuche mehr?«

»Nein. Ich würde gerne einen Selbstversuch starten.«

»Und was hält dich davon ab?« Ich lege eine Kunstpause ein, um ihn würdig zu erniedrigen. »Ach, stimmt! Du bist ja Nichtficker.«

Leider geht das nach hinten los, denn Sven erinnert mich sofort daran, dass er es war, der mit Jessi im Bett gelandet ist.

»Und deswegen wollte ich fragen, also, vielleicht kannst du Jessi nochmal einladen.«

»Sven, wir hatten doch geklärt, dass es keine gute Idee ist, einfach mal Jessi zu schwängern.«

»Beim ersten Mal hatte sie auch nichts dagegen.«

»Da war sie so stoned, dass sie nicht mal begriffen hat, wer da auf ihr herumrumpelt. Sie wollte garantiert nicht geschwängert werden.«

»Ich hab Dope da.«

»Darum geht es nicht. Ich will nicht, dass du mit ihr schläfst.«

»Okay. Das war auch die eigentliche Frage.«

»Gut. Dann …«

Ich habe nichts mehr zu sagen und gehe einfach in meinen und dort in den weichen Bereich. Um nachzudenken oder zumindest mir selbst vorzugaukeln, ich würde mich mit Gedanken über mich, meinen Status quo und meine Zukunft beschäftigen. Auch so eine Schwäche, die ich mal in den Griff bekommen sollte: Dieses ständige Ankämpfen gegen die Auseinandersetzung mit der eigenen Person. Und damit meine ich gar nicht so banale Dinge wie meine Figur oder meinen Dispo, sondern das wirklich Wichtige. Das Wesentliche, wie es der kleine Prinz nennen würde, der mir theoretisch absolut gleichgültig sein könnte, stünde er nicht für die Verdiddelmausung dieses Begriffs.

Seit meinem missglückten Versuch im Anti, meine beruflichen Perspektiven auszuloten und dementsprechend eine Karriere zu planen, habe ich nichts mehr in der Richtung unternommen. Zum einen natürlich, weil Maren es still bewundert, wie man so frei und unbedarft leben kann, an meinem Lebensstil also was dran sein muss, das mich zwar plagt, doch der Frau meiner Träume imponiert. Wozu sollte ich das also ändern? Zum anderen bin ich aber auch einfach zu faul. Gepaart mit meinem sicherlich sehr naiven Fatalismus, den ich mir mit sechzehn oder so eingefangen habe und nie wieder ganz aus dem System entfernen konnte, wie man es eigentlich von einem normalen Menschen in meinem Alter erwarten dürfte, ergibt das eine Lebensauffassung, die man als eine von purem Optimismus getragene Lethargie bezeichnen könnte. Dafür kann ich mich selbst verabscheuen, und das mit einer Intensität, die ihresgleichen sucht, da ich gleichzeitig in tiefstes Selbstmitleid verfalle.

Ich liege auf meinem Bett und ziehe mich mental runter, und in der Tat ist das ein für mich lebenswichtiger Prozess: Anders springt mein Narzissmus nicht an. Wenn ich nämlich ganz ehrlich bin, finde ich mich schon recht super, bedeutend besser als den größten Teil der anderen Menschen. Die ganzen Wirtschaftswichtel, Juristen und Marketingstrategen, die sich über Wohlstand, Urlaub und soziale Lautstärke definieren, rauche ich doch in der Pfeife. Sie sind die Maden im Speck unserer Gesellschaft. Vollkommen gleichgeschaltet führen sie ein weisungsgebundenes Dasein und glauben, diesem mit Hilfe von Ikea, H&M und Muji eine individuelle Note verleihen zu können. Sie alle leben in dem Irrglauben, mit ihrem wirtschaftlichen Wohlstand die Welt zu kontrollieren, während sie selbst im Würgegriff ihrer Subordination keine Luft mehr bekommen. Ich bin überzeugt, dass man in einer Festanstellung nicht etwa sein Glück finden kann, sondern in eine Abhängigkeit gezwungen wird, an der sich andere bereichern. Ich hingegen habe mich entschieden, mich dem Leben und dem Schicksal zu fügen. So dämlich das auch klingen mag, hat sich immer zur rechten Zeit das richtige Tor geöffnet. Ich glaube an mich, meine Fähigkeiten, und dass sich schon irgendwas ergeben wird. Wie immer halt.

Erschöpft von dieser kraftaufwendigen Rechtfertigung meiner Lebensweise, wenn man das so nennen möchte, will ich schon aufstehen und wahllos Zeit im Internet totschlagen, vielleicht ein paar Flash-Games spielen oder auf gut Glück Wikipedia-Artikel überfliegen, als mich ein Gedanke packt und nicht mehr loslässt: Mit Maren wird sich nichts einfach ergeben. Weder mit ihr noch mit meinem Baby. Wenn ich nicht endlich meinen Arsch hochkriege, wird alles so laufen, wie sich der Hellseher Ralf das ausgemalt hat. Er, dem die Natur den dezenten Hinweis gegeben hat, dass seine Spezies nicht weiter gewünscht ist, wird Vater meines Kindes und es nach seinem Gutdünken erziehen. Dabei wird er Maren natürlich alle seine falschen Ideen und Vorstellungen aufoktroyieren und mit ihnen sie und meinen Nachwuchs falsch prägen, so dass aus meinem Erbgut ein systemkonformes Zahnrad im Getriebe wird.

Das gilt es zu verhindern. Ich muss den falschen Vater bloßstellen und der Mutter die Augen öffnen: Ihre Beziehung ist falsch! Ich weiß es, Maren ahnt es vielleicht schon, und Ralf werde ich an die weiße Wand der Erkenntnis stellen und ihm diese unumstößliche Wahrheit in den Kopf schießen. Eine zugegeben miese Metapher, aber ein top Vorhaben.

Zwei Stunden später ist mein Plan schon wieder komplett über den Haufen geworfen: Ich darf Maren auf keinen Fall sagen, dass mein Samen in ihr wächst. Würde ich diesen Fehler begehen, wäre das sicherlich das Aus zwischen uns. Hollywood und die gesamte Liebesromanindustrie haben mich gelehrt, dass jede auf einer Lüge basierende Beziehung zerbricht, wenn die Wahrheit ans Licht kommt. Da dies Woche für Woche den Zuschauern als unumstößliches Gesetz eingehämmert wird, glaube ich denen also einfach mal.

Ich bin Maren schon sehr nahegekommen, vermutlich näher als jeder andere Mann in den vergangenen Jahren. Ich muss mich bei Gelegenheit bei Hondo bedanken, der unsere gemeinsamen Nachmittage sinnlos findet, weil ich seiner Meinung nach wie Marens schwuler Freund neben ihr liege und nicht zum Stich komme. Aber das ist Unsinn, da ich schließlich um ihre Ehe weiß und schlicht vorsichtig bin. Jetzt fehlt mir nur ein gescheiter Plan, diese Ehe zu brechen.

Kurzzeitig erwäge ich, mir ein paar Videos anzusehen, um entsprechend inspiriert zu werden, »Die Hochzeit meines besten Freundes«, »Der Liebe verfallen« oder »Little Children«. Das verwerfe ich aber schnell, da ich davon ausgehen muss, dass Maren diese Filme kennen könnte. Die einzige Chance, einen Keil zwischen Maren und Ralf zu treiben, ist Wissen. Und das hat Jessi, die mir am nächsten Tag eine Audienz in ihrer Wohnung gewährt.

Kaum betrete ich Jessis Reich, werde ich von einem unglaublich angenehmen Duft umschmeichelt. Das kann kein Raumduft sein, denn von Blue-Ocean, Tutti-Frutti oder Rosenträume ist in der Luft nichts zu schmecken. Ebenso wenig entdecke ich Räucherstäbchen oder andere Nasentüncher. Vielleicht ist es irgendwas, das sie gekocht hat oder womit sie sich wäscht.

Sie trägt eine Hose, die wie ein Sack an ihren Hüften baumelt; das ist sicherlich gerade modern, denn es schaut überraschend gut aus. Oben ein lockeres, weißes Hemd, das so ästhetisch ist wie alles in dieser Wohnung. Es hängen alte Leuchtschriftbuchstaben an der Wand, die mich sofort an das alte Heppel & Ettlich erinnern, in dem Abend für Abend die STOCK-Reklame wärmendes Licht spendete. Daneben hat sie im Flur alte Emailschilder, die für längst vergangene Produkte werben. Schwechater Flaschenbier, Union Briketts und Ruhr Zechenkoks.

»Die hat mein Vater gesammelt, jetzt hänge ich sie auf«, sagt sie und führt mich in ihr Wohnzimmer, in dem nichts, aber auch gar NICHTS von Ikea zu finden ist. Und keine Kerzen. Ein atypisches Zimmer für eine alleinstehende Frau. Einzig der olle Fernseher war zu erwarten.

»Sven würde gerne wieder mal mit dir forschen«, beginne ich.

»Das glaube ich ihm gerne. Aber das wird nicht passieren.«

»Ich richte es ihm aus«, sage ich und habe das Gefühl, die Einrichtung irgendwie kommentieren zu müssen. »Gemütlich hier.«

»Ja, irgendwie erschien es mir erstrebenswert, in einer Wohnung zu leben, die so gestaltet ist, dass ich mich wohlfühle.«

»Ein total verrückter Gedanke.«

»Normal sind die anderen.«

Wir setzen uns in die Couchecke, wobei der Begriff ein vollkommen falsches Bild hervorruft. Es ist mehr eine Ecke, in der man sitzen möchte, weil dort warme, weiche Möbel stehen, die einen magisch anziehen. Noch immer nur halbwegs treffend beschrieben, aber immerhin.

»Und? Was treibt dich zu mir?«, fragt Jessi, als wir Platz genommen haben. »Du hattest doch nicht plötzlich Sehnsucht nach mir.«

Wenn das keine Eröffnungsfalle ist, habe ich in der zehnten Klasse meine Donnerstage in der Schach-AG umsonst vergeudet. Ich war ein miserabler Schachspieler, den man mit der klassischen Französischen Verteidigung immer wieder verblüffen und äußerst schnell mattsetzen konnte.

»Warum sollte ich das nicht?«

»Weil wir betrunken mitten in der Nacht bei dir waren, und nichts passiert ist, dann stoned bei dir waren, und nichts passiert ist, und eine halbe Stunde im Kino geknutscht haben, und – wer hätte das gedacht – nichts weiter passiert ist.«

Sie hat die Vorstoßvariante gewählt. Ich darf auf keinen Fall ihr Qualitätsopfer annehmen, das sie mir in einigen Zügen bieten wird.

»Ich bin zurzeit einfach durcheinander. Und, doch, ich vermisse dich«, sage ich, einfach mal um sie abzulenken.

»Du vermisst mich?«, fragt sie sofort skeptisch nach.

»Ja, und jetzt, wo ich deine Wohnung gesehen habe, bin ich erst recht verwirrt. Warum sprichst du überhaupt mit mir? Du hast doch sonst immer nur Porschefahrer und Anwälte aus Kitzbühel am Start.«

»Ich hab gar nichts am Start. Und diese Typen langweilen mich.«

»Ach, so. Klang anders.«

»Ja, weil Maren und Ralf das amüsant finden. Für die bin ich die Chaos-Jessi, für die kein Mann gut genug ist. Dabei ist nur ihre Auswahl so beschissen.«

»Danke.«

»Komm, jetzt tu nicht beleidigt. Du bist total kaputt.«

»Sag ich ja. Weil ich emo bin.«

»Dann hör halt auf damit, du Muschi.«

Sie sagt das einen Hauch zu aggressiv, um darüber lachen zu können. Ich bin wirklich eine Muschi, die sich zu keiner Entscheidung durchringen kann. Obwohl das auch nicht stimmt. Ich habe mich schon lange entschieden, es fehlt nur das entscheidende Gegenstück: Maren.

»Deswegen bin ich ja da«, sage ich. »Mich macht das alles fertig, und nur du kannst mir helfen.«

Damit hat Jessi offensichtlich nicht gerechnet, das sagen zumindest ihre Augen. Das Problem besteht jetzt darin, dass ich irgendwie auf Ralf zu sprechen kommen muss. Vielleicht lässt sich das über meinen Sack spielen.

»Es hat alles mit der Frett-Geschichte zu tun.«

»Mit dem Biss?«

Ich nicke. »Das Wissen, niemals Kinder zu bekommen, das ist echt hart. Nicht dass ich vorher unbedingt welche wollte, aber … Das heißt, ich wollte schon, war aber überzeugt, niemals eine Frau zu treffen, mit der sich das machen lassen würde.«

»Und die hast du getroffen?«

»Was? Nein. Es ist nur, wenn ich dann so Paare wie Maren und Ralf sehe, die total glücklich sind, weil sie Eltern werden … Okay, er ist da eher nüchtern, was ich gleich etwas merkwürdig fand …«

»Ach, das ist typisch Ralf.«

»Echt? Ist der immer so?«

»Ganz ehrlich jetzt? Ich glaub nicht, dass er das Kind wollte.«

Krasse Sache. Wenn sie mir jetzt noch erzählt, warum sie das glaubt …

»Er hat nie verkraftet, dass ich ihn abserviert habe. Und ich habe große Zweifel, dass er mit Maren das macht, was er eigentlich machen will.«

»Ach so, das war die Sache mit dem, was er im Bett …«

»Richtig.«

»Was wollte er denn?«, will ich wissen.

»Das sag ich dir nicht. Aber du kannst gerne raten: Was glaubst du, wäre etwas, bei dem ich sagen würde, dass mich das derart abstößt, dass ich eine sonst sehr gut funktionierende Beziehung beende?«

»Keine Ahnung. Und ich rate in dem Bereich nicht herum.«

»Ist vielleicht auch besser so.«

»Aber es hatte was mit Ficken zu tun, oder?«

»Warm.«

»Und du glaubst, dass Ralf immer noch auf dich steht?«

Jessi überlegt einen Augenblick und atmet tief durch.

»Ich weiß es nicht. Mir ist nur aufgefallen, wie intensiv sich Maren darum kümmert, mich endlich in liebevolle Hände abzugeben. Als wäre ich eine Bedrohung für sie.«

Es ist kein richtiger Sprengstoff, den Jessi mir da liefert, aber immerhin reicht die Information, um damit ein wenig zu zündeln.

»Warum interessierst du dich eigentlich so für die beiden?«

»Keine Ahnung. Eigentlich sind sie mir relativ egal, aber die Sache mit dem Kind ... Vielleicht bin ich ein bisschen neidisch.«

»Ach, komm mal her«, sagt sie darauf, als wäre ich ein Hund, den es zu trösten gilt. »Trau dich doch endlich. Weil ich bestimmt bald gekränkt genug von dir sein werde, um dich extrem scheiße zu finden.«

Um das zu verhindern, krieche ich zu ihr. Ich will sie mit etwas Knutschen milde stimmen, bemerke aber schnell, dass das mit dem Knutschen wohl nicht mehr unserem Alter entspricht. Im Kino war es schon merkwürdig, hier ist es definitiv eine große Portion zu teenager. Es würde mir bestimmt helfen, wenn ich verstünde, was Jessi an mir gut findet, warum sie nun die Initiative und meinen Gürtel ergreift, um mich nackig zu machen. Nicht mal mein weißer, untrainierter Körper stößt sie ab, mein Schweiß, meine Unsicherheit beim Sex, nichts.

Am Abend schauen wir »Lucky People Center International« auf DVD, eine, wenn man es eklig ausdrücken möchte, spirituelle Reise um den Globus, garniert mit elektronischer Musik. Aber auch das wohlmeinendere »Weltreligions- und Glaubensdoku mit coolem Soundtrack« klingt irgendwie unsehenswert. Wir rauchen, und ich beschließe, mich in Jessi zu verlieben, als Annie Sprinkle gerade ihren Busen in die Kamera hält und fragt, wo die Denkmäler für Menschen, die Ekstase, Seligkeit und unglaubliche Orgasmen erlebten, stünden. Nicht dass vorhin auch nur einer von uns beiden diese Erfahrung gemacht hätte, aber ihr Loblied auf die Lust gefällt mir im Moment so gut wie Jessi. Die drückt plötzlich auf Pause.

»Das war so dämlich.«

»Was?«, frage ich.

»Ich weiß, dass du auf Maren stehst. Das weiß ich, seit ich dich dort beim Abendessen gesehen habe.«

»Wie?«

»Tu nicht so. Ich habe ja auch erst geglaubt, dass mich das anmacht. Also, dass du auf sie stehst und mich so interessant findest wie ...«

»Kirche?«, schlage ich vor.

»Vollkommen falsches Beispiel. Aber weil du so unsicher bist und schwankend und überhaupt grässlich ... Das tut mir alles nicht gut.«

»Ja, aber da kannst du ja nichts für.«

»Doch. Ich suche mir immer Typen wie dich, die mir über kurz oder lang wehtun werden«, fährt sie fort. »Und das ist mir eigentlich immer egal, ich kenne das Schema ja inzwischen und freue mich schon fast auf eine masochistische Art darauf, dass es wieder wehtun wird. Aber du bist anders, und das packe ich gerade überhaupt nicht.«

»Wieso bin ich anders?«

»Keine Ahnung. Du bist aber nicht meinetwegen hier, sondern weil du was über Ralf und Maren erfahren wolltest. Und wenn es dein beschissener Plan ist, ihre Beziehung kaputt zu machen oder sonst was, dann will ich mit dir auch nichts mehr zu tun haben. Das geht nicht. Das ist total krank und führt zu gar nichts.«

»Ich hab überhaupt gar keinen Plan«, verteidige ich mich halbherzig. Zumal ich vollkommen verblüfft bin, wie Jessi sich das alles zusammenreimen konnte. Außerdem bekomme ich Angst, dass mein Verhalten auch Maren aufgefallen sein könnte. Wobei ich diesbezüglich beruhigt sein kann, sie war schließlich gestern noch im Schyrenbad.

»Vor ein paar Tagen hat mich Ralf angerufen, weil er es so merkwürdig findet, dass Maren ihm erzählt, wie toll du dich mit Babys und dem ganzen Zeug auskennst. Er wollte wissen, ob du schwul bist oder ob er sich Gedanken machen muss.«

»Ihm ist das ganze Babythema doch offensichtlich scheißegal.«

»Sagt wer?«

»Ist doch wurst.«

»Ich kotz gleich«, sagt Jessi und geht aus dem Zimmer. Wie immer fehlen mir die Worte, wenn ich zu Recht an den Pranger gestellt werde. Ich will nicht fragen, was jetzt passiert, wie ich mich verhalten soll, spüre nur, dass meine Gedanken wahllos in alle Richtungen stürmen, nur fort von hier, raus aus der unangenehmen Konfrontation. Ich hasse das an mir, bin aber ein derartiger Konzentrationsdepp, dass ich mir einbilde, gelernt zu haben, wie man damit umgeht.

Ein Teil in mir vergleicht Maren und Jessi miteinander, hängt sich jedoch an falschen Details auf. Ein anderer Teil steht in meiner Küche und schaut im Kühlschrank nach, ob noch Milch, Wurst, Butter und Käse da ist, und diktiert einem dritten Teil eine Reihe von Einkäufen, die ich auf dem Weg nach Hause erledigen sollte. Alles andere schwimmt in einer Suppe aus Bildern, die jeweils nur für Sekundenbruchteile an die Bewusstseinsoberfläche schwappen, um unwahrgenommen von der Situation abzulenken, Fluchtgeblubber. Am Ende singen in meinem Kopf die Gibbons aus »Lucky People Center International« ihre Lieder, ich nehme nichts mehr um mich herum wahr, ziehe mich an und verschwinde. Ich glaube, Jessi sitzt weinend in der Küche.

Lama

»Die Spucke des Lamas besteht aus hochgewürgtem Mageninhalt. Diese übel riechende, schleimige Flüssigkeit ist jedoch harmlos. Gefährlich sind vielmehr die Bisse und Tritte der Tiere.«

Eine Babymesse in der ehemaligen olympischen Radsporthalle zu veranstalten, bringt einen ganz eigenen Spirit in die ganze Sache. Mir ist es gelungen, einen Job als lobpreisender, liebpredigender Bote eines innovativen Wickeltuch-Start-ups an Land zu ziehen, bei dem ich genügend Freizeit habe, um gegebenfalls mit Maren und Ralf ein wenig um die Stände zu ziehen. Vor allem wird meine Kernkompetenz als lockerer Daddy-Typ verlangt, und so darf ich alle drei Stunden auf der kleinen Bühne im ersten Stock mit einer Babypuppe den überforderten Messebesuchern zeigen, wie man sein Kind im Handumdrehen in ein praktisches Knäuel aus Stoff verwandelt, das weder heult noch friert.

Den L'Oréalwichsern Jan und Percy, denen die Firma gehört, und die sie deswegen auch Jan & Percy genannt haben, ist das nämlich zu blöd. Sie sind ungefähr zehn Jahre jünger als ich, haben an Kindern kein Interesse, wohl aber an dem irren Umsatz, den einem junge Eltern in ihrer blinden Verzweiflung bescheren, wenn man ihnen nur klar genug vermittelt, dass es ihr Baby sehr, sehr schwer im Leben haben wird, wenn es in den ersten Lebensmonaten nicht richtig gewickelt wird. Dabei ist ihr Produkt noch eins der harmloseren auf der Messe. Bei meinem ersten Rundgang werde ich von allen Seiten mit komplett bescheuerten Ideen bombardiert.

»Hallo, wir machen Baby-Meditation.«

»Danke, ich nicht.«

»Ich bin die Shari, wie heißt du?«

Weil Shari sich so drollig an ihren Gesprächsleitfaden hält – Ansprechen, persönliches Bekanntmachen und Bonding –, bin ich so nett und schenke ihr meine Aufmerksamkeit und einen doofen Namen zum Spielen.

»Nils.«

»Hi, Nils. Wirst du Vater?«

»Ja.«

»Super! Und? Weißt du schon, was es wird?«

Ich mime einen ganz normalen Besucher und mache deswegen auch den naheliegenden Witz, von dem ich vermute, dass ihn Shari in den kommenden Tagen zigtausendmal hören wird: »Keine Ahnung, ist uns aber auch egal. Hauptsache, der Bub ist gesund.«

Noch lacht die Hostess, ja, sie pullert sich beinahe ein. Doch ich bin sicher: In weniger als zwölf Stunden wird sie sich bei dem Spruch nur noch mit Mühe ein Lächeln abringen können und, wenn sie schlau ist, was ich wiederum bezweifle, ihren Gesprächsleitfaden so abändern, dass sie die Frage nicht mehr stellt.

»Also, bei uns ist das auch egal, ob es ein Junge oder ein Mädchen wird. Hauptsache gesund«, giggelt sie. »Was wir nämlich anbieten, das sind CDs mit meditativer Musik und Anweisungen für die jungen Eltern und die Babys.«

»Aha?«

»Ja. Baby-Meditation wird schon seit den Siebzigerjahren in den USA praktiziert und wird dort immer beliebter.«

»Und wie verstehen die Babys die Anweisungen?«

»Na ja, die imitieren ja alles, was die Eltern machen.«

»Echt?«

»Ja, wusstest du das nicht?«

»Nicht so genau. Heißt das, dass die Babys dann, keine Ahnung, eine halbe Stunde im Schneidersitz dahocken und sich nicht bewegen?«

»Nein, die liegen dabei ja.«

»Also schlafen sie?«

Shari schüttelt den Kopf ob meiner Naivität in Sachen Baby-Meditation und würgt mir auch ganz elegant rein, dass ich einfach zu doof dafür bin: »Hier hast du einen Flyer, den kannst du ja mal deiner Frau oder Freundin geben. Die versteht das sicher.«

»Noch besser: Ich geb ihn der werdenden Mutter.«

Da lacht sie schon wieder, die Hostess, drückt mir aber einen sehr unprofessionell gestalteten Flyer in die Hand. Die werden auf der nächsten Babymesse nicht mehr dabei sein.

Weiter geht es mit Baby-Homöopathie, wo ich zu meiner Erleichterung erfahre, dass die Babys sich nicht selbst mit Globuli zudröhnen, sondern die Eltern nach Gutdünken die verschiedensten Bruchteile alternativer Heilkräuter an ihre Kinder verfüttern sollen, mit der Zeit lerne man schon, worauf das Kind wie reagiert. Ein neureicher Mann, Typ Ramschmillionär, der ein Baby auf dem Arm hält, das in einem Ed-Hardy-Strampler steckt, also vom Schicksal bereits hart hergenommen wurde, kauft sich ein Einsteigerset. Es ist erstaunlich, wie sich die alternative Medizin ihren Weg ins Neureichenmilieu bahnt.

»Der Junge schreit immer, wenn wir rausgehen.«

Leider erfahren wir nicht, was der geschmacksneutrale Babyträger genau meint, also, ob der Bub schreit, wenn Papa und Mama im 99-Cent-Shop die Abrechnung machen sind, oder wenn Papa mit dem Knaben dienstags um 16 Uhr in die Autowaschanlage fährt. Und er verrät nicht, wie der Junge heißt, was mich noch mehr ärgert. Ich ahne aber angesichts der Namen, die ich den ganzen Tag über gehört habe, in Verbindung mit dem Strampler nichts Gutes. In zehn Jahren wird es auf den deutschen Pausenhöfen sicherlich sehr interessant, denn dann wird sich herausstellen, ob die Kinder gehänselt werden, deren Namen die Normalbehirnten meiner Generation heute müde belächeln, oder wird Cheyenne-Britney Dachsenbichler mit ihren Freunden Derek-Damien Müller und Shakira Schmitt lachend auf die dann vollkommen altbacken benannten Charlotten und Floriane zeigen?

Eigentlich egal, entscheide ich, als ich am nächsten Stand lerne, dass letztlich nur diejenigen Kinder eine Chance auf ein erfolgreiches Leben haben, die schon in den ersten Monaten lernen, sich mittels Babygebärdensprache mit den Eltern zu unterhalten. Bis zu vierzig Zeichen können Kinder beherrschen, bevor sie ihr erstes Wort sprechen. Das erklärt zumindest die dicke, selbstbewusste Frau mit dem wild fuchtelnden Kleinkind auf dem Präsentierteller. Die kleine Maus würde ihr gerade signalisieren, dass sie Hunger hat, verkündet sie. Ich kann nicht anders, als nachzufragen, ob die Babys vierzig verschiedene Zeichen für Hunger lernen, so wie Eskimos laut eines weit verbreiteten Irrglaubens unglaublich viele Worte für Schnee haben, ernte dafür aber nur einen sehr despektierlichen Blick von der wohlgenährten Zeichenmutti, gepaart mit der Aufforderung zu gehen, wenn es mich nicht interessiere. Mir einfach den Stinkefinger zu zeigen, wäre die bessere Pointe gewesen.

Auf der anderen Seite ist es zugegebenermaßen unkollegial, die Botschafter der anderen Produkte vor interessierten Kunden zu dissen. Angesichts der grenzenlos bescheuerten Produkt- und Dienstleistungspalette, die hier angeboten wird, ist das jedoch fast unmöglich. Kein Wunder, dass am zweiten Tag zwei Messediener zu mir kommen und sich vor einem interessierten Paar erkundigen, ob es wahr sei, dass ich unser Wickeltuch selbst getestet hätte, weil ich so offensichtlich falsch gewickelt sei. Es sind die beiden Kraushaarigen, die an ihrem Stand Mineralien in allen Formen als einzigen Weg zur familiären Glückseligkeit anpreisen. Ich hatte den beiden in einem Anflug von Wut darüber, dass Maren am Abend des ersten Tages noch immer nicht über die Messe gelaufen war, vor einer ganzen Gruppe von Besuchern reingedrückt, was ich davon halte, einem Baby ein Armband mit einem Lavastein um das Handgelenk zu schnüren. Darüber möchten sich die beiden nun beschweren. Der semioriginelle Einstieg in ihre Klage macht es mir jedoch sehr leicht, sie zu ignorieren, da Percy von Jan & Percy die zwei sofort zur Seite bittet.

Meine ständige Assoziation zum Namen Percy ist übrigens eine Birne, Percy wäre ein top Name für eine rötlich schimmernde, süße Birne. Für einen recht souverän auftretenden Jungunternehmer ist es eher ein Kackname. Trotzdem macht meine Chefbirne sich bei den Kraushaarigen kundig, was sie dazu treibe, mich vor Kunden anzupöbeln. Nachdem er ihre Seite der Geschichte gehört hat, entschuldigt er sich in meinem Namen für mein schlechtes Benehmen, und die Sache ist gegessen. Später fragt er mich recht locker, was denn an der Sache dran sei, und ich erzähle meine Seite der Geschichte, die sich zu seiner Überraschung mit der der beiden Mineralvertreter deckt. Birne wundert sich sehr über mich, nennt mich einen komischen Vogel, meint dabei sicher einen Kauz, und belässt es bei einer Ermahnung.

Am dritten Tag kotzt gerade ein Baby in unser Vorführ-Wickeltuch, als ich Maren entdecke. Sie schleicht alleine von Stand zu Stand, bleibt vor allem bei Anbietern von Babykleidung stehen und erfreut sich kurz an der Niedlichkeit kleiner Anziehsachen, um kurz darauf wieder eine Miene wie sieben Jahre Scheißwetter aufzulegen. In den vergangenen zwei Tagen habe ich auf der Messe viele schwangere Frauen gesehen, die sich identisch verhalten haben, vor allem wenn sie ohne Begleitung unterwegs waren. Tatsächlich ist kein Ralf weit und breit zu entdecken. Ich drücke den jungen Eltern ihr kleines Lama in die Hand und verweise sie an Percy wegen der Versicherung, was die beiden nun gar nicht begreifen, als Aussteller müsse ich doch damit rechnen, dass mal ein kleines Malheur passiert.

»Sehen Sie, für mich ist es kein kleines Malheur, wenn Ihr Kind unsere Ware beschädigt.«

»Sie tun ja fast so, als hätte Chastity-Claire das mit Absicht gemacht.«

»Wie heißt die?«, entgleitet es mir.

»Das geht Sie gar nichts an«, entgegnet der Chastity-Claire-Vater pampig.

Percy ist auf unseren Disput aufmerksam geworden, und Maren steuert bereits auf die Rolltreppe ins Obergeschoss zu. Ich muss hier ganz dringend weg. Und weil noch immer kein Ralf zu sehen ist, Percy aber nun wissen will, was hier los sei, entscheide ich mich für den unkomplizierten Schnellabgang: »Das Dreckskind mit dem Deppennamen von diesem Arsch hier hat unsere beschissene Vorführdecke vollgekotzt, und jetzt will der Wichser nicht zahlen.«

Die traurige Lustlosigkeit in Marens Gesicht weicht einer unglaublichen Freude, als sie mich entdeckt. Sie steht schon auf der Rolltreppe, ich schlurfe, mein Desinteresse an der gesamten Messe im Gesicht tragend, genau in ihr Blickfeld und schaue dann wie vom Ruf des Schicksals ereilt zu ihr hinüber.

»Was machst du denn hier?«, will Maren natürlich wissen, als ich endlich ebenfalls mit der Rolltreppe hochgefahren bin. Das war gar nicht so einfach, da die meisten Messebesucher mit Kinderwagen unterwegs sind, die sie auch ins Obergeschoss mitnehmen, nicht ahnend, dass es keine Abwärts-Rolltreppe gibt, nur einen kleinen Fahrstuhl, vor dem eine etwa dreißig Kinderwagen lange Schlange steht.

Ich behaupte, für einen Bekannten eingesprungen zu sein, verrate ihr alles über die Geheimnisse des perfekten Wickeltuchs und führe sie zu den wenigen Ständen, die vertretbare Waren im Angebot haben. Ich kann ihr erklären, welche Kinderwagen dem Bugaboo überlegen sind, was ISO-Fix bedeutet und dass man bei Babykleidung vor allem darauf achten sollte, dass man sie von vorne komplett öffnen kann.

»Du klingst fast so, als würdest du auch Vater werden«, sagt Maren nach einer Weile lachend.

»Wenn eine gute Freundin von mir Mutter wird …

Also, ich sag einfach mal gute Freundin, keine Ahnung, wie sie das sieht.«

»Ja, doch. Sie sieht das auch so.«

»Na, schau. Und wenn der Vater des Kindes so viel arbeiten muss …«

»Ach, wenn du wüsstest«, setzt Maren an, unterbricht sich aber sofort selbst. Ich spüre, dass nur noch ein kleiner Anstoß fehlt, damit sie endlich ihre Geschichte auspackt.

»Komm, das ist doch normal. Vater werden ist …«

»Er wird nicht mal richtiger Vater!«, bricht es endlich aus ihr heraus, und ich muss mir ein Lächeln der Genugtuung verkneifen.

»Wie?«

»Ja, scheiße. Das ist echt eine lange Geschichte.«

Ich versuche so verwirrt wie möglich dreinzuschauen.

»Wenn du drüber reden willst, also, ich hab Zeit.«

Wegen ihrer Angst vor der Fahrt mit dem Aufzug, die ich ihr nicht ausreden kann, sitzen wir eine halbe Stunde später im Café unterhalb des Fernsehturms statt oben im Drehrestaurant. Schon auf dem Weg dorthin hat Maren mit ihrer Geschichte begonnen; als wir ankommen, sitzt mir schon ein fetter Kloß im Hals.

Es hat alles ganz harmlos damit angefangen, dass die beiden nach drei Jahren Beziehung geheiratet haben. Ein rauschendes Fest, von nichts überschattet, selbst bei den Gästen waren nur diejenigen ferngeblieben, die man ohnehin nur aus Höflichkeit eingeladen hatte. Schon in der Hochzeitsrede seines Vaters wurde auf den von den Eltern und Schwiegereltern sehnlichst herbeigewünschten Nachwuchs hingewiesen, was dann auch noch Marens

Vater in seiner kurzen Ansprache unterstrich. Erst Kinder würden einer Beziehung die Krone aufsetzen – die ganze Hochzeit wurde so mit einem unbedachten Satz entwertet.

Also versuchten die beiden, das von den Großeltern in spe geforderte Kind zu zeugen, ein Prozess, der in sehr regelmäßigen Abständen zu Tränen führte, namentlich alle vier Wochen, wenn Marens Periode wieder einsetzte. Nach einem Jahr wurden die Versuche dann seltener, das ganze Sexleben verlor seinen Reiz, da inzwischen der Akt nur noch mit Fieberthermometer, Urincheck und nach Kalender praktiziert wurde. Sogar ein Zyklus-Check-Gerät, das eigentlich vor den »fruchtbaren Tagen« warnt, wurde zweckentfremdet, um die empfänglichen Stunden noch genauer bestimmen zu können. Nach achtzehn Monaten sprach Maren das erste Mal das Wort Krise aus, ein halbes Jahr später ging es zu einer speziellen Praxis für Reproduktionsmedizin im Tal, die beste Adresse in München, wie es hieß.

Vielleicht hätten sie zuerst zu Dr. Parisius gehen sollen, denn nach der Diagnose, dass einzig und allein Ralfs schlechtes Sperma eine Schwangerschaft unmöglich macht, wollte der natürlich eine zweite Meinung. Und eins muss man Parisius lassen: Er geht zwar lax mit seinen Patientendaten um, aber seine rhetorischen Fähigkeiten sind sehr gut entwickelt. Er kam zum selben Ergebnis, konnte das jedoch dermaßen geschickt verpacken, dass Ralf und Maren nach ihren ersten Besuchen in seiner Praxis wieder neuen Mut schöpften.

»Du kannst dir vielleicht vorstellen, wie du dich fühlst, wenn die Welt um dich herum nur noch dieses verdammte Kind von dir erwartet. Die Eltern wollen Großeltern werden, deine Freunde haben vielleicht schon Kinder und stürzen sich in ein neues Leben, in dem du als kinderloser Freak keinen Platz mehr hast. Du kannst nicht mitreden, und die Kinder vertraut man dir auch nicht an. Du bist unterqualifiziert«, klagt Maren, »und das wird dir bei jeder Gelegenheit reingewürgt.«

»Echt?«

»Dann hast du auch noch einen Mann an deiner Seite, der in der totalen Sinnkrise steckt – sollen wir nun überhaupt Kinder haben oder nicht? Er nimmt die verschiedensten Medikamente, macht eine spezielle Diät, das ganze Leben ist irgendwann nur noch auf das Kind ausgerichtet. Das Kind, das man nicht zu zeugen imstande ist.«

Ralf ist dann über eine lange Zeit immer wieder zu Dr. Parisius gepilgert und hat regelmäßig seine Spermien untersuchen lassen. Man hat versucht, die lebendigen Spermien zu sondieren und Maren damit zu befruchten. Erst im Körper, dann im Reagenzglas. Der letzte Versuch ging sogar sieben Wochen lang gut, endete aber mit dem Verlust des Fötus. Danach wollten und konnten die beiden nicht mehr. Sex war zum Trauma geworden, Ralf war vor lauter Selbstverachtung und Verzweiflung kaum noch dazu in der Lage, Maren ins Gesicht zu sehen. Er war schließlich der Loser. In seinen Augen. Was man spürt. Und irgendwann auch glaubt. Nach drei Jahren der Quälerei ist er dann ausgezogen. Die Beziehung war am Ende.

»Aber jetzt seid ihr wieder zusammen, und du bist schwanger.«

»Ja, und wer der Vater des Kindes ist, das ich in mir trage, kann ich dir auch sagen: Ralf. Er hat die Vaterschaft akzeptiert, obwohl die Spermien von einem anderen Mann kommen.«

Ich unterdrücke den Impuls, darauf zu antworten. Alles, was ich sagen könnte, wäre falsch. Also starre ich nur vor mich hin, während ich leicht mit dem Kopf nicke. Leider spricht Maren nicht weiter, was mich dazu zwingt, doch noch irgendwas von mir zu geben.

»Sag ruhig, wenn dir das zu persönlich ist, aber habt ihr wenigstens Sex?«

»Vergiss es. Wir sind inzwischen sechs Jahre zusammen. Und mit dem ganzen Kack – nee. Vielleicht irgendwann mal wieder.«

»Da ist es eigentlich von Vorteil, wenn man von vornherein weiß, dass man keine Kinder mehr zeugen kann.«

»Aber macht dich der Gedanke nicht unglaublich traurig? Du bist doch der absolute Traumvater.«

Wenigstens das hat sie erkannt. Ob sie damit richtig liegt, bezweifle ich jedoch. Natürlich hänge ich mich momentan in das Thema rein, aber ich kann mir schon vorstellen, wie ich drauf sein werde, wenn das Kind dann erst mal da ist. Für den Moment sollte ich mich freuen, in den Kreis von Marens engsten Vertrauten aufgenommen worden zu sein.

»Und du bist eine Traummutter. Echt«, sage ich und breite meine Arme aus. Sie erwidert meine Umarmung, streicht mir sanft über den Rücken und drückt mich dann mit einem Mal ganz fest. Ich schließe kurz die Lider, und als ich sie wieder öffne, bleibt mir fast das Herz stehen.

Denn ich starre der schönen Frau Verena Matisse in die Augen. Sie schaut mich ebenfalls an, legt dann ihre glatte Stirn in Falten und versucht mich einzuordnen. Ich bin schneller und lege mein freundlichstes Lächeln auf.

»Hi!«, rufe ich ihr zu und beiße mir sofort auf die Zunge.

Maren löst sich aus der Umarmung und wendet sich ebenfalls Frau Verena Matisse zu, die sie ganz offensichtlich auch kennt. Die beiden nicken sich zu, aber im Gesicht der schönen Samenarzthelferin steht eindeutig ein ganz großes Fragezeichen. Sie will wissen, was hier vor sich geht, und hat bestimmt einen ganz schlimmen Verdacht.

»Du kennst die?«, fragt Maren mich nun.

»Die Verena? Ja, das ist doch die Freundin von dem Italiener in der, äh, Amalienstraße, oder?«

»Ach so. Nee, ich kenne die … Egal.«

»Wahnsinnig arrogante Schnepfe, hängt immer in dem Lokal rum, als wäre sie der Padrone«, untermauere ich meine Lüge.

»Das kenne ich gar nicht.«

»Doch, das gehört dem … dem Ding. Luigi.«

»Was? Aber seine Frau arbeitet doch da mit ihm.«

Oh, dünnes Eis. Und ein Mann mit meinen körperlichen Temperaturschwankungen in Stresssituationen sollte sich nicht darauf begeben. Meine Stirn wird feucht.

»Aber nicht immer.«

»Dreist«, akzeptiert Maren die Geschichte plötzlich, und ich schlage vor, zu gehen, bezahlt ist schließlich schon. Wir stehen auf, ich rufe Verena zu, Luigi Grüße zu bestellen, die mustert mich nur wie einen komplett Durchgeknallten und hebt die Hand zum Abschied.

Maren und ich sind beide nicht mit unseren Fahrrädern da, besitzen beide kein Auto und laufen deswegen gemeinsam vom Olympiapark am Bamberger Haus vorbei durch den Luitpoldpark bis zum Bonner Platz. Ich erzähle von meinem Kindergartenfreund, der in einem der Hochhäuser am Schuttberg gewohnt hat, von den Ausflügen in meiner Grundschulzeit zur Gärtnerei dort, in der wir für ein paar Pfennig Karotten gekauft haben, die zuckersüß und riesengroß waren. Wir schauen nach, ob bei den Hochhäusern zwischen Karl-Theodor- und der Unertlstraße noch der orangefarbene Betondrache sitzt, der eigentlich als Rutsche gedacht, durch seine schroffe Oberfläche aber lediglich dazu geeignet war, Hosenböden durchzuscheuern. Ich nehme Maren an der Hand und zeige ihr den Spielplatz in der Degenfeldstraße, auf dem ich als Kind Fußball gespielt habe, und erkläre, dass dies meines Wissens der einzige Fußballplatz der Welt sei, auf dem die Tore nebeneinander statt einander gegenüber stehen, was dazu führte, dass man quasi gezwungenermaßen zum Flankengott ausgebildet wurde.

Als ich mich kaum noch einkriege, weil am Bonner Platz noch der Vinzenz Murr und das Reformhaus so stehen, wie ich sie vor dreißig Jahren zurückgelassen habe, und nur aus dem unzuverlässigen Deutschen Supermarkt auf der anderen Straßenseite ein REWE geworden ist, fixiert mich Maren plötzlich sehr intensiv und fragt: »Weißt du, dass du einen wunderbaren Charakter hast?«

»Ach, Unsinn. Ich bin ein verbitterter, neidischer, hässlicher Kerl, der nichts auf die Reihe bringt.«

»Na, und? Das Schöne ist doch, dass du das akzeptieren kannst. Wenn du mir einen Gefallen tun willst, dann gib Ralf ein bisschen Nachhilfe im Umgang mit werdenden Müttern, okay?«

»Aber klar doch.«

Sie gibt mir einen Kuss auf die Wange und muss dann dringend los; ich verstehe gar nicht, warum sie plötzlich so hektisch wird. Natürlich ist es hinterfotzig, sie derart mit den Erinnerungen an meine Kindheit zuzuschwelgen. Würde sie mit Ralf in das Viertel seiner Grundschulzeit fahren, könnte es passieren, dass er sich genauso benimmt. Vielleicht wären seine Erinnerungen trockener und nicht so detailverliebt, aber, hey, dafür weiß er schon, welches Auto er in zwanzig Jahren fahren wird, und hat womöglich schon ein Familiengrab auf dem Waldfriedhof reserviert.

Ich blicke Maren hinterher, die über die Straße geht und am Taxistand in einen Wagen steigt, dann verschwinde ich in die U-Bahn-Station, die sogar noch so riecht wie 1980. Das war definitiv der schönste Nachmittag meines Lebens. Die Begegnung mit Frau Verena Matisse habe ich schon weit in die ungenutzten Speicherregionen meines Schädels verdrängt.

Sven muss die Beschreibung dieses Tages am Abend über sich ergehen lassen, ist allerdings ein ziemlich überzeugender Zuhörer. Wir sitzen in der Küche, und er mischt eine Flüssigkeit zusammen, die wie pürierte Kotze aussieht. Zwischendurch blickt er auf und stellt irrelevante Fragen, um Interesse an meiner Erzählung vorzutäuschen. Eigentlich verhält er sich wie ein guter Therapeut.

»Willst du mal probieren?«, fragt er schließlich und reicht mir ein Stamperl mit seinem undurchsichtigen Gesöff.

»Nee, danke. Bei mir wird das nicht wirken«, antworte ich.

»Du sollst auch nur den Geschmack checken.«

»Sven, das schaut aus wie Schlamm aus dem Starnberger See.«

»Ist ja auch noch ungefiltert. Aber sag mir mal, wie es schmeckt.«

»Was ist denn drin?«

»Das sage ich nicht.«

»Walwichse und Tigerpimmel?«

»Jetzt probier halt!«

Da Idi Amin noch lebt, gehe ich das Risiko ein. Die trübe Brühe riecht nach nichts, was mich ein wenig beruhigt. Ich halte das Schnapsglas erst gegen das Licht, dann unter meine Nase und stecke schließlich den kleinen Finger in die Flüssigkeit, um ihn abzulecken.

Dafür, dass die Plörre geruchsneutral ist, hat sie einen unglaublich intensiven Geschmack, der sofort eine Assoziation in mir hervorruft. So wie ich bei meinem ersten Schluck Red Bull an Gummibärchenblut denken musste, schießen mir jetzt diverse Bilder durch den Kopf. Leider sind es keine, die ich Sven mitteilen möchte, aber vermutlich muss ich das, denn sie beinhalten leblose Körper, Verwesung, Erde und altes, verdorbenes Fleisch. Es ist mir ein Rätsel, wie ich es schaffe, das ganze Glas auszutrinken, ohne mich zu übergeben.

»Und?«

Sven erwartet offenbar eine Reaktion.

»Ich würde noch am Geschmack arbeiten.«

»Wieso?«

»Weil es wie Brackwasser schmeckt. Brackwasser mit Scheiße.«

»Das ist Wodka.«

»Den meinte ich nicht.«

»Ohne Wodka schmeckt's auch.«

»Wieso ›auch‹, Sven? Es schmeckt gar nicht.«

»Ich find's gut.«

Selbstverständlich ist er eingeschnappt. Es tut mir ja leid, aber er hat immerhin meine Eier auf dem Gewissen, warum soll ich ihn da schonend behandeln?

»Weil es ein Unfall war.«

Hui, wieder mal laut gedacht.

»Das hier schmeckt auch wie ein Unfall. Frisch aus einer russischen Hose destilliert«, kontere ich.

»Danke. Und wie schmeckt dir Red Bull?«

»Das ist Schlumpfpisse, aber dieser Plörre eindeutig vorzuziehen.«

»Du würdest also nicht tausend Euro oder so in die Firma investieren?«

Natürlich würde ich das. Schon allein aus dem Grund, Sven bis ans Ende seiner Tage reinreiben zu können, dass er mein Geld in Jauche verwandelt hat, die niemand trinken wollte. Schöner wäre nur noch, wenn sein Partypipi ein Erfolg würde und ich an der Gülle mitverdiene. Das Problem ist bloß, dass ich keine tausend Euro habe.

»Musst du auch nicht gleich zahlen. Ich notier das nur auf meinem Businessplan.«

»Tu das. Und setz die Klausel dahinter, dass ich das Zeug nie wieder trinken muss.«

»Okay.«

Damit geht er, und ich überlege kurz, Jessi anzurufen, um zu fragen, ob sie mit mir schlafen will. Also, rein wissenschaftlich, Sven zuliebe. Ich lasse es, weil sie mich bei meinem letzten Anruf wüst beschimpft und noch Stunden später mit beleidigenden SMS bombardiert hat. Als ich dann fragte, ob die T9-Worterkennung in ihrem Handy Tourette habe, kam ein Grinsegesicht zurück. Ganz so scheiße findet sie mich also doch nicht.

Trampeltier

»Obwohl alle Säugetiere theoretisch weinen können,
drücken die meisten Tiere damit keine Gefühle aus.
So spülen auch Kamele mit ihren Tränen
lediglich Staub und Fremdkörper aus ihren Augen.«

Dr. Gregor Weytropp ist ebenfalls ein Grinsegesicht, seine makellose Praxis, die komplett in Eiche, Weiß und Lila gehalten wurde, sein ganzer Stolz. Sicher würde ich auch derart freudestrahlend durch diese Räume wandeln, wären sie mein. Leider gehören sie jedoch jenem durch sein Dauerlächeln leicht debil wirkenden Arzt, den Jessi für mich aufgetan hat.

»Das ist einer, der ist auf Unfälle im Unterleib spezialisiert. Zu dem kommen total prominente Sportler, die was auf oder in den Sack gekriegt haben. Fußballer, Eishockeyspieler, Basketballer und so. Echt«, hatte sie mir versichert.

»Und woher kennst du den?«

»Ist doch egal. Ich kenn ihn, und er würde alles für mich machen.«

Bei einem unserer nächtlichen Telefonmarathons hatte ich ihr erzählt, dass ich meine Frettsackverletzung wegen meiner fehlenden Versicherung nie habe untersuchen lassen. Das konnte sie nicht verstehen – wenn man so vernarrt darauf sei, ein Kind zu bekommen und einen nur die gekappten Samenleiter davon abhielten, würde sie alles daransetzen, diese zu reparieren. Und trotz oder gerade wegen unserer unglücklichen Zusammenkunft hat sie nun diesen Dr. Weytropp gefunden und gefügig gemacht.

Ich hänge in einem Gynäkologenstuhl, damit er mein zerbissenes Gebimsel genau untersuchen kann, Jessi hat er gleich mit ins Behandlungszimmer gebeten. Sie hockt neben mir auf Kopfhöhe und hält meine Hand. Weytropp schüttelt immer wieder seinen Kopf, das Grinsen bekommt er dennoch nicht aus dem Gesicht. Wäre er nicht gerade meine einzige Hoffnung auf Heilung, würde ich es ihm aus dem Antlitz treten.

Wenn ich es mir recht überlege, hat der Doktor schon so geschaut, bevor ich den Unfallhergang geschildert habe. Wahrscheinlich ist er einfach ein Abkömmling des Jokers, der die Fratze seiner Zufriedenheit nicht mehr ablegen kann.

»Das wird schon«, flüstert Jessi mir zu. Ich zucke lediglich mit den Achseln, da der Testikologe, oder wie auch immer Dr. Smileys Spezialisierung genannt wird, jetzt bereits seit Minuten zwischen meinen Beinen hängt und nichts mehr sagt. Ich spüre nur, wie er tastet, und hoffe, dass sein Gefummel keine peinliche Reaktion bei mir hervorruft. Dann setzt er den Ultraschall an und sagt dabei kein Sterbenswörtchen, was ich dann doch ungewöhnlich finde. Normalerweise erklären die Ärzte, was sie da machen, warum sie das tun, was sie sehen und was man selbst beim besten Willen nicht erkennen kann, nur er hier hüllt sich in Schweigen.

Erst nachdem wir aus dem Raum gebeten und in sein Besprechungszimmer geführt worden sind, öffnet er die Lippen. Auf dem Weg hat er zu meiner Überraschung eine völlig andere Miene aufgezogen. Er schaut nun so ernst, dass ich es mit der Angst zu tun bekomme.

»Ja, Herr Fischer, so was habe ich noch nie gesehen«, eröffnet er seine bestürzende Diagnose. »Dieses Frettchen hat da unten im Grunde alles zerstört. Und da Sie nicht direkt nach dem Unfall zu mir gekommen sind, ist das Gewebe schon vollkommen vernarbt und verwachsen. Von diesem ersten Eindruck her würde ich ausschließen, dass man da noch etwas retten kann.«

»Und das heißt?«, frage ich, obwohl seine Aussage sehr klar war.

»Das bedeutet, dass Sie wohl mit Ihrer Unfruchtbarkeit leben müssen«, erklärt Weytropp ruhig.

Jessi drückt meine Hand, um mir ihren Beistand zu signalisieren. Das ist sehr angenehm, und ich bin froh, sie bei mir zu haben. Wobei ich ohne sie gar nicht hier wäre.

»Na ja, es war auf jeden Fall gut, dass Sie sich das angesehen haben, dann muss ich mir jetzt keine Vorwürfe machen, ich hätte nicht alles versucht oder so.«

»Das ist nicht ganz richtig. Also, verstehen Sie mich nicht falsch, aber direkt nach dem Biss hätte ich Ihnen bestimmt helfen können.«

Wie kann man als Arzt derart unsensibel sein? Das ist wie der legendäre Nachsatz: »Sie haben den Krebs besiegt. Vorerst.« Ärzten, die solche Dinge von sich geben, sollte sofort die Lizenz entzogen werden, falls Ärzte überhaupt Lizenzen benötigen, damit kenne ich mich schon wieder nicht aus. Ich spüre, wie in mir die Wut hochkocht.

»Du hättest ihm nach dem Biss nicht geholfen, weil er nicht versichert ist, Gregor«, springt mir Jessi bei. »Du hättest ihn doch in seiner blutgetränkten Hose nach Hause geschickt, damit er deine saubere Praxis nicht einsaut.«

»Komm, Jessi, mach mal halblang«, entgegnet er, und

es klingt so, als wären die beiden alte Bekannte. »Ich habe dir angeboten, die Verletzung von deinem Freund anzusehen, und das habe ich getan. Wenn er nicht versichert ist, mein Gott, selbst schuld.«

»Woher kennt ihr beiden euch eigentlich?«, will ich nun doch wissen.

»Ja, selbst schuld, das ist so ein typischer Gregor-Satz«, schnaubt Jessi. Sie kennt also die für ihn typischen Sätze.

»Hallo? Jessi? Geht's noch?«, empört sich Gregor nun, und allein für diese Floskel sollte man ihn in seinen Untersuchungsstuhl setzen und mit Anlauf in den Unterleib treten. Am besten gleich zweimal, da sein behämmertes Grinsen auch nur eine Pipipause gemacht hat und wieder zurück in seine Fresse steigt, obwohl es ganz und gar nicht zu dem passt, was sich offensichtlich gerade hinter der Fassade des lustigen Schmunzelhasen abspielt.

»Hey, passt schon. Er hat Recht«, versuche ich den aufkeimenden Streit um irgendwas aus der Vergangenheit zu unterbinden, während ich aufstehe und mich anziehe.

»Danke für nichts, Dr. Weytropp«, verhöhnt Jessi den Arzt.

»Es war mir ein Vergnügen, Frau Schmidt. Und, ganz nebenbei, viel Vergnügen mit diesem eher unterdurchschnittlich bestückten Herrn.«

Nur mit Müh und Not kann ich Jessi vor der Praxis davon abhalten, die Frau des Doktors anzurufen. Die beiden hatten vor drei Jahren mal eine kurze Affäre, wie sie mir jetzt beichtet, inzwischen schämt sie sich dafür und kann nicht verstehen, was sie an dieser Glücksvisage anziehend gefunden hat.

»Ach, und jetzt hast du gedroht, das zu verraten, damit er mich …«, mutmaße ich.

»Ja, klar. Du brauchst Hilfe, er ist der passende Spezialist, bingo bongo.«

»Bingo bongo?«

»Klingt blöd, oder?«

»Saublöd.«

»Gut, dann, ach, egal. Tut mir leid, dass dieser Depp dir nicht helfen kann.«

»Tja, war wohl tatsächlich mein Fehler, dass ich nicht gleich ins Krankenhaus bin.«

Wir laufen nebeneinander die Kaiserstraße Richtung Leopoldstraße hoch. Das Ärztehaus, in dem Dr. Weytropp seine Praxis hat, ist mir seit meiner frühesten Kindheit bekannt, da mich hier auch mein Kinderarzt durch sämtliche Krankheiten begleitet hat, die man so haben kann. Mumps, Masern, Röteln und so. Auf der anderen Straßenseite verkauft ein ehemaliger lokaler Schuhtycoon das wohl beste Eis der Stadt, und ich lade Jessi natürlich auf eine Waffel ein.

»Fandest du mich eigentlich auch unterdurchschnittlich?«, frage ich schließlich, weil diese Drecksbemerkung des Doktors noch an mir nagt.

»Quatsch. Du warst ganz normal.«

»Ganz normal? Was heißt das?«

»Gigantisch.«

»Gut. Danke. Weil, es hätte ja sein können, dass du bisher ausschließlich mit unterdurchschnittlich bestückten Männern was hattest und …«

»Also, der Größte warst du nicht.«

»Echt?«

»Aber ist ja egal, du willst eh nichts von mir.«

Ich kann darauf nichts sagen, da meine Gefühlswelt ohnehin ein äußerst wackeliges Konstrukt ist, das sich momentan ganz auf Maren ausgerichtet hat. Schon kleinste Bemerkungen wie diese lassen ein paar tragende Stützen in sich zusammenbrechen, denn ich reagiere sehr sensibel auf Zuneigung. Wenn mir etwas wie Liebe entgegengebracht wird, verwandle ich mich in ein lacansches Spiegelwesen. Sofort will ich zurücklieben und vergesse alles andere, was mir vorher wichtig war. Als ich das mal meiner Exfreundin Natascha erklärt habe, war eine Woche lang die Hölle los, weil sie nicht glauben wollte, dass ich diese Spiegelabhängigkeit auf nur einen Partner reduzieren könnte, sondern auf jedes weibliche Wesen mit sofortiger Zuneigung reagieren würde, sollte ich auch nur angelächelt werden. Völliger Unsinn, den sich nur Frauen ausdenken können.

Jetzt bin ich alleine und ein wenig hoffnungslos. Maren ist zwar ganz sicher von mir und meiner Persönlichkeit angetan, hält aber eine förmlich freundschaftliche Distanz. Beispielsweise wollte sie zwei Tage nach unserem Nachmittag auf der Babymesse nicht mit mir an der Isar spazieren gehen, weil sie schlecht drauf war, wie sie sagte. Möglich, dass sie momentan verwirrt ist und sich ihrer Gefühle für mich erst sicher werden will. Ebenso ist es aber auch nicht ausgeschlossen, dass ich schlicht ihr asexueller Freund Jens geworden bin.

»Wollen wir einen Persönlichkeitstest machen?«, fragt Jessi, als wir an der Scientology-Zentrale vorbeilaufen.

»Hab ich schon mal gemacht und wurde abgelehnt.«

»Die wollten dich nicht?«

»Nee, laut Test war ich zwei Level über der freigegebenen Stufe 8, so eine Art Thetan 2.0, ein übergöttlicher

Supermensch, dem es sogar erlaubt ist, über Ron Hubbard Witze zu machen.«

»Die würde bloß niemand verstehen, weil sich kaum jemand mit dem Verein auskennt.«

»Stimmt leider. Aber im Ernst – stell dir vor, du hast ein Kind, und das wird mit zwanzig oder so von einer Sekte geködert. Da würde ich durchdrehen.«

»Ich weiß«, antwortet Jessi und beißt sich auf die Unterlippe.

»Was ist denn los?«, frage ich, da ganz offensichtlich irgendwas mit ihr nicht stimmt.

»Nichts.«

Also etwas Schwerwiegendes. Ich laufe still neben ihr her, weil dieses Nichts garantiert in den kommenden Minuten aus ihr herausplatzen wird. Meine Prognose bewahrheitet sich, als wir den Englischen Garten betreten und ich, dämlich wie ich bin, »Komm, sag schon« sage.

»Du denkst nur noch an Kinder! Kind dies, Kind das, Babymesse hier, Maren da. Du checkst gar nicht, wie toll ich bin, weil es dich nicht interessiert. Und ich hab keine Ahnung, warum du so vernarrt in Maren bist. Die bekommt mit Ralf ein Kind. Oder willst du mir sagen, dass du dich einfach so in sie verliebt hast und erst dann erfahren hast, dass sie schwanger ist?«

»Ich weiß gar nicht, warum du unbedingt willst, dass ich in Maren verliebt bin«, antworte ich recht unbeholfen, was bei Diskussionen mit Frauen nie ratsam ist.

»Das will ich doch gar nicht, du Arsch. Aber ich sehe es. Wie der kleine Mongoprinz, der alles mit seinem Herzen sieht.«

Sie hasst den französischen Diddl-Maus-Vorgänger also auch. Dafür könnte ich sie küssen. Nur im Augenblick nicht, denn sie gerät in Rage: »Ich erpresse sogar einen Arzt, den ich eigentlich aus meiner Erinnerung löschen wollte, weil er der ekligste Kerl ist, mit dem ich je im Bett gelandet bin. Nur damit du wieder Kinder machen kannst und Marens Gör abhakst und wir darüber reden können, ob wir nicht vielleicht irgendwann … Ach, Scheiße!«

Sie hat sich also in mich verliebt. Genau das hatte ich eigentlich verhindern wollen. Ich habe mich unattraktiv gemacht, sie verletzt, allerdings auch immer wieder angerufen und mit ihr Zeit verbracht. Dabei bin ich immer davon ausgegangen, dass wir Freunde wären. Ich verstehe mich mit Frauen einfach besser als mit Männern, weil es nie zum verdeckten Schwanzvergleich kommt. Frauen sind die besseren Männer, solange es nicht um Technik oder Autos geht.

Wir stehen passenderweise auf der kleinen Brücke hinter dem Standesamt am Englischen Garten, wo sich garantiert gerade zwei Menschen das Ja-Wort geben, nur um es, statistisch gesehen, in vierzehn Jahren wieder zurückzunehmen. Jessi und ich sind laut meiner Definition nicht mal ein Paar, aber urplötzlich übermannt mich das Gefühl, jetzt mit ihr Schluss machen zu müssen. Nach dem nur schwerlich vergessbaren Nachmittag bei ihr hatte ich sowieso nicht mehr mit einem Wiedersehen gerechnet.

»Pass auf, Jessi«, fange ich an, und mein Magen krampft sich zusammen. »Das ist alles sehr viel komplexer, als du annimmst. Und ich kann das auch nicht erklären. Ich weiß nur, dass ich dir nicht weiter wehtun will, falls ich das getan habe.«

Ich habe mich immer für einen ganz guten Schlussmacher gehalten, weil ich dafür gesorgt habe, der jeweils scheidenden Partnerin genug Angriffsfläche für spontane Wutausbrüche und bleibenden Hass zu bieten. Das geht ganz hervorragend, indem man sich selbst als sehr begehrenswert darstellt, was die Enttäuschte natürlich nicht so stehen lassen kann.

»Natürlich hast du das, und das weißt du auch ganz genau. Aber du bist eben ein totaler Egoist, der hinter etwas herläuft, was er nicht bekommen kann, und dabei das Beste über den Haufen rennt, was ihm jemals … passieren hätte, könnte, sollte? Egal. Wir sind ja auch nicht einzigartig. Weder du noch ich. Vielleicht treffen wir beide irgendwann jemanden, der dieselben Qualitäten hat, vielleicht auch nur ich, oder nur du, wer weiß. Es hätte jetzt eben gepasst. Und dass es nicht sein soll, tut weh. Ende.«

Sachlicher kann man sich nicht trennen, und ich bin beeindruckt, dass Jessi es schafft, mich nach diesem Monolog noch kurz zu umarmen, bevor sie sich über die Brücke Richtung Schwabing wendet. Sie weiß, dass ich ihr hinterhersehe und dreht sich nicht mehr um, wischt sich aber noch eine Träne aus dem Gesicht, bevor sie nach rechts in die Mandelstraße abbiegt, damit ich sehe, dass sie weint. Schon wieder. Über mich habe vermutlich nur ich mehr als einmal geheult. Dummerweise laufen mir auch jetzt Tränen über die Wangen, weil es verdammt gut sein könnte, dass Jessi Recht hat.

Ich finde mich immer sehr affig, wenn ich flenne, und spaziere noch etwas durch den Park, um mich wieder zu beruhigen. Meinem Ziel, die Beziehung von Maren und Ralf zu zerstören, komme ich auch nicht näher. Sollte

Jessi mit den beiden sprechen und berichten, was für ein Idiot ich ihrer Meinung nach bin, wäre das Thema eh vom Tisch. Langsam verbauen sich die Perspektiven um mich herum von selbst. Vor der Finca mit dem herrlichen Ausblick, die ich in meiner Fantasie gebaut habe, wird plötzlich El Arenal hochgezogen.

Insofern schätze ich mich glücklich, dass ich einen Mitbewohner wie Sven habe, der mich freudestrahlend zu Hause empfängt.

»Mein Sperma ist besser geworden!«, ruft er mir aus seinem Zimmer entgegen. Er hat mich reinkommen gehört und schießt nun aus seinem Frettchenverlies in den Flur. »Dr. Parisius hat mir geschrieben! Hier!«

Er hält mir einen Brief unter die Nase, und ich erkenne sofort den Briefkopf des Reproduktionsspezialisten. In der Nachricht verleiht der Kindermacher tatsächlich seiner Verwunderung Ausdruck, dass sich die Spermiendichte und beweglichkeit in Svens Spenden deutlich verbessert habe.

»Du säufst das Zeug also?«, ist das Einzige, was mir dazu einfällt.

»Klar. Und es wirkt.«

»Mit Wodka?«

»Nee, aber mit Tequila.«

»Kein Mensch trinkt Tequila. Das hat man sich mit siebzehn für eine Mark pro Stamperl bis zum Kotzen gegeben und kann es seitdem nicht mehr riechen.«

»Aber gemischt schmeckt es geil. Echt. So wie hässliche Eltern schöne Kinder haben.«

»Die haben schöne Eltern aber auch.«

»Das ist egal. Alle haben Tequila statt Wodka gesoffen, bevor es Red Bull gab. Ich muss nur noch Coffein und Guarana in meine Mixtur ballern, dann kann ich das Zeug als Energy-Potenz-Drink vermarkten.«

»Da brauchst du nur noch einen Namen.«

»Hab ich schon: Der kleine Fick.«

»Dann mach uns mal zwei kleine Fick mit Tequila, ich muss mich ein bisschen wegschießen.«

»Freude! Freude!«

Weihnachtskrabbe

»Zu Beginn der Regenzeit machen sich alle geschlechtsreifen Krabben gleichzeitig auf den Weg vom Wald zur Küste. In diesen Tagen sind einige Straßen der Weihnachtsinsel unpassierbar.«

Ralf treffe ich zwei Wochen nach dem verheerenden Kleinen-Fick-Absturz Samstagmittag am Stehausschank vom Bratwurstglöckl am Dom. Vorglühen fürs Stadion. Maren hat nämlich mitbekommen, dass einer seiner Freunde heute seine Saisonkarte nicht nutzen kann, und mich als Ersatzmann vorgeschlagen. Sie hat sich ein paarmal per Mail bei mir gemeldet und offensichtlich nicht von Jessi erfahren, was zwischen ihr und mir gelaufen ist. Ralf hat mit wenig Begeisterung bei mir nachgefragt, ob ich mitkommen würde, und jetzt sind wir hier. Sicherlich ahnt er, dass Maren mir aufgetragen hat, ihn ein wenig für das Thema Baby zu sensibilisieren. Ihm ein paar Hinweise zu geben, wie sie sich fühlt und was Frauen in der Schwangerschaft von ihrem Partner erwarten. Immerhin verstünde ich mich sehr gut darauf, waren ihre Worte.

Wir sind beide nette Kerle, das steht außer Frage. Unser Problem miteinander ist nur, dass wir absolut keinen Anknüpfungspunkt haben. Jegliches Geplänkelpulver haben wir bei den ersten Begegnungen verschossen, jetzt wären gemeinsame Interessen hilfreich, die jedoch nicht existieren. Klar, ich schau gerne Fußball, aber eher wie eine Frau. Also, Champions League ab dem Viertelfinale, Pokalendspiel und Länderspiele, wenn es wirklich um was geht. Die Bundesliga verfolge ich kaum. Das habe ich Ralf gerade auch so gesagt, und seitdem schweigen wir mehr oder weniger.

Wenigstens haben wir Bier und ich noch die Babysache: »Und? Aufgeregt?«

»Naja, Bremen halt. Werden wir schon packen.«

»Äh, nein. Ich meinte, so wegen Familie und so.«

Er hat darauf gewartet, dass ich den Themenkomplex anschneide, ganz sicher sogar. Weil er sofort ansetzt, mich zu falten: »Watch it, Jens. Ich nehme dich gerne mit ins Stadion, aber langweil mich nicht.«

»Hä?«

»Ich finde es strange, wie du dich mit meiner Frau über Babys und Schwangerschaft austauschst. Ich meine, sie hat mir erzählt, dass du … also, dass du einen Unfall hattest, aber das ist kein Grund, sich derart an meine Frau ranzuwanzen, okay?«

»Okay, versteh ich. Aber ich muss zu meiner Verteidigung sagen, dass Maren auf mich zugekommen ist. Ich hab im Schyrenbad gearbeitet, und das wusste sie und ist dann fast jeden Tag da aufgekreuzt.«

»Ich sag ja nur: Langweil mich nicht. Wenn ich mitbekomme, dass du sie beobachtet hast, wie sie ins Schwimmbad geht, um dann da …«

»Hey, hey, Ralf! Stop! Das ist echt too much.«

Unfassbar, wie schnell Ralf mit seiner Art auf andere Menschen Einfluss nimmt. Mich hat er in wenigen Minuten zu einem Idioten mutieren lassen, der »echt too much« sagt. Ich verwende so gut wie keine Anglizismen in meinem aktiven Wortschatz, dass mir das jetzt rausflutscht, ist wirklich heavy shit. Wenigstens zeigt es Wirkung.

»Sorry«, sagt Ralf nämlich. »Ich bin da vielleicht etwas overprotective.«

Womit auch klar wäre, woher die plötzliche Anglifizierung meiner Sprache kommt. Er hält mir sein Bier zum Anstoßen hin, und ich akzeptiere. Danach schweigen wir in unsere Gläser und suhlen uns in der Unerträglichkeit des Miteinanderseins.

Erlöst werden wir von Dirk, einem Freund aus Ralfs Studienzeiten, der beim selben Spießigkeitsberater sein muss. Er trägt ein Sakko mit einem Bayern-Pin am Revers. Allein dafür sollte man ihn eigentlich schon mal vor ausverkauftem Haus über das Spielfeld watschen. Wir werden einander vorgestellt und sind uns bereits in der nächsten Sekunde egal.

Kurz darauf erscheint auch Freund 2, dessen Namen ich mir nicht mal anhöre. Er fällt in die spezielle Arschlochkategorie »Flippiger Spießer«, da er auf den ersten Blick was Künstlerisches an sich hat, nach einem Bier aber inhaltlich den gleichen Businessmüll von sich gibt wie Ralf und Dirk. Mein einziges Highlight unseres nüchternen Anrauschens beim Bratwurstglöckl ist die Erkenntnis, dass Dirk nicht ohne fremde Hilfe rülpsen kann. Ich hatte mich schon gewundert, warum er mehr nippt als trinkt, bis er unbedacht einen größeren Schluck Bier nimmt und sich gleich danach an den Bauch fasst. Ralf und Freund 2 wissen sofort, was los ist, und ziehen ihn damit auf.

»Muss Dirki ein Bäuerchen machen?«

»Oder will er lieber warten, bis es ein Pupsi wird?«

Hach, was haben Ralf und Freund 2 für einen Spaß. Ich finde ihre Häme schäbig, schließlich ist das wie Behinderte auslachen, und erkundige mich genervt, was man machen könne, um Dirk zu helfen. Freund 2 zeigt es mir. Er umarmt Dirk, der sich in Freund 2s Armen etwas hängen lässt, und klopft ihm auf den Rücken. Nach ein paar Sekunden entweicht dem Leidenden ein ordentlicher Rülpser.

»Ja, fein hat er das gemacht«, lobt Ralf. »Und nicht gespuckt! Ganz ein Braver ist er. Darf er ein Wurschti?«

Tatsächlich muss Dirk nun auch lachen, ich lache ebenfalls mit, mein Gott, er kennt das bestimmt und für die Paralympics wird er sich mit seinem Aerophagieproblemchen schon nicht gleich qualifizieren. Das Aufhellen meiner Stimmung kann auch daran liegen, dass ich Dirks Bier getrunken und den ganzen Tag noch nichts gegessen habe, weshalb der Alkohol schneller anschlägt.

Um 13 Uhr stecken wir zwischen einem Riesenpulk Bayernfans in der U-Bahn. Während die einen singen, versuchen die anderen durch rhythmisches Springen den Wagon zum Entgleisen zu bringen, auf jeden Fall fühlt es sich so an. Irgendwo müssen ein paar Bremer Fans sitzen, sie versuchen, die Bayernfans mit Liedern wie »Zieht den Bayern die Lederhosen aus« zu provozieren, was für eine Flut von Hymnen gegen die Hansestadt mit ihren grünen Fußballern sorgt, Lieder und Reime auf bekannte Melodien, die teilweise fast an Originalität grenzen. Freund 2 kennt offenbar sehr viele davon, doch statt mitzugrölen, verrät er uns nur vorab die Reime, was dafür sorgt, dass der Spaß an der Pöbelei für mich ein Loch hat.

Es ist meine erste Reise zu einem Spiel in der Allianz-Arena, und ich bin entsetzt, als ich sehe, dass man von der U-Bahn-Station bis zum Stadion noch gut einen Kilometer laufen muss. Zum einen muss ich nämlich pinkeln, zum anderen bewegen wir uns nur sehr schleppend in einem Meer von Menschen in roten Trikots voran, wie Weihnachtskrabben auf dem Weg zum Strand.

Ich versuche noch einmal mit Ralf ins Gespräch zu kommen und erzähle, dass mein letzter Stadionbesuch schon viele Jahre zurückliegt. Die Bayern haben noch im Olympiastadion gekickt und gegen Bochum verloren, was die Fans mit »Scheißmillionäre!«-Gesängen belohnten. Aufstoßmongo Dirk überhört das und versucht mich auf seinen Platz in der Hackordnung zu schieben, doch ich kontere seinen schwachen Angriff – er sei froh, einen Experten wie mich im Stadion dabeizuhaben – mit einem lauten Rülpser. Freund 2 lacht, Ralf ist dieser kleine Zwischenfall offensichtlich egal. Für die Spielstatistik notiere ich, bis jetzt hundert Prozent der Zweikämpfe gewonnen zu haben.

Obwohl wir uns offensichtlich nicht abkönnen, besorgt Dirk die erste Runde Bier und reicht auch mir eins, als wir endlich auf unseren Plätzen sitzen. Die Atmosphäre ist der Hammer. Wir sitzen mittig in der Mitte auf der Sonnenseite, geilere Plätze kann es nicht geben. Die Arena ist schon gut besucht, es läuft laute Musik, dazu tröten die Fans auf den Plätzen hinter den Toren, schwenken ihre Fahnen und heizen die Stimmung auf, während sich auf dem Rasen die Spieler aufwärmen.

Freund 2 glaubt zu erkennen, dass sich der rechte Flügel der Bremer nicht auf dem Rasen befindet, ich werfe ein, dass sie den wohl am Flugzeug gelassen haben. Keiner lacht, denn die Jungs nehmen ihren Fußballnachmittag sehr ernst. Schon wird über Taktik, Aufstellung und die Ergebnisse der vergangenen Spiele diskutiert, die Fitness der beiden Kader verglichen, einzelne Stärken verschiedener Leistungsträger werden hervorgehoben und sogar mit etwaigen Trainingsdefiziten des ein oder anderen wird spekuliert. Ralf, Dirk und Freund 2 leisten quasi das, was sonst die Vorberichterstattung übernimmt. Mit dem Unterschied, dass sie lediglich die gesammelten Informationen aus kicker und Sport Bild rezitieren, während die Reporter tatsächlich mit Spielern und Verantwortlichen sprechen.

Ich höre einfach nur zu und hoffe, keine Fragen gestellt zu bekommen. Ich weiß nicht mal, auf welchem Platz die beiden Mannschaften gerade in der Liga stehen, und bete, dass niemand versucht, mich in dieses Pseudo-Fachgesimpel einzubinden. Es ist Hobbytalk.

Wie Sven und seine Mutter schon festgestellt haben, fehlt mir der Zugang zu Hobbys. Es gibt nichts, was mich so sehr interessiert, dass ich meine Freizeit ständig damit füllen wollen würde. Vielleicht liegt es daran, dass Arbeit und Freizeit bei mir einen fließenden Übergang haben. Ich muss manchmal an Wochenenden zu Messen, aber selbst da empfinde ich meine Beschäftigung als eher nebensächlich. Die meiste Zeit unterhalte ich mich mit Leuten und erkläre ihnen etwas über das jeweilige Produkt; Informationen, die ich mir in zwei Tagen anlese und zwei Stunden nach der Messe vergessen habe. Aber ein Hobby, eine Leidenschaft, eine obsessive Beschäftigung mit einem Thema, keine Ahnung, wie man das entwickeln soll. Als Kind mochte ich Tiere und habe alles an Tierbüchern und Dokus verschlungen, was ich bekommen konnte. Auch heute gehe ich noch regelmäßig in den Zoo, aber mehr zur Beruhigung. Sven hat seine Rache an der Spermazäpfchenindustrie zu seinem Hobby gemacht, Ralf hat Fußball und Golf. Ich hingegen weiß zu keinem

Thema sehr viel. Außer zu Babys. Ich glaube nicht, dass der Durchschnittsvater bereits vor der Geburt von Pucken, Windelsoor oder dem Moro-Reflex auch nur gehört hat. Ich kenne Hebammentricks, die selbst den meisten Müttern nicht geläufig sind. Innerhalb einer Stunde könnte ich eine Liste mit all den Dingen aufstellen, die frisch gebackene Eltern besorgen müssen, um die ersten zwei Wochen mit ihrem Baby im Bett verbringen zu können. Wenn Maren wüsste, wie extrem ich mich in die Thematik vertieft habe, würde sie mich garantiert für einen Totalfreak halten.

Während ich über meine einzige mir bekannte Fähigkeit sinniere, fiebern über sechzigtausend andere Menschen dem Moment entgegen, da zweiundzwanzig erwachsene Männer mit einem Ball zu spielen beginnen, um herauszufinden, wer es besser kann. Am Dienstag oder Mittwoch werden sie dann schauen, ob sie gegen eine andere Mannschaft gewinnen können, am Samstag erneut, und in einem halben Jahr werden sie wieder gegen die heutigen Gegner kicken, um zu prüfen, ob sich deren oder die eigene Stärke verändert hat. Wirklich, warum sollte man sich für die Momentaufnahme eines auf die Ewigkeit angelegten Kräftemessens interessieren, das lediglich Zwischenergebnisse liefert, die einem als äußerst wichtig verkauft werden?

Diese Erkenntnis werfe ich meinen drei Begleitern einfach mal so in die Sitzreihe, woraufhin Ralf mich anstarrt und fragt, ob mir klar sei, dass es eine ganze Reihe Leute gebe, die mir für mein heutiges Ticket sonst was angetan hätten, und zwar ohne mit der Wimper zu zucken. Leider wird er nicht spezifisch, vielleicht leidet er auch unter Metaphernschwäche wie ich. Um dieses offenkundige Desinteresse am Geschehen auf dem Rasen zu überspielen, beteilige ich mich für die nächsten zehn Minuten an den Spielkommentaren. Einmal schreie ich sogar laut »Abseits!«, mehrere Fans um uns herum beäugen mich daraufhin und schütteln mitleidig die Köpfe. Ich hatte einen Abwehrspieler nicht gesehen, der noch am Tor stand.

Meine danach ausschließlich emotionalen Einwürfe werden von Ralf & Co. überhört oder ignoriert, bis ich nach einem rüden Foul lautstark nach einer gelben Karte verlange und den Schiri beschimpfe. Da die foule Drecksau ein Bayernspieler gewesen ist, dreht sich Dirk zu mir und fragt mich recht unverhohlen: »Kannst du nicht einfach mal die Fresse halten?«

»Komm, chill, lass ihn«, will Ralf schlichten.

»Aber diese Scheißkommentare, eh, das langweilt. Das nächste Mal, wenn Bernd nicht kann, nehmen wir lieber Maren mit, die versteht mehr von Fußball.«

»Ich glaube ja nicht, dass die in ihrem Zustand mitgekommen wäre«, scheiße ich klug vor Dirk.

»Wieso?«, will Freund 2 sofort wissen. »Ist sie krank?«

»Nee, vergiss es. Alles in Ordnung«, sagt Ralf und wirft mir einen Rote-Karte-Blick zu. »Noch jemand Bier?«

Meine einzige Chance, die Situation zu retten, sehe ich darin, mich vom nervenden Anhängsel in einen bierbringenden Fan-Supporter zu verwandeln: »Ich hol's.«

»Hast du 'ne Karte?«

»Wie?«

»Du musst erst Geld auf die Eintrittskarte laden, mit Bargeld geht hier nix.«

»Und wo?«

»Oben, unter den Aufgängen.«

»Find ich schon. Vier Bier?«

Alle nicken einfach nur. Inzwischen hasse ich Fußball. Das ganze Prinzip Fußball ist kaputt, seit die Spieler von hier und da gekauft werden. Ich habe mal gehört, dass es in der Schweiz eine Alternative Liga geben soll, in deren Mannschaften nur Leute spielen dürfen, die in den entsprechenden Städten bzw. Dörfern geboren wurden. Die Info kann auch falsch sein – ich fände es auf jeden Fall richtig. Sobald Sport den Schritt zum internationalen Menschen- und Talenthandel vollzieht, wird das Ganze für mich langweilige Managementgrütze, eine Opportunistenveranstaltung.

Wieder eine These, die ich gleich mit Luftschluckpflaume Dirk teilen möchte; falls er irgendwas Superschlaues antwortet, kann ich ihn ja mit einem beherzten Biergruß aus meiner Kehle verstummen lassen. Ich habe nur fünfzehn Minuten der ersten Halbzeit verpasst, um die verdammte Karte aufzuladen und vier halbstarke Bierchen in die Hand zu bekommen, als ich zu unseren Plätzen zurückkehre. Dort bietet sich mir allerdings ein neues Problem: Die vier Plätze sind leer. Ich überprüfe noch einmal, ob ich auch in der richtigen Reihe bin, füge mich dann meinem Schicksal und den vier Bier, die zusammen wenigstens den Alkoholwert von einer Mass haben sollten.

Es fällt mir schwer zu begreifen, wie sich die Münchner Fußballfans mit dieser laschen Hopfenpisse zufriedengeben können. Dass sich die Fans einen ansaufen, ist eh klar, werden sich die Verantwortlichen gedacht haben. Und wenn sie dafür die doppelte Menge unseres Biers schlucken müssen, das dazu auch noch doppelt so teuer ist als woanders, lohnt sich das. Es schmeckt eben trister und treibt einen öfter aufs Urinal, so dass der idiotische Fan auch noch gezwungen ist, sich die Zusammenfassung in der Sportschau anzusehen, weil er live ein Tor verpasst hat. Ich bin mittlerweile überzeugt, dass Ralf, Dirk und Freund 2 von einem Vorgesetzten in eine der Business-Logen eingeladen worden sind oder sich sonst wie bessere Plätze beschafft haben. Deswegen waren sie auch die ganze Zeit so abweisend. Ich Hoeneß gebe den drei Snobs auch noch die Chance, sich abzusetzen, indem ich losziehe, um für sie Bier zu holen.

Natürlich habe ich kapiert, dass ich nur auf Marens Wunsch heute dabei sein darf, wenn die Männer Fußi gucken. Sie behandeln mich als dummen Bub, der ihnen mitgegeben wurde wie ein ungeliebtes Pausenbrot. Doch während ein Pausenbrot vergessen und somit zum Hasenbrot werden kann, bin ich einfach nur der Pausenclown, der per se schon eine ungewollte Mutation dessen ist, was man bei einem Fußballspiel auf dem Sitzplatz neben sich haben möchte.

Dafür, dass das Bier so leicht ist, macht es seine Arbeit recht ordentlich. Beim dritten Becher bin ich schon wieder mit der Fußballwelt versöhnt und schreie, was mir in den Sinn kommt. Das sind vor allem schlechte Reime auf die Namen, die ich von den Trikots ablese, und Schimpfworte. Ich bin ganz gewiss nicht stolz auf solche niveaulosen Aussetzer, sie ereilen mich bloß dann und wann. Meistens schäme ich mich danach in Grund und Boden, weil ich einfach nur meinen Lebensbitter in den Napf der Öffentlichkeit gespuckt habe. Mal sind es Menschen im Netz, die ich dann mies gelaunt zusammentrolle, dann, wie heute, öffentliche Veranstaltungen, bei denen es schwer ist, die Contenance und Kontinenz zu bewahren. Aus dem Maul tropft der verbale Dünnschiss, während sich unten stetig die Tröpfchen den Weg in die Hose bahnen. Den Harnfluss bekommt man gegebenenfalls mit einem Gang auf die Toilette in den Griff, aber oben kommt noch für Stunden die Gülle raus.

Nur hier in der Allianz-Arena ist das nicht so. Da nimmt einen nach zwanzig Minuten ein beliebiger Fan von hinten in den Schwitzkasten und unterbindet die Luftzufuhr. Man röchelt, spuckt und passt sich der Farbe seines Trikots an, während der Fan einem ins Ohr flüstert, dass es reicht und man heimgehen soll.

»Ist eh ein Scheißspiel, dann geh ich halt«, krächze ich, und der Fan lässt von mir ab. Den leichten Applaus um ihn herum kontere ich mit einem »60!«-Schrei, mache mich dann aber flink aus dem Staub, da sich einige der Beifallspender sofort erheben.

Mit zwei Plastikbechern Dünnbierproviant ausgestattet will ich mich auf den Heimweg machen, verlasse das Stadion und latsche zur Toilette, die zwischen der Arena und der U-Bahn-Station liegt. Ich trinke einen Becher aus, um mit der freien Hand pieseln zu können, bin aber für das einhändige Auspacken zu angesoffen, weshalb ich versuche, den zweiten Becher am Rand mit den Zähnen zu halten. Das dünne Plastik bricht leider, das Bier fließt mir auf die Brust und über die Hose. Für eine Sekunde erwäge ich, den Urin einfach laufen zu lassen; sehen oder riechen würde den eh niemand mehr, ekle mich dann aber doch davor, mit vollgepissten Hosen herumzurennen.

Wieder unter freiem Himmel entdecke ich einen Ausschank vor dem Stadion und wanke hinüber. Aus der Arena schwappt plötzlich eine Welle Applaus, es muss ein Tor gefallen sein. Ich fische mein Handy aus der Hosentasche, um Maren davon zu berichten. Das halte ich nämlich für eine sensationell gute Idee. Maren wird mein Unverständnis für Menschen verstehen, die die Hälfte ihrer Wochenenden damit ruinieren, fremde Männer beim Ballspielen zu beobachten.

Ich habe fünf verpasste Anrufe und zwei neue Nachrichten: »Erste neue Nachricht. Empfangen heute um 15 Uhr 57. Hey, Jens, Ralf hier. Wo bisten? ... Houhhhh (Wohl eine Torchance) ... Wir warten. Wenn du uns nicht findest: Block 230, Reihe 14! Komm schon! Houhhhhh (Wieder kein Tor) ... Wir haben Durst ... (77) Nachricht gelöscht. Zweite neue Nachricht. Empfangen heute um 16 Uhr 37. Mann, Jens! Bist du nach Hause gegangen, oder was? Ruf mal an oder schick 'ne SMS. Ralf hier. Ende der neuen Nachricht(77) ... Nachricht gelöscht.«

Drei Dinge, die mich nerven: Erstens: Das »Heute« der Mailboxansagefrau ist falsch betont, es klingt immer wie »Häute«. Zweitens: Ich bin in den falschen Block gelaufen und habe die Penner deswegen nicht mehr gefunden. Drittens: Mein Bier ist leer und ich muss schon wieder Lulu.

Ich sitze in diesem improvisierten Biergarten auf der Allianz-Plaza, wie ich den Vorplatz zum Schwimmreifen genannt habe, und halte nach Ralf und seinen Weißclowns Ausschau. Vielleicht haue ich Dirk einfach grundlos in die Fresse, überlege ich, bevor mir wieder einfällt, dass ich so was ja gar nicht kann.

Endlich entdecke ich Freund 2, der an einer der Laternen steht und ganz offensichtlich jemanden sucht, vermutlich mich. Die Laternen hier sehen aus wie Wetterballons auf Stäbchen, wahnsinnig sinnlos. Ich brülle: »Hey, Freund 2! Hier!«

Auf diesen Namen reagiert der Alternativ-Spießer zwar nicht, blickt aber kurz darauf zufällig in meine Richtung und erkennt mich. Mittlerweile ist mir klargeworden, dass er sicherlich Jack Johnson gut findet und Natalie Imbruglia im Video von »Torn« total geil. Habe ich auch beides kurz erlebt, aber schnell realisieren können, dass dies zwei Stationen der Bahnlinie nullachtfuffzehn sind. Egal. Ich laufe grinsend auf Freund 2 zu und schlage in die ausgestreckte Hand ein.

»Alles gut?«

Auch so eine Scheißfrage, es war niemals alles gut und wird es auch in Zukunft nicht sein.

»Na ja, in Angola liegt die Kindersterblichkeit noch immer bei rund achtzehn Prozent«, antworte ich, womit Freund 2 so spontan gar nichts anfangen kann. Also rede ich einfach schnell weiter. »Hab mich verlaufen und, na ja, auch wurst. Wo sind die anderen?«

»Kommen gleich. Dirk musste noch auf Klo.«

Aufs Klo, du artikelloser Idiot.

Freund 2 schaut mich an, als wäre ich nicht ganz dicht.

Ralf ist wirklich sauer, das hätte ich ihm gar nicht zugetraut. Er zeigt wahre Gefühle, wenn auch für die Verschwendung eines Fußballtickets. Ich muss ihm die Karte seines Freundes wieder aushändigen, und er gibt der Hoffnung Ausdruck, dass ich anstandshalber 20 Euro oder so draufgeladen habe. Das macht man nämlich so, wenn man eine Karte bekommt – auch wenn sie der Nutznießer quasi verfallen lässt.

»Ja, ist gut, Ralf«, pampe ich zurück und reiche ihm

das Ding. Schweigend laufen wir dann gemeinsam in Richtung U-Bahn. Ralf lässt Dirk und Freund 2 etwas vorlaufen und beginnt dann auf mich einzureden.

Was das denn sollte, von wegen Maren. Er weiß, dass ich mich total nett um sie kümmere und ihr als Freund sehr wichtig geworden bin, nur deswegen hat er mich auch mitgenommen. Aber irgendwas an mir begreift er nicht.

Mir persönlich ist noch kein Mensch begegnet, der mir so direkt gesagt hat, dass er mir nicht über den Weg traut. Vielleicht lernt man das auf den Manager-Seminaren, die Ralf garantiert besucht hat.

Er möchte auf jeden Fall nicht, dass seine Freunde von mir erfahren, dass Maren und er ein Kind erwarten, er will das schon selbst verkünden.

»Und wann?«, frage ich unschuldig.

»Wenn alles sicher ist.«

»Ist es doch.«

»Was weißt du schon?«

Ralf hat ganz offensichtlich kein Interesse an meiner Person, für heute habe ich es mir mit ihm verkackt. Damit wird es eindeutig auch komplizierter, meine Freundschaft mit Maren am Laufen zu halten. Und das kotzt mich ziemlich an.

»Hey, Ralf, ich weiß, dass ich Scheiße gebaut hab heute«, lalle ich los. »Ich hätte gleich sagen sollen, dass ich nicht so der Dings bin … Fußballfan.«

»Ja, das hätte geholfen.«

»Aber ich dachte, dass … also, wenn ich mich mit Maren so gut verstehe, dann wäre es doch gut, wenn wir uns auch, verstehste?«

»Natürlich.«

»So wie Jessi.«

»Was geht eigentlich mit der ab?«

»Wieso?«

»Die hat mich vor dir gewarnt.«

Die hat was?

»Mich gewarnt.«

O Gott! Ich denke wieder laut! Deswegen hat auch Freund 2 gerade so blöd geschaut.

»Was? Wer?«

»Ich weiß auch nicht, was mit der los ist.«

»Dann pass auf, was du ihr erzählst. Sie verdreht die Sachen manchmal gerne und, na ja. Ich hab mich damals nicht grundlos von ihr getrennt.«

»Du dich von ihr?«

»Ja, auch das dreht sie gerne um. Also, wenn ich mich dir gegenüber heute falsch verhalten habe, dann sorry.«

Er reicht mir seine Hand. Er ist tatsächlich okay, und ich bin stockbesoffen. An seiner Stelle hätte ich mich heute bestimmt nicht mitgenommen. Und ich würde mir auch nicht die Hand reichen.

Wir stehen wieder in der Fanmenge, die in die U-Bahn drängt, und werden gegen Dirk und Freund 2 gepresst. Dass wir gerade einen echten Männermoment haben, interessiert hier niemanden. Wobei »Männer« es nicht ganz richtig trifft, denke ich. Ein Kastrat und ein Impotenter, der Vater wird, reichen sich hier die Hand.

»Was hast du gerade gesagt?«

Ralf glotzt mich an und seine beiden Kumpels ebenso.

»Irgendwas von wegen, ein Kastrat und ein Impotenter«, erklärt Freund 2.

»Quatsch.«

»Bist du eigentlich völlig bescheuert?«

Ralf hat seine Hand zurückgezogen und starrt mich derart entgeistert an, dass ich ihn kaum wiedererkenne. Verdammte Kacke, warum passiert mir das immer, wenn ich blau bin?

»Hey, ich hab nur laut gedacht, dass ...«

»Verpiss dich. Und wehe, du rufst nochmal bei uns an oder kreuzt auf oder so.«

»Was ist denn jetzt los? Ich habe nur gesagt, dass du Vater wirst. Mehr nicht.«

Freund 2 und Dirk schauen mich verständnislos an.

»Du wirst Dad?«, fragt Freund 2.

»Das hat Maren zumindest gesagt«, erkläre ich.

»Und wieso soll er dann impotent sein? Bist du blöd, oder was?«, fährt mich Dirk an.

»Nein, bin ich nicht«, antworte ich, und weil jetzt eh alles verschissen ist, füge ich hinzu: »Aber sein Baby kommt eben nicht aus seinem Erbgut, sondern aus dem Reagenz...«

Weiter komme ich nicht, weil mir Ralf mit voller Wucht auf den Kopf drischt. Er scheuert mir keine, er boxt mich nicht in den Bauch, sondern haut mir mit seiner Faust von oben auf den Lukas. Und weil er ein Mädchen ist, hat er einen Rundschlag gemacht, der dermaßen wehtut, dass ich kurzzeitig schwarz sehe und beinahe zusammenbreche. Ein Bremer Fan bekommt mich gerade noch zu fassen und stützt mich, sagt irgendwas von wegen Loveparade und hilft mir durch die Menge an den Rand. Von da aus beobachte ich noch eine Stunde lang den an mir vorübertreibenden roten Menschenstrom, bis ich mich schließlich hineinfallen und mittragen lasse.

Faultier

»Faultiere sind von Natur aus Einzelgänger und verbringen fast ihr gesamtes Leben an Ästen baumelnd. Sie gelten allerdings als exzellente Schwimmer.«

Wie alle normalen Lebewesen reagiere ich auf die ungeheure Angst, das mir am wichtigsten Gewordene zu verlieren, mit einer unbeschreiblichen Lethargie. Zunächst war es nur der Kater von dem semialkoholischen Biersurrogat, der mich für gut vierzehn Stunden selig schlummern ließ und so verhinderte, dass ich aktiv eine Wiedergutmachung anstreben konnte. Danach war es die Überzeugung, dass so oder so alles, was ich machen kann, falsch ist, was mich zum totalen Stillstand geführt hat. Selbstverständlich könnte ich meine Zähne fletschen und mich in die Suche nach einer Lösung verbeißen, halte es aber lieber mit dem Faultier, das bekanntlich zu den Zahnlosen gehört und sich in gar nichts verbeißt: Ich warte, lasse Gras über die Geschichte wachsen und melde mich in ein oder zwei Wochen bei Ralf. Bis dahin wird Maren ihm bestimmt schon in den Ohren gelegen haben, dass sie den Kontakt zu mir vermisst, und ihm erklärt haben, dass sie doch mit irgendwem über die Umstände ihrer glücklichen Umstände sprechen musste. Ein top Plan.

Dass Jessi plötzlich in eine meiner Halbwachphasen platzen würde, um mir brühwarm zu gratulieren, dass ich mein Ziel erreicht hätte, hat mich in meinem Zustand aus nervösem Herumlaufen und halbsedierter Apathie dann doch überrascht. Ralf würde gerade seine Sachen packen und zu seinen Eltern ziehen, berichtet sie aufgebracht.

»Sehr witzig«, ist alles, was ich darauf sagen kann, weil das die beschissene Alternative ist, die ich verdrängt hatte. Warum muss dieser Idiot gleich so überreagieren?

»Ich finde es eher sehr scheiße. Was zum Teufel hast du zu ihm gesagt?«

»Nichts, was ich dir sagen würde, könnte oder dürfte. Was machst du überhaupt hier?«

Immerhin habe ich Jessi seit dem Ende unserer nicht gelebten Beziehung oder Affäre, unserem Ding nicht mehr gesehen oder gehört. Mir war, als wäre ihr nicht nach Kontakt zu mir.

»Die beiden haben sich vier Tage durchgehend gestritten. Maren hat dir was anvertraut, und du hast nichts Besseres zu tun, als es ihm unter die Nase zu reiben?«

»Es ist mir rausgerutscht. Ich war blau, da denke ich manchmal laut. Sven kann das bezeugen.«

»Dann trink halt nichts, wenn du weißt, dass du unzurechnungsfähig wirst.«

»Jessi, was glaubst du, wie leid mir das alles tut? Ich wollte die beiden gar nicht mehr auseinanderkriegen. Ralf ist in Ordnung, das hab ich kapiert. Außerdem könnte ich niemals für ein Baby sorgen.«

»Ach?«

»Ich schwöre.«

»Du bist total kaputt.«

»Ja. Von mir aus. Aber das ist unwichtig. Ich muss mit Maren sprechen.«

»Das würde ich an deiner Stelle nicht tun.«

»Was mir an meiner Stelle scheißegal ist«, sage ich und wende mich meinen Klamotten zu, um mich anzuziehen. Da schlägt Jessi die Tür zu meinem Zimmer zu.

»Danke«, murmele ich vor mich hin, da ich davon ausgehe, dass sie das Zimmer verlassen hat.

»Gern geschehen«, antwortet sie mir, dreht den Schlüssel im Schloss herum und steckt ihn sich in die Hosentasche. »Wir reden jetzt mal.«

Dieser Ansage kann ich nichts entgegensetzen. Ich hocke mich auf meine Matratze, Jessi bleibt zuerst bei der Tür stehen, lässt sich dann aber mir gegenüber auf dem Boden nieder.

»Wenn du Maren erzählst, was ich dir jetzt erzähle, muss ich dich leider töten«, beginne ich.

»Und wenn du mir Scheiße erzählst, mach ich dasselbe mit dir«, erwidert sie.

Als ich fertig bin und gerade von der Halbirren berichte, die mich in mein Zimmer gesperrt hat, um zu erfahren, was eigentlich mit mir abgeht, greift Jessi in ihre Tasche und reicht mir den Zimmerschlüssel. Sie ist inzwischen auf mein Bett umgezogen, da ich in meiner Erzählung teils recht weit abgeschweift bin, vor allem bei Hondo.

»Du findest mich also eigentlich super, aber weil Maren über diesen komischen Arzt dein Sperma abbekommen hat, glaubst du, dass du sie liebst«, fasst sie dann zusammen.

»Ja, aber so klingt es scheiße«, antworte ich.

»Das klingt nicht nur so. Und ich weiß nicht, ob ich jetzt gekränkt sein soll oder mal wieder die Verständnisvolle.«

»Wann warst du bitte verständnisvoll?«

»Gutes Argument.«

»Ist übrigens interessant, dass du vor allem raushörst, dass ich dich ganz nett finde.«

»Ganz nett?«

»Na ja. Okay halt. Ich akzeptiere dich als Mitmensch.«

»Ich finde dich auch irgendwie in Ordnung. Auf einer Skala von eins bis zehn, auf der eins Genschrott ist und zehn auch nicht viel besser, bekommst du eine vier.«

»Typisch Mädchen. Sofort verliebt.«

Fast hätte ich mich zu ihr gebeugt und versucht sie zu küssen, aber meine innere Stimme brüllt mir noch rechtzeitig zu, dass ich mich hüten soll. Also schauen wir uns nur verlegen an, was für Mittdreißiger schon peinlich genug ist. Für einen Moment streift mich tatsächlich der Gedanke, dass siebenunddreißig das neue Siebenundzwanzig sein könnte, und wenn auch nur wegen des unerwartet hohen Verlegenheitslevels. Ist natürlich Schwachsinn. Und würde Jessi nicht plötzlich aufspringen und auf die Toilette rennen, um sich zu übergeben, hätte ich vielleicht geheult. Also, so ein bisschen.

Später verrät mir Jessi ihren Plan, der mir zu erkennen helfen soll, wie sehr Maren sich von dem Bild unterscheidet, das ich von ihr in meinem Kopf gezüchtet habe. Dass ihr Leben und meins gar nicht vereinbar wären. Wir sitzen in der Küche, machen uns über Svens schlammigen Spermabooster lustig, der noch immer wie frisch erbrochen schmeckt, auch mit oder gerade wegen des Tequilas. Beim letzten Absturz war mir das egal, da hatte ich nur vor, möglichst schnell und unkompliziert besoffen zu werden. Nun merke ich jedoch, dass Sven da einen Trunk zusammengebraut hat, den kein normaler Mensch einem anderen Lebewesen anbieten würde, nicht mal Tieren. Da

Sven aber sowieso nicht normal ist, hat er uns beiden unaufgefordert ein Glas seines Partybrechmittels kredenzt.

Sie nippt einmal daran und stellt das Glas dann ganz beiläufig möglichst weit von sich weg; stattdessen erklärt sie mir ihren Plan: Sie will, dass ich Maren zu mir einlade, und erinnert mich daran, was ich über die Wohnung der Heinzes gesagt hatte. Die sterile Designer-Möbel-Hölle, in der ich ebenso verzweifeln würde wie Maren in unserer WG. Im Gegensatz zu unserer Behausung könne man in Marens Wohnung ohne Probleme mehrere Tage bei geschlossenen Fenstern leben, ohne Gefahr zu laufen, von Sporen, Bakterien oder gefährlichen Gasen getötet zu werden. Sven wirft zwar sofort sein Totschlag-Argument ein, dass nur durch die ständige Abwehr verschiedener Erreger das Immunsystem intakt bleibe, doch Jessi schmettert das barsch ab: Wer zehn Minuten am Tag in einer Stadt wie München vor die Tür ginge, werde von ausreichend vielen Erregern attackiert.

»Aber es ging ja darum, nicht mehr rauszugehen«, mault Sven nach, bevor er sich ins Wohnzimmer verzieht.

Ich bin derweil gerührt, dass Jessi mir unbedingt vorführen will, wie unmöglich eine Beziehung zwischen Maren und mir ist. Das grenzt an eine heimliche Liebeserklärung oder wenigstens eine noch immer bestehende Grundverliebtheit, die mir schmeichelt, die mich freut und zugleich aufwühlt.

Und ihr Ansatz ist eigentlich fair. Es ist kein Geheimnis, dass ich die gesamte Wohnung der Heinzes tot und ungemütlich fand, das aber auf den biederen Geschmack des Kabrio-Piloten Ralf geschoben habe. Jessi versichert mir, dass die beiden gerne zusammen zu den einschlägigen Möbel- und Deko-Artikel-Häusern bummeln würden, um gemeinsam ihren Lebensraum gemäß Jahreszeit und dem Trend der letzten Ausgaben der Wallpaper* Magazine zu gestalten. Da sie dabei aber nur die erschwinglichen Stücke von Trittbrettdesignern erstehen, wirkt ihr Heim eben eher bieder als stylisch. Zusätzlich fehlt so auch noch eine persönliche Note, welche die beiden durch aufgeblasene Urlaubsfotos an den Wänden vergeblich zu ersetzen versuchen. Sie erinnere sich noch gut an Ralfs alte Studentenbude, die große Parallelen zu meinem aktuellen Wohnloch gehabt habe.

»Der Typ hatte doch niemals auch nur annähernd meinen Stil«, behaupte ich sofort.

»Das nennst du Stil?«

»Ja, schon. In gewisser Art und Weise ist das ...«

»Vollkommener Durchschnitt. Glaub mir. Ich bin in mehr solchen Zimmern gelandet, als ich zugeben würde. Und dieser bei euch Männern so beliebte Stilmix ist einfach nur die naheliegende, praktische Lösung, den Wohnraum irgendwie zu möblieren. Abgesehen von kleinen Variationen das Bett betreffend sind die Wohnungen oder Zimmer fast identisch. Selbst Svens Zimmer ist bis auf den Frettgestank eigentlich gleich.«

»Und das bedeutet?«, mischt sich Sven ein, der wieder in die Küche geschlichen kommt, um gegebenenfalls unsere Gläser mit einer zweiten Runde Würgreiz auffüllen zu können.

»Dass Jens niemals eine Frau wie Maren für sich gewinnen kann.«

»Sicher?«, werfe ich ein. »Ich habe mit Maren mal länger beim Schwimmen darüber gesprochen, was ihr, na ja, an einem Mann wichtig ist. Und weißt du, was sie gesagt hat?«

»Ich schätze: Humor und gepflegte Kleidung?«

»Ja. Also dass er sie zum Lachen bringen kann.«

»Das sagen alle Frauen. Und das reicht bestimmt auch für einen One-Night-Stand. Aber vom Vater ihres Kindes wird sie erwarten, dass er zuverlässig, verantwortungsbewusst und solide ist. Dass er eine Vorstellung von dem hat, was er erreichen will, oder ihr zumindest ein Gefühl von Sicherheit und Geborgenheit vermittelt.«

»Und wenn du dich irrst?«, frage ich, obwohl feststeht, dass sie in diesem Fall jeglichen Irrtum ausschließt.

»Dann wird sie zu dir kommen, deine Wohnung sehen, sich ihre Liebe zu dir eingestehen, und ihr könnt ohne Reue vögeln, bis dein Pimmel glüht.«

Ich habe das Gefühl, dass ihr im Gegensatz zu mir diese Lösung nicht besonders gefallen würde.

Am nächsten Tag ziehen Idi Amin und Eva Braun in einen neuen, artgerechten Käfig. Außerdem kommt Die Stubenfee, ein professioneller Reinigungsservice mit dämlichem Namen, und poliert sich durch unsere Bude. Das war zwar ausdrücklich nicht Teil des Plans, aber ich verfolge ja auch andere Ziele als Jessi. Ich will Maren zeigen, dass sie eine Entwicklung in mir bewirkt, dass ich vorwärts denke, eine Zukunft plane. Und die beginnt mit einem sauberen Haus.

Hinter der Stubenfee verbirgt sich ein Herr Mitte sechzig, langzeitarbeitslos, aber gut versorgt. Er mache das nur für das Spritgeld, erklärt er, würde auch schwarz vorbeikommen, allerdings nähme er dann statt 13 Euro 50. Der Sinn dessen erschließt sich mir nicht, ich dachte immer, dass Schwarzarbeit für den Auftraggeber günstiger sei. Aber da ich es eh fürchterlich unangenehm finde, einen Putzmann zu haben, der mein Vater sein könnte, statt einer Frau, die gebrochen Deutsch spricht und schweigt, erspare ich ihm und mir einen Exkurs zum Thema Schwarzarbeit.

Nach vier Stunden ist die Wohnung vom Siff der vergangenen Jahre befreit, und mir fällt das erste Mal auf, dass die Möbel wirklich schäbig sind. Dass bei uns alles irgendwie gammlig ist. Die Matratze auf dem Boden, meine Güte, das war mit fünfundzwanzig gerade noch okay. Mit fünfundzwanzig, als ich genau diese Matratze auch schon hatte. Fast alle Frauen, mit denen ich Sex hatte, haben mindestens einmal auf dieser Matratze gelegen. Und da ich vorhabe, für den Rest meines Lebens nur noch mit einer Frau zu schlafen, beschließe ich, meinen Schlafplatz vor dem ersten Mal zu erneuern.

Alles, was zählt, ist, dass ich mich nicht verstelle. Ich spüre tatsächlich einen Wandel in mir. Und darauf kommt es doch an. Ich will nicht mehr in dem Müll leben, den ich seit meinem Auszug von daheim mit mir herumschleppe. Der beschissene weiße Chrom-Freischwinger, dessen zwei Querstreben unter der Sitzfläche in regelmäßigen Abständen abfallen, seit ich sechzehn Jahre alt bin, er muss raus. Das instabile Regal ist ebenfalls seit Jahrzehnten überfällig. Jetzt, da ich meine Wohnsituation durch Marens Augen sehe, erkenne ich endlich, warum ich mich nicht verändern kann. Veränderung beginnt nicht im Kopf, sondern in der Umgebung.

Isarvorstadt passt. Die Adresse ist gut, die Wohnung ordentlich geschnitten, und dass Sven hier noch wohnt, geht auch klar. Ich teile ihm zur Sicherheit aber mit, dass er sich schon mal nach einer neuen Wohnung umschauen soll, da ich eventuell die ganze Wohnung für meine kleine Familie brauchen werde.

»Du weißt es also schon?«, fragt er mich. Er ist stoned, und ich sage nur, dass ich es einfach im Gefühl habe. Er findet das in Ordnung und loggt sich sofort bei WG-Gesucht ein. Wenn ich möchte, könnte er schon zum nächsten Ersten raus sein. Es fühlt sich alles so richtig an, dass ich ihn vor Glück und Dankbarkeit für sein Verständnis umarme. Theatralisch verkünde ich, dass ich ein neuer Mensch werde, und er weint mit. Der Höhepunkt meiner Transformation besteht darin, dass ich zu meinen Eltern fahre. Seit ich ausgezogen bin, habe ich es geschafft, ohne ihre Unterstützung meine Miete zu zahlen, mich zu ernähren und anzuziehen. Hin und wieder haben sie mir natürlich etwas zugesteckt, aber das war immer in einem normalen Rahmen.

»Was brauchst du denn alles, Junge?«, fragt mein Vater und sieht mich ernst an. Wir sitzen auf der Terrasse ihres kleinen Hauses in Feldmoching, wo sie seit drei Jahren leben. Es ist ein kleiner Spießbürgertraum, der Vorhof zum Beamtenparadies. Ich bin ungefähr das zehnte Mal hier draußen und habe sofort ein inneres Erstickungsgefühl. Grund dafür sind bestimmt die Schuldgefühle gegenüber meinen Eltern, dieser Komplex, dass ich nichts richtig mache und sie auch mit positiv formulierten Jobbeschreibungen immer nur ratlos und unsicher zurücklasse. Ich lebe ein Leben, mit dem ich gut zurechtkomme, aber hier habe ich immer sofort das Gefühl, alles falsch zu machen.

»Eigentlich eine ganze Einrichtung. Bett, Schreibtisch, Stuhl, Wohnzimmer …«

»Und wenn du die Sachen nimmst, die wir noch aus

der alten Wohnung in der Garage haben?«, fragt meine Mutter, die natürlich viel lieber das Geld für eigene neue Möbel ausgeben würde.

»Nee, Mama. Ich muss mich erneuern. Das geht nicht mit Möbeln, die sogar euch schon zu alt waren. Wenn ich jetzt nicht durchstarte, schaffe ich es vielleicht nie mehr. Ich weiß, dass es pathetisch klingt, aber – wie soll ich jemals in meiner Studentenbude eine Familie gründen?«

Ein tollkühner Gedankensalto, aber er wirkt. Ich weiß, dass sich Mama nichts sehnlicher wünscht als ein Enkelkind. Dass es bereits unterwegs ist, verschweige ich lieber noch. Sollte mein Plan mit Maren jedoch aufgehen, werden wir hier in wenigen Wochen mit Sekt anstoßen. Oder Champagner, falls Maren darauf besteht.

»Also sag doch mal, wie viel du brauchst, Junge«, drängt mein Vater.

»Keine Ahnung. Fünftausend?«

»Dafür bekommst du gerade mal eine anständige Couch.«

»Nee, bei Ikea …«

»Das ist doch Kokolores. Setz dich mal auf unsere Couch und dann auf eine von diesem Ikea.«

»Ja. Okay, aber …«

»Nichts. Du brauchst mindestens zwanzigtausend Euro.«

»Was«, sage ich, »das ist doch Wahnsinn. Dafür kann man ja ein neues Auto kaufen.«

»Junge!«, erwidert mein Vater genervt. »Du kommst zu uns und willst was Vernünftiges, aber hast es dir schon wieder nicht richtig überlegt. Was ist das denn immer mit dir?«

»Nichts, Papa. Ich bin nur, wie ich bin.«

Den Besuch hätte ich mir sparen sollen. Sie werden mich nie als Erwachsenen akzeptieren, sondern immer wie einen dummen Jungen behandeln. Garantiert kommt gleich der Vorschlag, gemeinsam zu Segmüller oder zu XXXLutz zu fahren.

»Du bist jetzt siebenunddreißig Jahre alt, Junge. Wenn du sagst, dass du an einem Punkt bist, wo du den Schritt machen musst, den du da vorhast, dann unterstütze ich das natürlich …«

»Aber?«

»Nichts aber.«

»Ich zahle das auch zurück.«

»Unsinn. Ich überweise dir morgen dreißigtausend Euro, das sollte reichen, um die Wohnung zu renovieren und in Ruhe deine Karriere voranzutreiben.«

»Was?«

»Du bist hier nach dem Abitur ausgezogen und hast uns nie um Geld gefragt. Andere lassen sich ihr Studium bezahlen, am besten noch ein Praktikum in New York oder sonst wo. Das kam nie. Du hast immer für dich selbst gesorgt. Jetzt lass uns mal machen.«

»Ja, aber …«

»Ja, ja. Lass das mal meine Sorge sein. Ist ja sowieso alles von deinem Erbe.«

Dann heule ich in den Armen meiner Mutter. Alles kommt aus mir heraus, vor allem die Scham, in meinem Alter noch nichts auf die Reihe gebracht zu haben, was für mich Wert und Perspektive hat. Ich bin ein austauschbarer, kleiner, unwichtiger Messekasper, der mit viel Dusel durchs Leben schlingert. Meine Eltern sind studiert, Lehrer, Beamte. Solide, gefestigt, stark. Ich bin überzeugt, dass sie sich vor ihren Freunden und Bekannten ein wenig für mich schämen und so gut wie nie über mich sprechen. Die einzige Alternative, die ich mir vorstellen kann, wäre, dass sie im Freundeskreis mit übertriebenem Stolz von meiner Arbeit und meinen Aufträgen sprechen und meine lächerlichen Messeauftritte als Erfolge darstellen, was zwangsweise dazu führen würde, dass sich die Freunde für mich schämen. Das muss ich wirklich ändern.

Und zwar jetzt.

Zwei Tage später erlebe ich gleich zwei Überraschungen. Zum einen ist morgens mein Konto mit 24 227 Euro im Haben, wie mir der Bankmitarbeiter mitteilt, bevor er mir eilig vorschlägt, doch für ein Beratungsgespräch in seine Filiale zu kommen. Ich lehne dankend ab, ärgere mich, dass von den 30 000 nur so wenig übrig ist, aber wenigstens ist der Dispo mal wieder ausgeglichen.

Das zweite unerwartete Ereignis ist nicht ganz so erfreulich. Ich betrete mein Zimmer, in der Tasche 400 Euro, einfach nur, weil es so geil ist, da sitzt Maren auf meinem Bett und liest eins meiner besseren Babybücher, »Elterngeheimnisse«. Sie ist darin vertieft und bemerkt mein Eintreten zunächst gar nicht.

»Hi«, sage ich leise.

Maren schaut auf, ein Engelslächeln huscht über ihr Gesicht, was sonst nur bei Kleinkindern vorkommt, ein Lächeln zwischen den Welten, in dem Schmerz und Freude vereint sind.

»Hi«, antwortet sie und legt das Buch zur Seite. Ich stehe wie festgetackert im Raum, innerlich fluchend, dass ich nicht schon früher auf die Idee gekommen bin, meine Möbel meinem Leben anzupassen. Beziehungsweise dem, was mein Leben sein soll.

»Genau so habe ich mir dein Zimmer vorgestellt«, sagt Maren dann endlich in die Stille.

»Echt?«

»Ja, das ist total authentisch.«

»Mich nervt es irgendwie.«

»Alles, was unser Inneres derartig nach außen trägt, nervt.«

Ich kann nicht nachvollziehen, warum sie so etwas sagt. Das klingt wie ein Satz, den sie beim Traumschiff-Gucken aufgeschnappt hat.

»Das Buch, das du da gerade angesehen hast, ist ganz gut«, versuche ich sofort das Thema zu wechseln. »Gibt's zwar auch im Internet, aber als frische Eltern ins Netz zu kommen, ist bestimmt gar nicht so einfach.«

»Ja, ist ganz nett.«

»Auch authentisch«, scherze ich. Maren lächelt endlich, und ich rede weiter, bevor ihr wieder ein Satz entweicht, den ich merkwürdig finde: »Ich gehe davon aus, dass Jessi dich hergelotst hat.«

»Richtig. Sie meinte, dass wir uns vielleicht mal aussprechen sollten.«

»Womit sie gar nicht so Unrecht hat. Ich habe absolut Scheiße gebaut, und das tut mir unendlich leid.«

»Schon okay.«

»Nein …«

»Doch. Und sag mir jetzt bitte nicht, was für mich oder Ralf richtig wäre. Er kommt mit der Situation nicht zurecht, obwohl wir uns über ein Jahr lang darauf vorbereitet haben.«

»Ach, dann geht es gar nicht darum, dass du mir erzählt hast, dass er nicht der Vater ist? Weil, also, wenn es um Vertrauen geht: Er hat mir ja auch einfach von den

Pixelschubsern erzählt, ohne dass du das irgendwie …«, lasse ich den Satz verenden.

»Nein. Das war nur der Auslöser, bei dem er ausgerastet ist. Er weiß nicht, wer der Vater des Kindes ist, und das macht ihn verrückt. Wahrscheinlich würde es ihn ebenso verrückt machen, wenn er es wüsste, aber Dr. Parisius ist da zum Glück eisern. Ich weiß gar nicht, ob der das überhaupt nachprüfen kann.«

Ich kann mich nicht daran erinnern, dass Maren jemals Dr. Parisius erwähnt hat, und stelle mich deswegen noch ein wenig dumm.

»Das ist der Arzt, der die Schwangerschaft …?«

»Ja. Da arbeitet übrigens die Tussi, die wir beim Fernsehturm gesehen haben.«

»Echt? Die vom Luigi?«

Das kam etwas zu schnell. Ich muss mit diesen Lügen aufhören, mir wird schon ganz anders.

»Genau. Ist dir irgendwie heiß?«

»Wieso?«

»Du schwitzt.«

»Ja, ich bin, ähm, ich war mit dem Fahrrad unterwegs und schwitze da immer zeitversetzt«, lüge ich flott weiter. »Ist bestimmt die Schilddrüse oder so.«

Skepsis.

»Setz dich doch«, fordert mich Maren schließlich auf. Ich gehe zu ihr und kauere mich verkrampft auf die Matratze. So hocken wir beide da, sie mit den Füßen über die Längskante hinaus, ich über die Breitseite.

»Und wie geht es jetzt weiter?«

»Ich warte, bis sich Ralf beruhigt hat, dann werden wir das alles mal in Ruhe bereden.«

»Wozu macht er denn das Drama? Ich meine, du bist

schwanger, das ist doch total krass, wenn er dich dann auch nur ansatzweise sitzenlässt.«

»Das Kind ist nicht von ihm.«

»Na, aber indirekt schon. Er wollte ja mit dir, also, ihr wolltet ja das Baby. Sonst niemand. Und darum geht es auch nicht. Du bist schwanger. Da macht man so was nicht.«

»Und wenn es nur ich wollte, weil ich gedacht habe, dass das was verändern würde?«

»Dann hast du Recht behalten.«

Endlich mal ein nicht ganz so doofer Satz von mir, der auch gleich mit einem Lächeln belohnt wird, das schon fast so strahlt wie ihr normales.

»Versteh mich nicht falsch, aber wie würdest du denn damit umgehen? Also, wenn du mit jemandem zusammen wärst, und sie will unbedingt ein Kind?«

»Ich würde es ja auch wollen.«

»Auch wenn es nicht von dir wäre?«

»Ach, so viel gibt es an mir nicht, was für die Nachwelt erhaltenswert wäre. Da kann man dem Frett kaum einen Vorwurf machen. Ich schau ganz okay aus, kann ganz okay sehen und mich ganz okay verständigen. Wie der Ganz-Okay-Man eben.«

»Kenne ich nicht.«

»Ist auch okay.«

»Verstehe. Es wäre für dich also kein Problem?«

»Quatsch. Ein Baby wäre das Größte, das Beste, das Unglaublichste überhaupt. There is no I in baby.«

»Du bist unglaublich«, sagt Maren und lässt sich rückwärts in mein Bett fallen. Ich bin völlig ahnungslos, wohin das gerade alles führt. Hat sie mich gerade gefragt, ob ich dieses Kind als meins akzeptieren würde, falls Ralf der Arsch bleibt, für den ich ihn halte? Oder geht es ihr nur generell um die Bestätigung, dass Männer ganz okay sind, und deswegen auch mit Ralf alles ganz okay werden wird? Welche verdammte Rolle spiele ich hier noch?

Maren starrt die Decke an und denkt nach. Ich sitze leicht verkrampft da und weiß nicht, wo ich hinsehen soll. Da sie nur einen Rock trägt, der über ihre Knie hochgerutscht ist, schaue ich auf ihre Beine und stelle das erste Mal fest, dass sie Semmelknödelknie hat. Ihre Kniescheiben treten so deutlich hervor, als hätte jemand an ihrer Stelle kleine Semmelknödel implantiert. Ich mag sowohl die Knödel als auch die Knie, schaue dennoch schleunigst wieder woanders hin, da eins meiner Augen schon unter den Rock schielen wollte. Zum zweiten Mal in wenigen Tagen fühle ich mich wie ein Teenie.

Endlich dreht sich Maren auf die Seite und sieht mich ernst an.

»Ich glaube, dass du dich ziemlich erhaltenswert findest, Jens.«

»Wie kommst du darauf?«

»Deine Wohnung. Das ist alles so du. Jedes einzelne Objekt in diesem Zimmer ist hundert Prozent Jens. Und du erhältst das alles, weil du das weißt. Und weil du leider keine Kinder bekommen kannst.«

»Ist das so?« Ich mag weder Hobby-Psychologie noch die Idee, dass dieses verfallende Jugendzimmer alles ist, was ich darstelle. Das bedarf der Klärung. »Weil, ich bin nämlich gerade dabei, das alles rauszuwerfen.«

»Wie?«

»Ja, ich hab zwanzigtausend Euro gespart und will das hier alles neu machen. Ein Bett, ein echtes Regal, im

Wohnzimmer eine Couch, einen Esstisch. Eine Wohnung eben, kein Wohnloch.«

»Und warum?«

»Mann, Maren, weil ich siebenunddreißig bin. Ich lebe hier wie ein ranziger Student. Wenn ich was Ernsthaftes aus, mit oder in meinem Leben machen will, dann sollte ich langsam mal anfangen.«

»Aber du hast doch Pläne, hast du gesagt. Die Messesache ...«

»Ja, klar. Mache ich auch, da bin ich dran. Aber vorher muss ich mir die Umgebung dafür schaffen. Ich bin kein Typ, der sich von innen her umkrempelt – bei mir muss das von außen kommen.«

Versteht sie nicht. Kann man ihr auch nicht vorwerfen, ich selbst halte es ja insgeheim auch bloß für eine sehr einfallsreiche und gelungene Prokrastinationsmethode.

»Ich mag dich, genau wie du bist.«

Verstehe ich nicht.

»Weil du zwar ein Chaot bist, aber ein gutes Herz hast.«

Ich bin froh, dass ich nicht besoffen bin und mir laut meinen Teil dazu denke, denn dieser Satz ist dermaßen dämlich, dass ich mich kurz für Maren schäme.

»Denkst du das wirklich?«, frage ich.

»Ja, so wie du dich für Kinder interessierst, die ganze Begeisterung, das hat mir so geholfen in den letzten Wochen. Weil ich keine schwangeren Freundinnen habe und, na ja, fremde Schwangere ansprechen geht ja nun nicht.«

Sogar mir ist aufgefallen, wie sich Frauen in anderen Umständen gegenseitig ignorieren. Ein kurzer Blick, mit dem der Bauch der anderen gescannt wird, danach wird schnell woanders hingeguckt. Nur die unschuldig neben ihnen herschlurfenden werdenden Väter lächeln sich gerne mal stolz und wissend zu.

»Na ja, ich …«

»Wahrscheinlich sollte ich dankbar sein, dass mal alles raus ist. In den letzten Tagen haben Ralf und ich Dinge zueinander gesagt, die echt krass sind. Auf einmal hasst er Teelichter und Kerzen!«

Ich kann es ihm nicht verübeln. »Ach, das hat er bestimmt nur so gesagt, weil er nach irgendwas gesucht hat, aus dem er dir einen Vorwurf machen kann.«

»Meinst du?«

»Klar.«

»Und dass er die gesamte Idee hinter meiner Agentur unnütz und scheiße findet und mir garantiert, dass mich, beziehungsweise ihn, die Sache nur Zeit und Geld kosten wird?«

»Das hat er nicht gesagt.«

»Aber hallo! Dass er es satt hat, wie ich durchs Berufsleben stolpere und nicht merke, wie ich immer wieder gegen die gleichen Wände renne. Dass in jeder Agentur aus netten Kolleginnen Fotzen werden, sobald ich ein paar Wochen mit ihnen auskommen muss. Wobei – das ist echt schon passiert, aber dafür kann ich ja wohl nichts, wenn die alle so falsch sind.«

»Nee, echt nicht.«

»Scheiße, Jens. Es ist echt gerade alles total scheiße.«

Zum Glück habe ich eine Packung Kleenex neben dem Bett stehen, denn Maren beginnt nun zu weinen, wie ich noch keinen Menschen weinen gesehen habe. Sie ist dabei bildschön, die Tränen verleihen ihren Augen einen noch strahlenderen Glanz, und sie hält sie weit geöffnet, während große Tränen über ihre Wangen strömen. Ich schmeiße meine Beine aufs Bett, setze mich hinter sie und nehme sie in den Arm.

Die Frau, von der ich in den letzten Monaten immer wieder geträumt habe, schwachsinnige Träume mit Diddl-Maus-Symbolkraft, in denen sie vorkam – nichts Erotisches oder so, das passiert mir nie –, sie liegt nun in meinen Armen. Nicht einmal das ist in meinen Träumen vorgekommen! Und ich habe nichts Besseres zu tun, als an ihren Mann zu denken. Er hat sich getraut, ihr endlich zu sagen, was in ihm vorgeht, was er von ihren Ideen denkt, ganz ehrlich. Alles, was in ihm gebrodelt hat, ist nun auf dem Tisch, womit die Krise eigentlich überwunden sein müsste, wenn die Offenheit keine allzu tiefen Wunden geschaffen hat. Er liebt sie ganz offensichtlich, weshalb ich ihn gerade auch instinktiv verteidigt habe.

Maren liegt in meinen Armen, und ich verteidige Ralf. Dann dreht sie ihren Kopf zu mir und schaut mich an. Kack doch Ralf in den Schuh.

»Und ihr habt echt gevögelt?«, fragt Sven noch einmal.

»Ja, Mann. Und es geht niemanden was an. Vor allem nicht Jessi.«

Sven schielt unter den Tisch, wo er offenbar gerade eine SMS an Jessi verfasst.

»Im Ernst.«

Er bricht das Tippen ab und nervt mich lieber mit einem: »Und?«

»Ach, komm, Sven. Wir haben uns noch nie darüber unterhalten, wie es mit einer Frau war. Ich weiß auch gar nicht, ob ich das beschreiben oder bewerten könnte.«

»Das hab ich gar nicht gemeint. Ich wollte wissen, ob

das jetzt was Ernstes wird. Wegen Wohnungssuche und so.«

»Ja, nee, das, also …«

Ich stottere, weil es ganz und gar nicht so gelaufen ist, wie es hätte können, sollen, müssen. Der Anfang, ja, das Küssen, das immer hektischer werdende Greifen und Atmen, Tasten und Zerren, das Zuflüstern, wie lange man nicht mehr berührt worden ist, durchzogen von ungläubigem Stöhnen und dem Staunen darüber, was gerade geschieht. Bis zu dem Moment, in dem Maren anfängt zu weinen, nachdem wir unter der Decke ineinander verschlungen sind, dem Moment, in dem sie sich plötzlich von mir löst, mich von sich stößt und eine ganz andere Hektik ausbricht. Fast panisch steht sie auf, packt ihre Sachen und zieht sich an, während ich wie ein Narr mit falschen Beschwichtigungen auf sie einrede, was sie prompt in Rage versetzt.

»Was machen wir hier, verdammt? Was fällt dir eigentlich ein?«, schreit sie mich an.

»Hey, bleib bitte ruhig.«

»Das ist total scheiße von dir!«

»Wieso denn von mir? Wenn, dann von uns. Und ich finde, dass es sich richtig anfühlt.«

Ich bekomme nur am Rande mit, dass ich nun original wie Antoine de Saint-Exupéry klinge, sie kämpft mit ihrem BH-Verschluss, den ich möglicherweise beim Aufreißen kaputt gemacht habe.

»Genau das wolltest du die ganze Zeit, oder?«

Ich sage besser mal nichts, was der Antwort gleichkommt, die sie erwartet hat.

»Warum? Warum drängst du dich in unser Leben und machst alles kaputt? Bist du psycho oder was?«

»Quatsch.«

»Aber du willst mir doch nicht erzählen, dass das alles Zufall ist, oder?«

»Schicksal.«

»Schicksal? Das haben wir in der vierten Klasse gesagt, wenn eine von uns in Hundekacke getreten ist. Tja, Schicksal!«

Sie hat den schnippischen Tonfall einer Viertklässlerin noch immer sehr gut drauf. Ich schenke mir das Lob, da es vom Thema ablenken würde. Außerdem käme diese Ablenkung gerade sicher nicht gut an.

»Maren, komm mal her. Bitte. Du kannst jetzt doch nicht einfach gehen. Was wird denn aus ...«

»Uns? Nur zur Info: Uns gibt es nicht.«

»Hab ich ja auch nicht gesagt. Aber trotzdem, beruhig dich mal. Was, wenn Ralf ...«

»Du kennst Ralf nicht.«

»Ja, aber ...«

»Er braucht nur mal ein paar Tage für sich. Das ist doch verständlich. Ich bin ein schwangeres Hormonwrack. Und dass du das ausnutzt, ich weiß nicht ...«

»Du bist ... Ich bin eben ... Also, ich hab noch nie eine Frau wie dich getroffen und ...«

»Komm, Jens. Wenn du dich in mich verliebt hast, dann mach das bitte nicht zu meinem Problem. Ich weiß, was ich will. Und das hier ist es nicht.«

Sie schaut sich in meinem Zimmer um und zuckt mit den Schultern.

»Wie gesagt, das kommt ja alles raus«, stammle ich vergebens. Ich hocke auf meiner dämlichen Matratze, das Laken um mich geschlungen, Maren ist inzwischen vollständig angezogen. Ich wäre auch am liebsten wieder in meine Kleidung geschlüpft, will aber nicht mit meinem Ding neben der hysterischen Maren durchs Zimmer huschen. Sein Zustand könnte noch immer als bedrohlich empfunden werden. Sie prüft, ob sie auch nichts vergessen hat, und spricht dann das aus, was wohl als letzte Worte gedacht ist: »Wahrscheinlich ist es das Beste, wenn wir den Kontakt abbrechen.«

Dass sie sogar auf das klassische »erst mal« verzichtet, verleiht dem Ganzen eine schmerzhafte Endgültigkeit. Das, was gerade geschehen ist, war mein Moment mit Maren. Wir haben uns berührt, ich habe ihre Haut geschmeckt, sie mit meinem Schweiß benetzt und gehofft, dass wir für immer eins sein werden. Ich habe nur noch ein Ass im Ärmel, aber das auszuspielen gliche eher einer verschärften Runde Russisches Roulette. Allerdings habe ich es mir mit Ralf verschissen, und jetzt durch das dumme Ficken mit Maren auch noch alles zwischen ihr und mir zerstört, also bleibt mir nur diese einzige Chance, das letzte, verzweifelte Fünkchen Hoffnung, eine Smith & Wesson Model 29 mit fünf .44 Magnum-Patronen und nur einer leeren Kammer. Der Kopfschuss ist vorprogrammiert, aber ich sage es dennoch: »Maren, dein Baby ist von mir.«

Lemming

»Bei den Dreharbeiten des Films
›Abenteuer in der weißen Wildnis‹
warfen Disney-Angestellte lebendige Lemminge
in die Schlucht eines Flusstales, um die
Legende des Massenselbstmords zu inszenieren.«

Dass wir noch vor der Geburt der Kleinen heiraten, war ihre Idee. Die Argumentation, dass es bei mir so oder so egal sei, ob wir uns irgendwann wieder scheiden lassen, weil ich eh nichts verdiene, fand ich sehr treffend. Vor allem hat mich aber die Begründung überzeugt, dass eine Hochzeit in der leidenschaftlichsten Phase einer Beziehung viel mehr Sinn ergebe als eine nachgeholte Eheschließung nach sieben Jahren Alltag und Tristesse. Zwei irre Monate liegen hinter uns, und wie immer hat sich alles so gefügt, dass ich glücklich bin.

»Hey, Pisser, wohin?«, reißt uns Hondo aus einem Kuss. Wir haben uns kurz in die Küche verzogen, um dort zu überprüfen, ob Sven auch wirklich seinen ganzen Mist mitgenommen hat, dann aber lieber geknutscht, anstatt in den Schubladen nach Hyänenhirnextrakt, Tigertatzenpulver oder Elefanteneiermousse zu suchen. Hondo hat ein Stück Couch in der Hand, ein weiches Sitzmöbel, das ich nur mit Mühe heben könnte – er trägt es so locker wie eine leere Kiste Bier.

»Ins Wohnzimmer, bitte«, antwortet Jessi.

Ihr weicher Bereich passt nämlich genau in die Fensterecke. Der neue Anstrich hat den Frettgeruch aus dem Raum vertrieben, der sich aus Svens altem Zimmer strömend dort in die Wand gefressen hatte. Schon bald wird es in dieser Wohnung bestimmt so riechen wie bei meiner zukünftigen Frau, durchzogen von einem Hauch Windel und, na ja, mir eben.

Die vergangenen, unglaublichen acht Wochen kommen mir heute schon vor wie ein Wimpernschlag. Was nun geschieht, ist lediglich die logische Konsequenz von allem Vorangegangenen, die Umsetzung des Unumgänglichen. Als Jessi vor mir stand und mit den Worten »Ich bin schwanger, du Eunuch!« auf ihren ungeplanten Zustand aufmerksam machte, war ich noch völlig perplex. Jetzt, zwei Monate später, ist das alles ganz plausibel und hätte gar nicht anders laufen können.

Damals merkte ich recht schnell, dass Maren meinem Handeln wenig Verständnis entgegenbrachte. Ich hatte nicht das Glück, die leere Kammer der Smith & Wesson zu erwischen, sondern hatte mich tatsächlich vollständig aus ihrer Gunst geschossen. Auf meine Worte hin ließ Maren ihre Handtasche fallen und begriff sehr viel in sehr kurzer Zeit, was nie gut ist, da in solchen Prozessen wenig Platz für Empathie bleibt.

Ich bin noch immer froh, dass sie sich dann dazu entschloss, mich zur Rede zu stellen. Mich erzählen zu lassen und sich aus sicherer Entfernung den ganzen Sachverhalt anzuhören. Ich habe natürlich versucht, mit einer blumigen, pointierten Erzählung ihr Mitgefühl zu erregen, aber als sie nicht mal beim Frettbiss lächelte, spürte ich schnell, dass eine sachliche Schilderung besser ankommen würde.

Bei der Stelle mit dem Einbruch in die Praxis fragte sie, ob ich noch ganz dicht sei. Sie attestierte mir ein krankes Ego und erinnerte mich daran, dass ich als Samenspender kein Recht hätte zu erfahren, was mit meinen Spermien passiere. Da ich den Zeitpunkt nicht passend fand, diese Fragen ethisch, moralisch und juristisch zu diskutieren, beschloss ich, den Einwand zu ignorieren. Ich hätte ohnehin keine geeigneten Argumente gefunden, um meinen Informationsdiebstahl zu rechtfertigen.

Natürlich erinnerte sich Maren an die Stalkerwitze im Anti und fand das ebenso empörend wie »sick«. Da sie mir damit, wenn auch unbewusst, unter die Nase rieb, dass sie selbst schon die Sprache ihres Götterspackengatten übernommen hatte, brannte bei mir in diesem Moment die Sicherung durch. Es war mir zu blöd, als der komplett Irre hingestellt zu werden. Sie war doch so verrückt danach gewesen, mit ihrem Scheißralf ein Baby zu haben, dass sie ihm sogar die Einwilligung abgerungen hatte, ein Kind aus dem Samen eines anderen zu akzeptieren. Letzten Endes hätten wir gerade eben nur nachgeholt, was Dr. Parisius in der Petrischale schon vorbereitet hatte. Und sie müsste doch zugeben, dass die Variante im Bett wesentlich angenehmer sei. Anstatt irgendwas zuzugeben, wurde sie noch wütender.

»Weißt du, was der Unterschied zwischen dir und einem Eimer Scheiße ist?«, fragte Maren, ohne dass ich eine Chance hatte zu antworten. »Wenn ich die Wahl hätte, würde ich den Rest meines Lebens mit dem Eimer Scheiße verbringen.«

Ich muss zugeben, dass ich diese Variante des alten Witzes noch nicht kannte. Trotzdem konnte ich das so nicht auf mir sitzen lassen. Mich in dieser Situation zu beleidigen, das war wie einen kleinen Lemming beim Ertrinken unter Wasser zu drücken.

»Aber das tust du doch schon. Dumm nur, dass der Eimer Scheiße jetzt zu Mama und Papa Scheiße gezogen ist.«

Das hätte ich mir natürlich sparen können, immerhin war Ralf wirklich nicht das Arschloch hier.

»Tut mir leid. Das war unnötig. Ralf ist …«

»Du bist unnötig, Jens. Und wäre ich nicht schon über den dritten Monat raus, würde ich ernsthaft eine Abtreibung in Erwägung ziehen.«

Derart bedient beschloss ich, mir gleich noch den Rest zu geben. Ich rief Jessi an, um ihr die jüngsten Ereignisse zu schildern. Dass Maren und ich erst kurz miteinander herumgeferkelt und uns dann zur Sau gemacht hatten, nahm sie immerhin mit Humor und erkundigte sich, ob es als kastriertes Frettopfer auch im Unterleib schmerze, wenn man beim Sex nicht zum Abschluss käme. Mir war schleierhaft, warum sie überhaupt noch mit mir sprach.

»Das sag ich dir gerne, aber nicht am Telefon. In zwei Stunden bin ich da.«

Hinter Hondo kommt einer der drei Muskeln, die mein ehemaliger Vorgesetzter in Sachen illegaler Medikamentenhandel mitgebracht hat, mit einem weiteren Teil der Couch an uns vorbeigelatscht. Ich hätte nicht gedacht, dass ihre Muskelmasse aus mehr als Wasser und Sauerstoff besteht und sie wirklich anpacken können. Habe ich aber auch nie gegoogelt.

Auf dem Weg hoch in die Wohnung bringen sie Jessis Sachen mit, schnappen sich dann eine von Svens Kisten und tragen sie runter. So schaffen wir zwei Umzüge in der Zeit von eineinhalb zum Preis von drei Monatsrationen Stanozolol. Ich bezahle das alles, weil Sven komplett pleite ist. Sein magischer Potenzsaft hatte nämlich nur bei ihm eine gewisse Wirkung, und zwar als Placebo. Das hat zumindest Dr. Parisius herausgefunden, nachdem Sven mit seinem Superdrink bei ihm aufgeschlagen ist, um die Wirkung unter Laborbedingungen untersuchen zu lassen. Das professionelle Interesse des Doktors an einem natürlichem Mittel, das die Spermien anregt, war so groß, dass Sven sich die Mischung sofort patentieren und den Namen schützen ließ, zwei äußerst kostspielige Aktionen, aufgrund derer er nun einen Berg Schulden abarbeiten muss. Zum Glück kam dann Hondo mit der genialen Idee, die Brühe an seine schrumpfhodigen Kunstmuskelberge zu verkaufen. Die beiden hoffen nun, dass sich auch dort eine Placebo-Wirkung einstellt – was bei dem ekelerregenden Geschmack durchaus vorstellbar ist – und das Mittel ein Geheimtipp in Bodybuilderkreisen wird.

»Red Bull ist auch nur so groß geworden, weil es erst illegal war«, hat Sven mir erklärt. Ich hatte ihm noch geraten, das Brechmittel an Bulimiker zu vertickern, aber das fand er zynisch, womit er vielleicht sogar Recht hatte.

»Ich bin schwanger, du Eunuch!«, waren also Jessis Worte, auf die hin sie mich herausfordernd ansah. Und es war das erste und einzige Mal in meinem Leben, dass ich das einzig und absolut Richtige gesagt habe. Meine Antwort hat mir vermutlich das Leben gerettet: »Theoretisch könnte es von mir sein.«

Damit hatte Jessi nicht gerechnet, tatsächlich warf es sie völlig aus der Bahn, da der Satz so weit von der Realität und jeglicher Möglichkeit entfernt lag, dass er in jeder anderen Situation und bei jedem anderen Paar für hysterisches Gelächter oder gerne auch einen heftigen Streit gesorgt hätte.

»Ich meine, wir haben miteinander geschlafen, und, na ja, da passiert so was«, präzisierte ich meine Aussage.

Jessi kam gerade vom Frauenarzt, der ihr bestätigt hatte, dass das Ausbleiben ihrer Periode mit dem glücklichen Umstand zusammenhing, dass sie ein Baby erwartete. Ausgerechnet auf dem Weg dorthin hatte ich sie angerufen und ihr von der ganzen Geschichte mit Maren berichtet, einen schlechteren Zeitpunkt hätte ich dafür gar nicht finden können. Sie hatte bereits aus zwei verschiedenen Apotheken drei unterschiedliche Tests gekauft und an zwei aufeinanderfolgenden Tagen gemacht, war sich ihrer Schwangerschaft also schon recht sicher. Und da sie in den vergangenen Monaten nur das eine Mal mit mir und davor mit Sven geschlafen hatte, war auch die Vaterschaft kein großes Rätsel. Ihr Problem war nur: Sie wollte mit dem Vater nichts zu tun haben. Obendrein hatte ich ihr soeben erzählt, dass ich gerade mit der Frau im Bett gewesen war, für die oder deren Kind ich einen Liebeswahn entwickelt hatte. Man stelle sich einen Boxer vor, dem nach seinem K.o. der Arzt auf dem Weg ins Krankenhaus noch ein paarmal mit Schmackes in die Fresse haut.

Da ich nicht wusste, wo sich Jessi befand, waren die zwei Stunden Warten für mich nicht weiter tragisch. Dafür kommen mir rückblickend die Sekunden nach ihrer vorwurfsvollen Schwangerschaftsnachricht vor wie eine Ewigkeit. Es waren diese Sekunden, in denen mir bewusst wurde, wie dämlich, unnütz und verkehrt Zeit ist. Ich hätte Stunden damit verbringen können, mir auszumalen, wie ich reagieren würde, wenn meine Freundin von einem Fremden schwanger wäre. In der ersten Stunde hätte ich mir eine Freundin ausgedacht, in den nächsten zwei einen Typen, mit dem sie geschlafen hätte, und den Rest der Zeit hätte ich meine Reaktion durchgespielt. Gewusst hätte ich danach natürlich nichts.

Die winzige Zeitspanne zwischen Jessis Offenbarung bis zu meinem Anerkennen der Vaterschaft hingegen hat alles in mir verändert. Siebenunddreißig ist nicht das neue Siebenundzwanzig, es ist eine beschissene Variable. Vermutlich wissen das die meisten Menschen schon, weil ihnen irgendwann der Umgang mit der Relativität von Zeit beigebracht oder zumindest erklärt worden ist. Letztlich ist es auch vollkommen egal, weil ich inzwischen achtunddreißig bin. Da sieht alles gleich wieder ganz anders aus.

Da verabredet man sich zum Beispiel mit Maren und Ralf im Stüberl, um mit den beiden auf einen freundschaftlichen Neubeginn anzustoßen. Ich habe ihn ja abgepasst, am Tag nachdem Maren und ich uns für einen Augenblick der Leidenschaft hingegeben hatten. Das musste sein. Aus Respekt und Anstand. Und weil ich beschlossen hatte, seine Exfreundin geschwängert zu haben.

Ich habe mich einfach vor die Ausfahrt des Mitarbeiterparkplatzes seines Arbeitgebers an der Dachauer Straße gestellt und auf seinen dämlichen BMW gewartet. Es war kompliziert genug, hinzufinden, doch die kleine Odyssee hatte sich gelohnt – wie sich alle Odysseen wohl lohnen –, am Ende stand ich wie der Tank Man auf dem Tian'anmen-Platz vor seinem Schnöselpanzer, bis er ausstieg und drauf und dran war, mich körperlich zu bedrohen. Da er sich schnell der Lächerlichkeit dieser Idee bewusst wurde, bat er mich einfach, mit ihm zu fahren.

»Du bist ein total kaputtes Arschloch«, waren seine ersten Worte, nachdem er den Wagen wieder angelassen hatte.

»Ja, vor allem im Hodenbereich«, antwortete ich.

»Zum Glück.«

»Hm?«

»Ja, wenn Typen wie du sich auch noch fortpflanzen würden …«, setzte Ralf an, ließ das Satzende dann aber weg, da ihm vermutlich eingefallen war, dass ich mich schon fortgepflanzt hatte.

»Es tut mir leid. Ehrlich.«

Ralf starrte auf die Straße und würdigte mich keines Blickes.

»Maren hat mich angerufen. Die ist völlig weggeflasht.«

»Verständlich.«

»Ich checke nur nicht, warum du es ihr gesagt hast.«

»Ach, sie hat es dir auch gesagt?«

»Was?«

Ich beschloss, einfach die Hosen runterzulassen und zu antworten, er wusste vermutlich eh schon, was ich noch zu beichten hatte.

»Ihr bekommt ein Baby, das mit meinen Spermien gezeugt wurde.«

Ralf nickte stumm.

»Aber das muss nicht bedeuten, dass es so ein kaputtes Arschloch wie ich wird«, versicherte ich.

»Es wird so oder so ein Junge.«

»Sauber. Glückwunsch.«

»Ich sag das nur, weil auf dem Y-Chromosom des Vaters nur achtzig Gene liegen, auf dem X der Mutter tausendeinhundert«, erklärte Ralf. »Er hat also maximal sieben Prozent von dir geerbt.«

»Und diese sieben Prozent kaputtes Arschloch machst du als guter Vater garantiert wett. Es ist doch eine Frage der Erziehung, und da wirst du bestimmt alles richtig hinkriegen.«

Wir bogen auf den Autobahnring, und Ralf gab Gas. Der dachlose BMW mit seinen samenlosen Insassen beschleunigte mühelos auf eine mir viel zu hohe Geschwindigkeit. Ich hätte es vorgezogen, wenn Ralf mir einfach seinen Pimmel gezeigt hätte, statt seine Männlichkeit in dieser Form unter Beweis zu stellen.

»Und jetzt?«, fragte er bei 190 km/h und sah das erste Mal zu mir herüber. Das Tempo und mein beharrliches Entschuldigen schienen ihn milde zu stimmen.

»Deine Frau ist schwanger, Ralf. Ihr habt gemeinsam beschlossen, ein Kind zu bekommen. Dass ich nun der Spender bin, meine Güte, das ist doch scheißegal.«

»Merkt man, so wie du dich verhältst.«

»Es tut mir doch leid, Mann. Aber ich bin in der absolut identischen Situation. Mein Mitbewohner hat Jessi geschwängert und, na ja, sie dachte, sie würde mit mir … Egal. Ich werde der Vater.«

Das saß. Ralf nahm den Fuß vom Gas und seinen Blick nicht mehr von mir, als würde er mit einem verräterischen Grinsen von mir rechnen.

»Schau bitte auf die Straße, Ralf.«

»Jessi ist schwanger?«

»Ja, und ich kümmere mich um sie. Wir sind quasi ein Paar.«

»Und das bedeutet, dass du uns in Ruhe lässt?«

»Ich schwöre es.«

Was genau in Ralf vorging, weiß ich bis heute nicht. Sein Gesicht war vollkommen verspannt, in einem Bereich zwischen Glück, Schock und dezentem Ekel. Er brachte sein Auto zum Stehen und bat mich, den Wagen zu verlassen, mitten auf der A99. Ich wette, dass er das bis heute für eine verdammt lässige Aktion hält, werde ihm aber bei Gelegenheit erzählen, dass er mich nur knapp einen Kilometer vom Haus meiner Eltern entfernt abgesetzt hatte. Lang lebe Feldmoching!

Endlich kommt Hondo mit seinen Muskelmännern und dem Bett. Wir waren tatsächlich so niedlich und haben uns eine neue Matratze gekauft – meine Eltern wollten trotz meines Entschlusses, die alten Möbel zu behalten, das Geld nicht zurück. Gut, ich habe ihnen auch erzählt, dass ich Vater werde. Seitdem ist Mutter komplett aus dem Häuschen und benimmt sich sogar Jessi gegenüber sehr ordentlich. Ich hatte eigentlich das typische Schwiegermuttergeschiss erwartet, diese Grundhaltung, dass die Schwiegertochter so oder so nicht die Richtige sei, Sticheleien und überflüssige Kommentare. Aber Jessi selbst sagt, dass sie Mama entzückend fände – na ja, ich warte mal gespannt ab.

Sven kommt mit seiner letzten Kiste zu uns.

»Hey, Alter, ich wollte nur nochmal sichergehen, dass du auch echt keins der kleinen Fretts haben willst.«

»Nein, Sven, aber richte ihnen aus, dass ich ihrem Vater verziehen habe.«

Denn ich bin tatsächlich glücklich mit der Gesamtsituation. Ich muss mir keine Sorgen machen, irgendwann vor lauter Übermut zu glauben, ein zweites Kind in unseren Alltag integrieren zu können. Ein Fehler, den viele begehen und sich danach wundern, warum alles in der vorher so glücklichen Dreierkonstellation und vor allem in der liebevollen Partnerschaft anstrengend und lieblos geworden ist.

Ich begleite den Vater des Kindes, dessen Vaterschaft ich akzeptieren werde, auf die Straße und werde auf einmal scheißsentimental, weil ich ein Sozialidiot bin und schon jetzt ahne, dass wir uns möglicherweise mal über den Weg laufen werden, aber die Freundschaft sich nicht halten wird. Wir waren am Ende doch nur eine Gemeinschaft, bei der es egal ist, wofür das W steht. Wir umarmen uns, zum ersten Mal seit wir uns kennen, und während Sven in den Transporter klettert, habe ich plötzlich die Musik von Winnetou im Kopf und sehe Flashbacks aus unserer gemeinsamen Zeit. Erst als der Wagen um die Ecke verschwindet, komme ich wieder zu mir und flüstere: »Freude! Freude!«

Im Valentin Stüberl hockt eine höchst schwangere Maren am Tresen. Alleine. Da Jessi diejenige war, mit der die Heinzes noch sprachen, hat sie das Treffen arrangiert. Vielleicht hat Ralf doch keinen Bock auf den Kontakt, ich könnte es ihm nicht verübeln.

Maren scheint jedoch froh zu sein, die Sache irgendwie abzuschließen und nicht unbesprochen wie ein schlechtes Buch herumliegen zu lassen. Die Begrüßung ist eher ungeschickt, da wir nicht wissen, wie wir uns begegnen sollen; letztlich umarmen wir uns einfach kurz und ringen uns ein Lächeln ins Gesicht, ich bekomme einen Hitzeschub in der Hirnregion und verabschiede mich sofort zur Toilette. Es ist bestimmt einfacher, wenn die Mädchen schon mal die Grundkonversation starten und ich mich später einfach auf ein passendes Stichwort hin einschalte.

Ich entlasse gerade das Umzugsbier ins Urinal, als ich höre, wie jemand in der Sitzbox wiederholt abspült. Nach dem dritten Mal ist das Rohr offensichtlich frei, die Tür geht auf, und Ralf kommt heraus. Er sieht mich und ist das erste Mal in meiner Anwesenheit verunsichert.

»Ich kann zu Hause nur, wenn Maren nicht da ist. Und sie ist in letzter Zeit immer da«, erklärt er.

»Und als wir uns hier das erste Mal getroffen haben?«

Daran kann Ralf sich natürlich nicht erinnern, schließt aber nicht aus, damals auch Stuhlgang gehabt zu haben. Das Thema wird uns in den kommenden Monaten noch weiter begleiten, da wir beide Väter werden und uns sicherlich regelmäßig über Windeln und deren Inhalt austauschen. Wir werden unsere Kinder hochheben und unsere Nasen an ihre stinkenden Hinterteile halten, was ich noch vor einem Jahr als die maximale Form der Selbsterniedrigung bezeichnet habe. Allerdings möchte ich keine weitere Geruchsprobe von Ralfs Exkrementen nehmen und beeile mich, die Toilette gleich hinter ihm zu verlassen.

Die Mädchen wurden von Filip mit alkoholfreien Cocktails versorgt, Ralf und mir hat der weise Barmann schon unsere Standards hingestellt. Ihm einen Martini im Mädchenglas und mir meinen Horse's Neck.

»All right«, beginnt Ralf, und meine Hand ballt sich für eine Sekunde. »Wir haben viel Mist durchgemacht und …«

»Wird das jetzt eine Rede«, unterbricht ihn Jessi, die offenbar meine Gedanken liest.

»Na ja, ich …«

»Also ja?«, frage ich und grinse.

»Mann, es ist echt unmöglich mit euch!«, meckert Ralf uns beide an, lässt sich gleichzeitig aber von Jessis Charme anstecken und grinst mit. »Ich wollte was Ernstes sagen.«

»Dann mach halt, aber nicht so steif, bitte«, meint meine Verlobte.

»Vielleicht sag ich es besser«, meldet sich Maren. »Also: Weil Jens unserem Sohn in gewisser Weise sehr verbunden ist, wollten wir fragen, ob ihr vielleicht die Paten werden wollt?«

»Wie?«, frage ich und bin tatsächlich baff.

»Na, falls Maren und ich und ihre und meine Familie ausgelöscht werden sollten, also, würdet ihr den Kleinen bei euch aufnehmen? So als letzte Absicherung vor dem Kinderheim?«

»Schöner hättet ihr die Frage nicht formulieren können«, antworte ich und hebe mein Glas. Ich habe das Gefühl, dass es den beiden nun wichtig sein könnte, auf ihre eigene großzügige Geste anzustoßen.

»Erwartet aber bitte nicht, dass wir irgendwie gute Patentante und Patenonkel werden. Wir vergessen garantiert seine Geburtstage und melden uns zu selten. Wir stehen nur auf Abruf bereit, falls es euch samt Großeltern erwischt«, betont Jessi noch einmal, und die Heinzes nicken.

»Dann werdet ihr doch unsere Trauzeugen«, schlage ich vor und kille unbeabsichtigt wieder mal die Stimmung. Aus allen Richtungen prasselt die Empörung über meinen Scheißvorschlag auf mich ein.

»Spinnst du?«

»Trauzeugen? Wisst ihr, was in den meisten Fällen aus Treuzeugen wird?«, versuche ich meinen Scherz zu retten, kämpfe aber auf verlorenem Posten gegen Familie Heinze.

»Hey, meine Trauzeugin habe ich seit der Hochzeit zweimal gesehen!«

»Danke, Jens. Wir hatten schon Bedenken, der Abend könnte ohne einen schlechten Witz von dir an uns vorübergehen.«

Ich lehne mich zurück, nehme einen großen Schluck von der perfekten Mischung aus Four Roses, Ginger Ale und Angustura und genieße mein Unvermögen. Leider fällt mir kein Tier ein, das so zuverlässig wie ich das Falsche macht, sagt oder auch nur denkt. Aber ich bin sicher, dass ich in ein paar Jahren mit meinem Patensohn und meiner Tochter durch den Tierpark gehen und das Vieh entdecken werde. Am liebsten wäre ich ein Schabrackentapir.

AUS

Hugh Laurie

»Das höchst komische Werk eines Genies.« *Time Out*

Sein Name ist Lang. Thomas Lang. Er ist ein sogenannter Sicherheitsberater, kennt sich mit modernsten Waffen und Nahkampftechniken aus, aber nicht mit Frauen. Und ausgerechnet in eine solche verliebt er sich, als er in eine internationale Affäre um Drogen- und Waffenhandel verwickelt wird. Bockmist eben! Der erste Roman des Hauptdarstellers der Kultserie »Dr. House«.

978-3-453-43324-3

Leseprobe unter: **www.heyne.de**

HEYNE

Frank Goosen

»Ein bewundernswert gescheiter Erzähler.« *Die Welt*

»Goosen erzählt fesselnd, mitreißend, klar und versteht eine Menge davon, wie man Lust erzeugt.« *Thomas Brussig*

978-3-453-40582-0

liegen lernen
978-3-453-21224-4

Pokorny lacht
978-3-453-40022-1

Mein Ich und sein Leben
978-3-453-40108-2

Fritz Walter, Kaiser Franz und Wir
978-3-453-40124-2

Pink Moon
978-3-453-40474-8

Weil Samstag ist
978-3-453-40710-7

So viel Zeit
978-3-453-40582-0

Sechs silberne Saiten
978-3-453-40622-3

Leseproben unter: **www.heyne.de**

HEYNE